植田弘隆
UEDA, Hirotaka

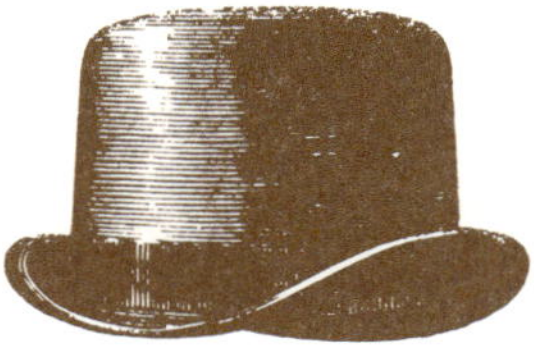

文人、ホームズを愛す。

青土社

文人、ホームズを愛す。　目次

文人、ホームズを愛す。

凡例

＊人物の配列は、誕生年順にした。

＊原則として、雑誌・新聞は「　」、単行本は『　』とした。

＊引用については、旧仮名づかいはそのまま、ルビは適宜ふった。漢字の一部は新字体に変えている。

＊ホームズ譚の事件名及び引用は日暮雅通訳『新訳シャーロック・ホームズ全集』（光文社文庫）を使用し、事件名は《　》で表記。他の作品については既訳に準じている。

はじめに

シャーロック・ホームズが『ビートンズ・クリスマス・アニュアル』（*Beeton's Christmas Annual.* 一八八七〈明治二十年〉に《緋色の研究》（*A Study in Scarlet*）と題した作品に登場してから今年で一二八年になる。今や名探偵といえばホームズ、ホームズといえば名探偵――と、ホームズの名前は「名探偵」の代名詞になっている。

ホームズが使っていたディアー・ストーカー（鹿狩り帽）と拡大鏡、曲がったパイプは、現在では「探偵」はもちろんのこと、人・物を「捜す」、問題や仕事を「解決」する――そんな記号にまでなって、世界中に使われている。文学上の一介の私立探偵が、これほどまで長く広く深く愛読され、記号にまでなってしまったのはなぜだろうか？　こんな架空の人物はシャーロック・ホームズの他には見当たらない。

ロナルド・ノックスによるホームズの文学的な研究（Studies in the Literature of Sherlock Holmes）がはじまったのが一九一一年。以来ホームズとワトスンを実在の人物としてとりあつかい（コナン・ドイルは「文芸代理人」としての栄誉をになっている）、さまざまな研究がおこなわれてきた。ホームズの熱狂的なファンの集まりも「ロンドン・シャーロック・ホームズ・ソサエティ」、ニューヨークの「ベイカー・ストリート・イレギュラーズ」が一九三四年に創設され、一九五七年には、ワトスンとともに過ごしたベイカー街221番地Bの居心地良い部屋がロンドンのノーザンバーランド・ストリートにあるパブ・ザ・シャーロック・ホームズの二階に再現された。

かつて、ホームズ像をつくる話が持ちあがったとき、ホームズの愛好家でコナン・ドイルの伝記まで書いた探偵小説家のジョン・ディクスン・カーは、ホームズの銅像を建てることに反対した。銅像など造ってホームズ像を固定化してしまうのは冒涜である、ホームズは読者ひとりひとりの心のなかに住んでいるのだから、というわけである。しかし、このディクスン・カーの熱い想いは、簡単に破られてしまった。ホームズ・ビッグバンの始まりである。銅像やら記念プレートがあちこちに建てられ貼りつけられた。銅像はスイスにあり、日本にあり、イギリスにあり、ロシアにもある、と言った塩梅。さらには、映画になり、テレビドラマになり、無数のパロディ・パスティーシュが出版され、舞台化され、コミックになり、日本のコマーシャルにも登場する、といった具合に世界中に拡散していった。

さらに、昨近はシャーロック・ホームズブームの感がある。これまでの「聖典」――ホームズ愛好家は探偵譚六十編を聖書のごとく崇めこう呼んでいる――に描かれているホームズ像から抜け出したガイ・リッチー監督の『シャーロック・ホームズ』から始まり、古典的探偵小説を現在のロンドンに見事に移し替えたBBC制作のテレビドラマ『シャーロック』(SHERLOCK)は、ホームズを演じたベネディクト・カンバーバッチを世界的な人気俳優に押しあげ、アメリカ、日本でもテレビドラマ『エレメンタリー、ホームズ&ワトスン in NY』(Elementary, Holmes & Watson in NY.2012)が放映され、日本では三谷幸喜がホームズを人形劇『シャーロック ホームズ』に仕立て、はたまた、サセックスダウンズに隠退した九十三歳になるホームズを主人公にした映画『ミスター・ホームズ』(Mr. Holmes)が制作されるかと思えば、ウイリアム・ジレットの埋もれていたホームズ映画が百年ぶりに発掘される——といった賑わいである。

ホームズの人気は今に始まったわけではなく、古今東西、ホームズ譚は多くの文人に愛されてきた。欧米では、マーク・トゥエイン、ルーズベルト大統領、チャーチル、T・S・エリオット、ジェイムス・ジョイス、W・H・オーデン、サマセット・モーム、コリン・ウイルスンなどが愛読者として名を連ね、著書に引用したり、ホームズ論を書いたり、はては、パロディ・パスティーシュ、詩までものにしている文人もいる。

日本でホームズ譚が初めて翻訳されたのは明治二十七(一八九四)年の《乞食道楽》(The Man with the Twisted Lip. 1891)。それ以来、百二十年にわたりホームズ譚は英語の教科書や副読本にも使われ、多くの人々に愛読されてきた。ホームズファンには一般読者の他、探偵小説・推理小説家はもちろんのこと、純文学畑の作家、評論家、科学者、英文学者、数学者、政治家、詩人、演劇家などさまざまな分野の文人の名前をあげることができる。

そのなかから、僕の興味を惹いた文人を取り上げ、ささやかながら紹介したいと思う。この原稿を書きはじめたころには、存命していた人もいたけれど、時間がたつにつれ彼岸に旅立ってしまった人もいて、現役の文人は嵐山光三郎ひとりになってしまった。残念である。

ここに登場いただいた文人をどんな理由で選んだのか、については明確な基準があるわけでもない。選択の基準はいささか曖昧である。判然としない。しかし、共通しているのは、コナン・ドイルのホームズ譚あるいは彼の作品を愛読した人、という、その一点である。この他にもまだまだ著名なホームズファンだった文人が大勢いる。現在でも、日本でホームズ譚が書物だけでなく映像、マンガ、人形劇にまでなって親しまれているのは、これらの文人に愛され、推奨されてきたことが大きな要因になった、といっても過言ではあるまい。

文人たちのホームズ譚、あるいはコナン・ドイルへの愛着をご覧あれ。

ホームズ譚を読み聞かせて
お酒をせしめた

岡倉天心

岡倉天心（おかくら　てんしん）

略歴　美術評論家・詩人・思想家（1863―1913）。横浜生まれ。幼児から英語を学び熟達。明治10年、東大文学部入学。在学中、大岡もとと結婚した。フェノロサに学び卒業後も彼とともに日本古美術の調査にあたる。明治23年、東京美術学校校長に就任。31年、日本美術院を創設。後、インド放浪の旅に出立、タゴールを知る。ボストン美術館東洋部長など歴任。茨城県五浦に美術院を移転し、晩年は釣りと読書を楽しむ。著書に英文による『東洋の理想』（*The Ideals of the East*）、『日本の覚醒』（*The Awakening of Japan*）、『茶の本』（*The Book of Tea*）、英文詩劇『白狐』（*White Fox*）などがある。

坂口安吾の「不連続殺人事件」は、昭和二十二（一九四七）年九月から翌年八月まで、雑誌「新小説」に犯人当て懸賞付き探偵小説として連載された。「堕落論」で流行作家になった安吾が長編探偵小説を書く、というので注目されたが、既存の探偵小説家、たとえば、海野十三などからは「坂口安吾氏その他が探偵小説を書くのは結構だが、どうせろくなものは出来ないだらう。」とひややかな眼でみられていた。しかし、連載が終わると、江戸川乱歩は早速、「『不連続殺人事件』を評す」と題する一文を「探偵作家クラブ会報」（昭和二十三年九月）に寄せた。「純文学者の探偵小説には望みを託することができないと云ふのが定説のやうになつてゐたが」『不連続殺人事件』は、この定説を破った瞠目すべき作品と評価した。

同年十二月十五日、『不連続殺人事件』は単行本として刊行され、「第二回探偵作家クラブ賞」を受賞。安吾の『不連続殺人事件』は日本の探偵小説史に欠かせないものになった。

岡倉天心を紹介するのに坂口安吾の探偵小説から始めたのは他でもない。安吾が岡倉天心について言及しているからである。

「私」が探偵小説狂の歌川多門老人に探偵小説がお好きなようですが、と尋ねると、老人はこう答える――

岡倉天心は探偵小説の愛読者で、家族のものが病体を案じて思うようにお酒を飲ませてくれないから、ドイルの探偵小説を半分だけ話して聞かせ、佳境に入ったところで、今日はここまでと家人をじらし、後が聞きたければ晩酌をモウ一本もってきなさい、と催促する。「ドイルなどは、晩酌用の策戦に、ちやうど手ごろの一席になるね。近ごろの推理小説は、小味で、微妙で、いりくんでゐるから、読むには確かに面白いが、晩酌の策戦には適しない」

――これは、岡倉天心が奥さんや子供たちにコナン・ドイルのホームズ譚を話して聞かせたエピソード。ということは、安吾は天心の伝記を読んでいたということ。天心に関する伝記・評伝の類は多数あるが、そのうち、安吾はどの本（昭和二十二年以前のもの）を読んだのだろう？

安吾が天心の評伝を読んだのは、戦後ではなく戦中であろう（暇を持て余して読書ばかりしていただけでなく、他の理由もあるが）。では、戦前に刊行された天心の評伝（清見陸郎『岡倉天心伝』昭和十三年など）のうち、長男・岡倉一雄が父・天心からホームズ譚を聴かされたエピソードについて書かれている本はどれか、ということになると、次の二種類（図1、2）である。

①岡倉一雄『父天心』（聖文閣、昭和十四年）

②岡倉一雄『父天心を繞る人々』（文川堂書房、昭和十八年）

順序は逆になるが岡倉一雄『父岡倉天心』（中央公論社・覆刻版）からエピソードの部分を引用を交えながら簡略に記す――

「一日の勤めを終えて家に帰ってきたそのころ（日本美術院を創設した明治三十一年秋～三十二年ころか：引用者註）の天心は、すこぶる明朗な態度で晩酌の膳に向か」い、妻の基子や子供たち（一雄、こま子）と歓談していた。ある晩、一雄は天心から、漢学と英文について今どんな本を習っているのか？と尋ねられる。漢学について答えると、では英文はどんなものを読んでいるかというので、「はい。ドイルの『アドヴェンチュア・オブ・シャロック・ホームズ』です。」

天心は、これに答え、ドイルの小説はおいらも好きで、書棚に三、四冊もっているから、ママさん（基子）や末娘・おこま（高麗子）に話を聞かせてやると言って、一雄に美術院の二階の書斎から『スタディ・イン・スカーレット』（『緋色の研究』）[(1)]をもってこさせ、「英国の大衆作家中、随一といわれたドイルの探偵本」をくりひろげ、巧妙な座談で、面白く話して聞かせた。犯人が逮捕されるクライマックスになると、これから犯人の身の上話になるが、今日はもう晩いから続きは明日――と、言うと、こま子は続きが聞きたくてしかたがない。天心に催促すると、天心は、それならママさんに言って、もう一本お酒をもってこいと言う。これは天心の作戦で、当時、医者から酒二本と決められていたので、話の続きを聴きたがっていた基子とこま子をじらして、もう一本お酒をせしめようという算段。この作戦が効を奏して、追加のお酒を飲みながら、『スタディ・イン・スカーレット』を最後まで一気に語り終える。

これが第一夜。第二夜がホームズ譚の第二作・長編小説『サイン・オヴ・フォア』（『四つの署名』）。第三夜が短編集『アドヴェンチュア・オブ・シャロック・ホームズ』（『シャーロック・ホームズの冒険』、以下『冒険』と略）の中の「イレーネ・アドラー事件」（《ボヘミアの醜聞》）と「赤髪同盟会」（《赤毛組合》）の二話。例によって話の途中で、お酒を一、二本要求してお決まり以上のお酒をせしめる。こういう晩が十数日続き、種本がつきると、「まだこのほかに、同じドイルのシャロック・ホームズもので、『バスカーヴィル家の犬』というものもあり、『メモアーズ・オブ・シャロック・ホームズ』という短編集もある。しかし、本が手もとにないから、話はできないよ。」

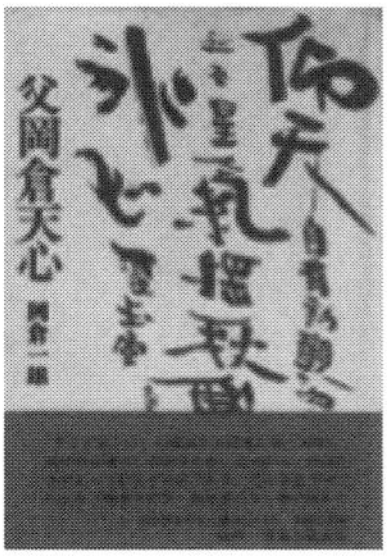

図１　岡倉一雄『父天心』（聖文閣、昭和14年９月）＊本書は昭和46年12月、中央公論社から『父岡倉天心』として覆刻・出版された。

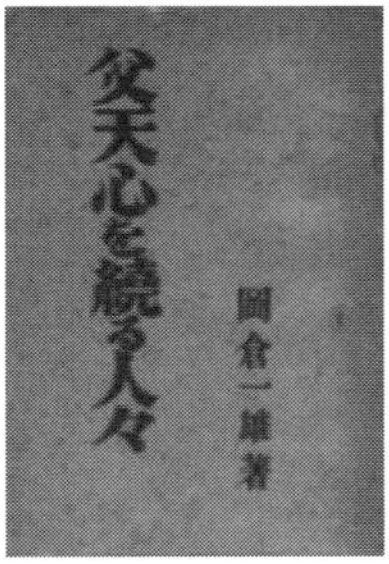

図２　岡倉一雄『父天心を繞る人々』（文川堂書房、昭和18年12月）。

こう言われると、話を聞きたくてしかたのない基子は、さっそく丸善へ人力車で駆けつけ、「シャロック・ホームズの一代記をください」と言って番頭さんを驚かせた。幸い勘のいい番頭だったらしく、基子は首尾よく『メモアーズ・オブ・シャロック・ホームズ』（『シャーロック・ホームズの回想』、以下『回想』と略。図3）を手に入れ、その晩から天心の「妙味ある独特の話術」が始まり、十数日続いたが、とうとう種本がつき「連続講義」は幕を閉じた、という。――岡倉一雄は、天心のホームズ座談についてこう話した後、天心がドイルの作品を愛好し始めたのは、いつからかは定かではないが、幾冊か持っていたことから推察すると、かなり前からと思われる。「探偵小説が、現代のように流行していなかった時代に、すでにドイルを読んでいたところをみると、彼はその道の先覚者の一人であったことだけは、たしかにいわれると思う。」と、このホームズファンの先達の逸話を結んでいる。

前述したように、この話は『父天心』（聖文閣、昭和十四年）に載っているものと同じ（表記に違いがあるが）。しかし、太平洋戦争中の昭和十八年に刊行された岡倉一雄『父天心を繞る人々』は、伝記の部分の内容はほぼ同じだが、多少の異同がある。

本書は、著者・一雄が原稿脱稿後、病で倒れたため、長男・岡倉古四郎が前文を付して出版された。前掲書『父天心』が詳細な評伝とすれば、本書はその簡略版とも言うべきもので、天心がコナン・ドイルのホームズ譚を妻・基子や一雄らに話して聞かせるエピソードにも、前書と若干違う点がある。たとえば、一雄が天心の問いに漢学を読んでいる、と答える部分はカットし、その代わりにホームズ譚の第一夜、つまり『スタディ・イン・スカーレット』の話の件を詳しく書いていることなどである。こんな具合——

天心に日本美術院の二階の書斎に行って本をもってこい、と言われた一雄が本を取ってくると、天心は「探偵小説を繰り広げて、一行づゝ座談の妙を尽して語り出した。歩幅から背の高さが判るといふ事、ラツヘ（仇討）と記した字が書いた人の眼の高さである事、探偵術の秘密を語り出すのであつた。遂に鞄に手錠を置いて犯人をとらへると、一先づ幕になつたが天心はその続きを、しんみりと語りつぐのであつた。」

——ささいな間違いがあるものの、『スタディ・イン・スカーレット』についての一雄の記憶は正確と言っていいだろう。ただ、松本清張（『岡倉天心——その内なる敵』）も指摘しているように、一雄は天心の女性関係（九鬼男爵夫人・初津子との不倫）など不都合な点を書いていない

図３　『メモアーズ・オブ・シャロック・ホームズ』復刻版。

（故意か、知らなかったのか）。回想録や自叙伝には、往々にして記憶違いや不都合な点を省いたりする例がある。一雄のこの回想にも不明な点がある。一例を挙げる。

一雄は、天心がホームズ譚を語ったエピソードがいつ頃のことか明記していないが、文脈から幅広く考えれば、東京美術学校校長をやめ、谷中初音町に日本美術院を創立した明治三十一（一八九八）年十月からインドへ出立した明治三十四年十二月までの間ということになる。ただ、前述したように、天心がつづきを催促されると、コナン・ドイルの小説には、『バスカヴィル家の犬』や『メモアーズ・オブ・シャロック・ホームズ』という短編集もある――と言っている。ご承知の通り、天心が座談している『緋色の研究』、『四つの署名』、『冒険』、『回想』の単行本は、一八九四（明治二十七）年までに刊行されているので問題はないが、『バスカヴィル家の犬』の単行本が刊行されたのは、一九〇二（明治三十五）年のことだから、天心が明治三十二〜三十四年の間に本書について言及できないのは明らかである。これは一雄の記憶違いと思われる。(2)

坂口安吾が、岡倉一雄のどちらの評伝を読んだかについては、安吾の項で説明することにして、では、天心はいつごろからホームズ譚を読み始めたのだろう？

英語の小説に関しては明治十三、四年頃、坪内逍遥が東大在学中、厳寒の小使い部屋の炉辺で高田早苗と天心（岡倉覚三）がデュマと馬琴、スコットとリットンの優劣論など西洋小説論に華を咲かせていた、と回想しているように、天心は、アラン・ポオを愛し、ゾラ、ユーゴー、トルストイ、ディケンズ、サッカレー、バイロン、ワーズワースなど英米仏露の小説・詩を広く読んでいた。清見睦郎『岡倉天心伝』(改造文庫)には、「(天心は)驚くべき語学の達人であり、後年美術上の著述のみならず、詩、物語、はては歌劇の台本まで英文でものした天心のことを考へれば、いかさまこれはありそうな事」と書かれている。

ホームズ譚については、岡倉一雄の回想から推測すれば、丸善の二階で見つけ出したか、あるいは、彼の友人・知人には牧野伸顕、岡倉由三郎(実弟)、和田垣謙三、高田早苗やいわゆる根岸派(森田思軒、饗庭篁村、幸田露伴など)といったホームズ譚に近い人々から教えてもらったか——などと、あれこれ考えられるが、今のところ確証はない。

ただ、天心の曾孫、岡倉登志『曾祖父 覚三 岡倉天心の実像』には、天心がホームズを愛読したことに触れた後、「ドイルに会いたくて手紙を出したが、あいにくドイルがロンドンに不在で会えなかったことは知られていない。」と書かれている。たしかにこの挿話は類書には記されていないが、前掲書・岡倉一雄『父岡倉天心』に記されている。それによれば、ボストン美術館に在任中の明治四十四(一九一一)年一月末、渡欧の際、コナン・ドイルを訪問する予定だったが逢えずに終わる。帰国後、一雄に「わしは十年余来の愛読者だから、どうかしてドイルに逢いたいと思っていた。それで、有力な紹介状を得たので、幸いと思い訪問してみたが、彼はちょうど地方へ旅行中なので、会うことはできなかった。実に残念だった」と語ったという。

天心の「欧州旅行日誌」の明治四十四（一九一一）年の項を見ると、ボストン美術館東洋美術部長に在任中、ニューヨークから渡欧、ロンドンには一月二十四日前後とフランス視察から戻って来た二月十日前後の都合一週間ほど滞在している。

天心とドイルのロンドンでの日程が重なるのは、二月八日から十二日までだが、天心の日誌にも、またドイルの伝記にも「年表」にも二人が会ったという記述はない。天心が、有力な紹介状をもらいながらも会えなかったのは事実だろう。しかし、ドイルへの紹介状を誰からもらったのか、ドイルの住所がどこで、いつ訪問したのか――など、この挿話にはいくつか不明な点があり、確認できないので引用のままに留めておく。(3)

天心の評伝や回想録の類を読むと、日本美術の興隆、ボストン美術館東洋美術部長として活躍するなどの仕事だけでなく、酒の上での奇行のかずかずや不倫（九鬼男爵夫人・初津子）もあれば、インドの詩人ブリヤンバダ・デヴィとのプラトニック・ラブもあるといった女性関係、数千冊の蔵書を有する一方、『東洋の理想』、『東洋の覚醒』、『茶の本』など英文による名著で欧米に日本文化を紹介、美術院を茨城の五浦に移した後は、釣りに凝り、釣り船で読書を楽しむ――などなど、天心の生涯は日本人という枠には収まりきれない、今で言うグローバルな人物であり、知力と実行力・情熱を合わせた〝豪傑〟だった。

ホームズのエピソードは、昭和六十年五月六日に放映（ＮＨＫ）されたドラマ『脱兎のごとく・岡倉天心』にも描かれている。出演は山崎努（天心）、名取裕子（九鬼波津子）、樋口加南子（岡倉基子）など。ホームズ譚のエピソードが語られるのは、妻・基子（元子）とお手伝いさん・おしげが天心邸の庭で洗濯している場面。天心と九鬼波津子との不倫に気がついている基子にむかって――

おしげ：まったくしょうのないだんなさまだ。おしげならもうとっくに堪忍袋の緒が切れて……

基子：コナン・ドイルという人が書いた名探偵ホームズっていう英語のご本。それをパパさんが日本語にして読んで下さるんだけど、パパさんはお話が上手でしょう。一雄もこま子も大喜び。

おしげ：……

基子：パパさんのそばにいると、大変なことも面白いこともたくさんありすぎるわ……忙しくて忙しくて……（手ぎわよく洗濯を続ける基子。いちまつのさびしさは隠せない）

このドラマ（原作・松本清張）は、和田勉のダイナミックな演出が光っていた。最近では、天心生誕百年（二〇一三年）を記念した映画『天心』（監督・松村克弥、主演・竹中直人）でも天心がホームズ譚について、この本には「人間の知恵がつまっている」と娘の高麗子に説明する場面（読み聞かせる場面はない）が描かれている。

その生涯を東洋の伝統と芸術の発展に捧げた天心は、「一生家庭の人ではあり得なかった」（清見・前掲書）が、この湯島から谷中の美術院時代、子供たちにホームズ譚を読んで聞かせた頃が「父」として家庭人の姿を見せた幸せな「瞬間」だったのかもしれない。

天心のエピソードのうち、ふたつほど紹介しておきたい。以下、日本美術院で講師をしながら院の機関誌『日本美術』の編集にあたっていた塩田力蔵の回想（『岡倉天心全集』別巻「追悼記」）から――

1．下総で蟹を食っての帰り、浅草に立ち寄りお土産に天麩羅を買い駕籠に入れてもらう。謎かけが好きな塩田が、天麩羅を掲げながら天心に即吟して言う。「天麩羅や振り下げ見れば微かなる」、それに応えて天心が下の句を即答する。「目籠の穴を出でし海老かも」。これは山部赤人の歌「田子の浦ゆうち出てみれば真白にぞ富士の高嶺に雪は降りける」のもじりである。

2．天心は漢詩や都々一などの歌が好きで、ある夜、向島の仮寓の壁に次のような歌を書き付けた（表記は一部変えてある）。インド行きの少し前のことだという。

世の中は泣いて笑つて笑つて泣いて残る涙が命の露よ。
チンチンチロリン、チンチロリンチンチロリン

この歌を読むと、「天心のような孤独な天才には、その磊落さを以てしても覆い切れぬ寂し

さが、一生つきまとっていたに違いない」という河上徹太郎の指摘（『日本のアウトサイダー』）には共感できる。天心の孫にあたる岡倉古志郎は、前掲書『父天心』の解説で、父一雄は記憶力抜群でテキストなしで、「ドイルの短篇（「斑の帯」「赤毛同盟」等）や長編（『四人の署名』、『バスカヴィル家の犬』など）」を話してくれたと語っている。ここには、ホームズ譚が父親から子へ、そして孫へと語り継がれ、生き続けてゆく姿が書かれている。ホームズ譚不滅の好例として、まずは、本書の冒頭に掲げておく。

恋のためなら命も棄てる「心中船」。ドイルの短編を翻案した

尾崎紅葉

尾崎紅葉（おざき　こうよう）

略歴　作家・俳人（1868―1903）。江戸生まれ。明治18年山田美妙らと「硯友社」を結成。同人誌『我楽多文庫』を発行。明治22年『二人比丘尼色懺悔』により認められ、同年読売新聞社に入社。以降、同紙に『伽羅枕』『多情多恨』などを発表する。明治32年に連載を始めた『金色夜叉』は人気を博すが、連載途中、35歳の若さで病没。紅葉は門下の指導にもあたり、泉鏡花、小栗風葉、徳田秋声といった俊英が輩出した。

島村抱月と松井須磨子が結成した芸術座の活動拠点となったのが木造二階建ての「芸術倶楽部」で、その跡地が現在の新宿区横寺町十番地にある。この「芸術倶楽部」のすぐ近くに尾崎紅葉の旧居跡（横寺町四十七番地）がある。紅葉は、抱月よりわずか三歳年上だが、抱月が渡欧した年の翌年（明治三十六年）にわずか三十五歳という若さで死んでいるから、抱月よりずっと短い人生であった。

紅葉は、『金色夜叉』で有名な作家で、近代文学の基礎を築いた小説家として知られているが、ここに登場願ったのは、実は、ホームズではなく、コナン・ドイルの作品を翻訳した人物だから。その作品は一八八五年に発表された"The Man From Archangel"（「アーケンジェルから来た男」）で、これを「心中船」というタイトルで雑誌「新小説」（春陽堂）に明治三十一（一八九八）年八月から十二月にわたって連載した。

この物語は、厭世家の若い弁護士（ジョン・マクヴィティ）が伯父の財産を相続し、スコットランドのケイスネス州のマンジイ湾沿いに細長く伸びた辺鄙な土地で、隠遁生活をしていた時に起こった事件を記したもので、「アーケンジェル」（ロシアの海港・アルハンゲリスク）から来た男女の恋情を描いていて、ドイルの作品の中では、かなり「感傷的」な物語に仕上がっている。貫一・お宮の、あの『金色夜叉』を書いた紅葉がなぜ、ドイルの作品を翻訳したのか、不思議に思ったので、以下、岩波書店版『紅葉全集　第八巻』（平成六年）に収載されている菅野昭正氏の「解説」などを頼りにして書き進めることにしよう。

「紅葉は常に門下の諸生に対して外国小説研究の不必要を説き、創作家に必要なるは実世間の観察であって外国小説なんぞを読んだって役に立たないといっていた。紅葉門下が秋声一人を除く外は皆外国語に疎そかであったのは師家の厳しい教訓のためであった。」

菅野氏は、内田魯庵の『思い出す人々』の中の右記の文章を引いたうえで、紅葉の「外国小説不要論」の真意を次のように記している。魯庵の言葉は額面どおりに受け止めることはできないとし、紅葉がこの逆説的な「厳しい教訓」で門下生に説こうとしたその要点は、「翻訳するにせよ、翻案するにせよ、あるいは研究するにせよ、こちらの文学の畑になんらかの収穫を運びこんでくれるものでなければ、外国小説とかかわっても意味がないということである。」

泉鏡花・小栗風葉談話「紅葉先生」によると、尾崎紅葉は「先生は何でも構わず多く読め」「銭さへあれば本を買つて置け、どんな本でも三年立つうちに必ず役に立つ」と（鏡花に）言っていたという。事実、紅葉自身は英語が巧みで、その英語力を生かし英米の大衆小説を大量に読み、ゾラやモリエールの作品を翻案したり、また、児童向けにもアンデルセンやグリムの童話、アイルランドの女流作家 Maria Edgeworth の作品までも翻訳している。また、『金色夜叉』にも外国種の部分があると言われている(1)。このようなことを知れば紅葉がドイルの作品を翻訳しても決して不思議ではない。

『心中船』（図1、2）は、紅葉が「金色夜叉」を読売新聞に断続的に連載していた（明治三十年一月から明治三十五年五月まで連載したが、紅葉の死により未完に終る）最中のことだから、「恋愛に小説家として関心をそそぎつづけ、恋愛のさまざまな形を探ってきた紅葉」（菅野・前掲書）にとって格好な材料になったのだろう。しかし、分からないのはこのドイルの作品を紅葉はどこで仕入れてきたのだろうか？「ロンドン・ソサエティ」（*London Society*）に発表されてからすでに十三年経過しているからである。唯一の手がかりとしては、「心中船」を発表した同年一月から二月にかけて山縣五十雄がこの作品を「荒磯」と題して「反省雑誌」に訳出しているから、二人は同じテキストを用いたと考えられないこともないが、詳しくは後述する。

紅葉の文体は雅俗混交の華麗さで知られているが、「心中船」も彼の文体が十分に味わえる作品になっている。試みに冒頭と最後の部分を引用してみよう。

蘇格蘭《スコツトランド》の極端《とつぱづれ》はケイスネスと称《とな》ふる州《くに》、三方《ぽう》を海《うみ》に囲《かこ》まれて東《ひがし》は北海《ほくかい》に面《めん》し、北《きた》はオークニイス諸島《しよたう》と相対《あひたい》して、西《にし》から掛《か》けて北大西洋《きたたいせやう》を控《ひか》えて居《お》りまする。日本《につぽん》にすれば、北海道《ほくかいだう》の北見国《きたみのくに》とも謂《い》うふべき位置《ゐち》、北見《きたみ》の突端《とつさき》は北緯《ほくゐ》四十五度四十分許《ばかり》に位《くらゐ》するが、ケイスネスは五十八度二十分、未《ま》だ十二度余《どあま》りも北《きた》へ拠《よ》つて居《ゐ》る、して見《み》ると心細《こころぼそ》い所《ところ》に違無《ちがひな》い。

——これが冒頭の二行。最後は、

実《げ》に計《はか》られぬのは人《ひと》の身《み》の上《うへ》、女《をんな》は思《おも》はぬ男《をとこ》と臨終《りんじゆう》し、男《をとこ》は殺《ころ》されもすべかりし敵《てき》の手《て》に葬《ほうむ》られ、二人《ふたり》が二人《ふたり》ながら夢《ゆめ》にも見《み》ざりし遠国《えんごく》の砂《すな》に埋《うづも》れて、幸《かう》か不幸《ふかう》か、幽魂永《いうこんなが》き契《ちぎり》を結《むす》ぶ奇縁《きえん》。四十年前《ねんぜん》の物語《ものがたり》として伝《つた》へられまする。

この雅俗混交の華麗さとリズムの良さ（声に出して読むと良くわかります）。原作者名は表記されていないものの、これはドイルの翻訳ではなくまさに紅葉の文学作品となっている。近松や西鶴につうじる男女の情話を原作よりも情緒豊かに（「心中」という言葉に象徴されている）翻案されているこの作品は明治三十七年十一月二十六日〜十二月十九日まで、明治座の『坂本

図１　『心中船』表紙

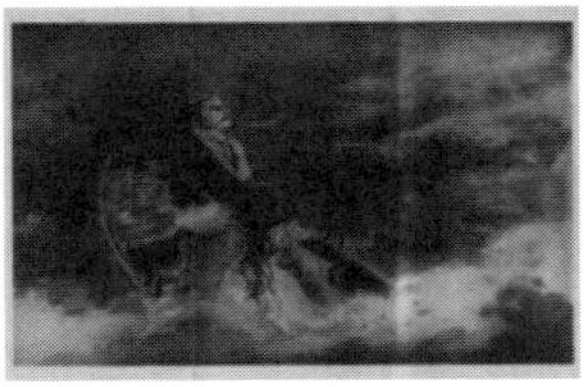

図２　『心中船』折込口絵

龍馬』の中幕として演じられた。それを観た正宗白鳥は、「『心中船』は殊くに感銘が深かった。」（「明治時代の外国文学印象」）と記している。

この『心中船』については、「東京朝日新聞」（明治三十七年十二月十四日付）に、竹の屋主人の「明治座略評」が載っている。それによると――

二番目「心中船」は紅葉山人の作を（市川）高之助が脚本に直したもので「二幕なれどなかなか趣味のあるものにて作者だけに高之助の哲学者幕邊《まくべ》もつともよく老僕忠助《ちゅうすけ》が主人を助けんとして船長大蟹《おほがに》を短銃《ピストル》にて討しを見て『貴様ア己《おれ》の哲学を信じ過ぎたなア』と平然として立去るところ面白し、水上の忠助なかなかよし、島之助の令嬢壽美子《すみこ》は女形になづみ過たり今少し台詞《せりふ》を工夫せねばかかる新物うつり悪かるべし、左喜之助の小説家紅楠《こうなん》は一寸《ちょいと》チョキ掛りのところ新聞社編輯の軟派に属して探訪をも兼ねるといふ人物に見たり大かた此優《このいう》の親友に斯様なる小説家ありてそれを模型とせしならんか変屈な哲学者に対照して是もまた妙、をかし此小説家うまい所へ出会したと此事件を敷衍《ふえん》して一編の恋愛悲哀小説をものされたならば定めて大喝采を得るなるべし、左升《さしょう》の船長大蟹これは勝安房ほどにはいかねど手づよくて恋も情義もあるところ先づ其人にはなりたり、只四人で此作此役を面白く見せたるは大手柄々々」

――と、白鳥と同じように、高く評価している。

同紙十二月一日付「楽屋すずめ」によると「坂本龍馬」と「中幕『心中船』銚子邊別荘同海岸の場」の配役は次のようになっている。

忠僕忠助（水野）
令嬢壽美子（島之助）
小説家戸入紅楠（左喜之助）
哲学者幕邊地順（高之助）
船長大蟹生有楠（左升）

この配役の内、「小説家戸入紅楠」は紅葉の作にはない。「戸入紅楠」は「ドイル・コナン」のもじりであることは言うまでもない。脚本を見ていないので想像するよりほかないが、紅楠は狂言回しであろう。なお、「竹の屋」は、忠助を「水上」としているがこれは「水野」の間違い（水野は龍馬と二役）。この役四人としているが五人の間違いであろう。

翻案された舞台劇とはいえ、ドイル原作の「心中船」がなぜこんなにうけたのだろうか。『金色夜叉』では、高利貸しの間貫一が、恋が成就できないため心中を図ろうとする紙問屋の支配人・狭山と恋人の芸者の愛子を救おうと、二人に向かってつぎのように言う。

「千万人の中からただ一人見立てて、この人はと念った以上は、勿論その人のためには命を捨てるくらいの了簡がなけりゃならんのです。その覚悟がないくらいなら、始めから念わん方がいいので、一旦念ったら骨が舎利になろうとも、決して志を変えんというのでなければ、色でも恋でも、何でもないです！」

このセリフは、「アーケンジェルから来た男」の心情そのものである。紅葉の『金色夜叉』と「心中船」は、井原西鶴や近松門左衛門が描いている男女の情話に通じているから、日本人の心情に訴えるものがあったといえるだろう。

小栗風葉も徳田秋声もコナン・ドイルの作品を訳しているが、紅葉の四天王の一人といわれる泉鏡花にはなぜかドイルの翻案はない。しかし、彼の出世作「外科室」（医学士と伯爵夫人がプラトニックな愛をつらぬく情話）には、師・紅葉の恋愛観の影響（「千万人の中からただ一人見立てて、この人はと念った以上は、勿論その人のためには命を捨てるくらいの了簡がなけりゃならん」）が色濃く反映されているが、ドイルの、不倫中の妻と外科医に復讐する男の物語「サノックス令夫人」（*The Case of Lady Sannox*, 1893）との共通点も見逃せない。(2) 鏡花は当時の日本の「探偵小説」を読んではいるが「からくりばかり」で面白くないと言っているところをみると、ドイルの作品は読んでいなかったと思われる。

コナン・ドイルの怪奇小説二篇を翻案した

徳田秋声

徳田秋声（とくだ　しゅうせい）

略歴　小説家（1871―1943）。第四高等中学在学中、読書に親しみ作家を目指す。明治 28 年再上京し博文館に勤務。泉鏡花の勧めで紅葉門下に入る。鏡花、小栗風葉、柳川春葉とともに「葉門の四天王」と呼ばれた。後、『新世帯』（明治 41 年）、『黴』（明治 44 年）、『あらくれ』（大正 4 年）など自然主義文学の傑作を発表。昭和 16 年に連載した『縮図』は思想統制の強化により中断されたが、それに抗議し自ら筆を絶った。太平洋戦争下、随筆『病床にて』（昭和 18 年）を発表。国家の前途を憂いながら永眠した。

徳田秋声は、紅葉が「心中船」を訳した翌年、つまり明治三十二（一八九九）年七月から翌三十三年一月までの間に三回にわたって少年雑誌「学窓余談」（春陽堂）に「大実験」（The Great Keinplatz Experiment：「カインプラッツ市における大実験」）を訳載。高名な解剖学者で化学者のカインプラッツ大学教授バウムガルテンが若いハートマン青年と霊魂を実験によって交換するという空想科学小説。それを場所は日本、名前はそれぞれ保科博士、甲賀（青年）に変えている。紅葉の「心中船」と同様、この「大実験」の原書をどこから仕入れてきたか不明である。秋声の回想録『わが文壇生活の三十年』によると、秋声が紅葉に初めて面会した時、紅葉はディケンズの話をし、英語は読めるかと聞かれたので少しは読めると答えると、アメリカの通俗小説を渡され、これを日本の小説風に書いてくれと頼まれ、それを小説に書き、原稿料を貰ったということなどが書いてある。年譜を見ると明治二十八（一八九五）年四月、秋声（二十五歳）は博文館に入社、同月末、泉鏡花に勧められ紅葉を訪問し門下となり、紅葉から「近畿新報」（?-他説あり）掲載の翻案を与えられ初めて原稿料五円を得た、とあるから、秋声の回想はこの時のことだろう。

先に述べたように紅葉が「心中船」を雑誌「新小説」に訳載したのが明治三十一

（一八九八）年で、秋声が「大実験」を翻訳し「学窓余談」（図1、2）に載せたのが翌三十二年であること、「新小説」も「学窓余談」も同じ春陽堂から出版されていること、紅葉が少年向けの翻訳・翻案をやっていることなどから考え合わせると、これはあくまで推測にしか過ぎないが、秋声は紅葉からドイルの種本を借りて翻訳し、紅葉の紹介で少年雑誌に掲載したのではなかろうか。では、種本になったのは何か？　と考えると話しは少しややこしくなるが、ロングマンズ＝グリーン社から一八九〇年三月に刊行された *The Captain of The Polestar and Other Tales*（『ポールスター号の船長他の物語』）には、表題作の他、“The Man From Archangel”と“The Great Keinplatz Experiment”の両作品が収載されているから本書が種本と思われる。一八九六年にコロニアル版（植民地版）が三五〇〇部出版されているし、また、アメリカ版を使用した可能性もあるがここではふれない。紅葉は、本書を丸善から仕入れて来て、自分は「心中船」として訳し、秋声には「大実験」を訳させたのではないだろうか。以上は、推測の上に推測を重ねての話であるからあくまでも参考にしか過ぎない。

図1　「学窓余談」表紙

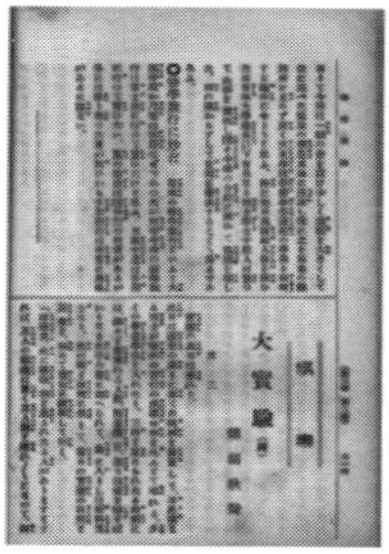
図2　「大実験（続）」

先に述べたが、山縣も「荒磯」と題し紅葉と同じ年に「アーケンジェルから来た男」を訳しているから、このアメリカ版の *The Captain of The Polestar and Other Tales* を種本にしたと考えるのが妥当な線だろう。

——とここまで書いてきたところで、神保町の古書店で松本徹『徳田秋聲』（昭和六十三年）を見つけたので立ち読みしてみると（後で図書館から借り出し確認したけれど）、次のように書いてあった。

（……）秋声は英語に比較的堪能で、じつに雑多な英書を読み、翻訳、あるいは翻案をさかんにおこなっているのである。（……）この翻訳・翻案が、じつは初期の秋声の実際的な柱であった。明治三十二年初めに塾が解散になると、まもなく秋声の名単独で「中央新聞」に連載を始めたのが、「舊悪塚」（三月十五日〜五月十四日・六十回）であった。ひきつづいて、同じく翻案「氷美人」（七月十二日〜八月二日・十七回）、「銀行手形」（八月三十日〜十月二十五日・四十回）を、いずれも「中外商業新聞」に掲載している。

その後、数行飛んで、「『氷美人』は北洋捕鯨船の話で、語り手の船医ひとりが日本人になってをり、」とある。翻案もので捕鯨船の船医が語り手——ということはひょっとしてドイルの「ポールスター号の船長」ではないかと思い、「著作初出年譜」を見たら、明治三十二年七月の項に、先に紹介した「大実験」の後に「『氷美人』（翻案☆）」と記載され、さらに明治三十三年九月の項に、「『狂船長』（訳☆原作は「氷美人」と同じ）中学世界三・十二増刊」——とあった。となると、この作品が「ポールスター号の船長」である可能性が強いと思ったので、早速国会図書館に出かけ、『徳田秋聲全集』（八木書店）の第二十六、七巻（平成十四年一、二月）を借り出し調べてみたところ、結果は予想通りであった。

全集第二十六巻には「氷美人」が収録されており、内容は、日本海軍軍医・敷嶋太郎が「北辰丸」という北洋捕鯨船に乗り込んでいた時の、「船長が驚くべき変死を遂げた顛末」を記したもので、明らかに「ポールスター号の船長」の翻案である。「解題」にもちゃんとイギリスの作家コナン・ドイルの短編「ポールスター（北極星）号の船長」（The Captain of the Polestar）の翻案と記載されていた。第二十七巻には「中学世界」（明治三十三年九月）に掲載された「狂船長」が収録されている。こちらは、「氷美人」と違い原作にそった文語体の翻訳だが、両者とも原作の筋を少し変えてある。特に、船長がなぜ幽霊を追いかけて死ぬにいたったか、原作では物語の最後に種明かしがされるが、秋声の作では途中で船長に種明かしをさせているので物語の怪奇性が幾分弱まっている。

前述した紅葉と秋声がドイルの作品を翻案・翻訳した種本は何かという問題について考えてみると、紅葉の「心中船」、秋声の「大実験」、「氷美人」がほぼ同じ時期に訳されていることから考えると、この三作品を収録している *The Captain of The Polestar and Other*

Tales（『ポールスター号の船長他の物語』）が種本であるという可能性はますます高まったと言えよう。それにしても秋声がドイルの作品を二編も翻案・翻訳しているとは、驚きである。

秋声の作品に「銀行手形」がある。本篇は、封筒にいれたはずの銀行小切手（為替）が無くなっていて、それを老探偵が取り戻す話である（「一念」という同工異曲の作品もある）。本作は明らかに外国作品の翻案だが、そのネタがわからない。ポオの「盗まれた手紙」（A parloined letter. 1845）などはその候補だが、同工異曲の作品にウイルキー・コリンズ『盗まれた手紙』（中島賢治訳 A Stolen letter. 1854）がある。しかし、本作も「銀行手形」の元ネタではない。これも今後の課題にしておきたい。秋声には外国種の作品が多いが、自分が好意を寄せていた若い小間使いが父親の妾にされる短編「お静」は、一読してツルゲーネフ『父と子』を思わせる作品（十川信介も「秋声と家庭小説」で指摘している）である――案外、秋声はホームズ譚を読んでいたかもしれない。

宗像和重の説（「〈物〉との格闘」）によると、牽強付会かもしれないと断ったうえで、秋声にはディケンズやリットンに共通していた「怪奇趣味」があったと述べている。ドイルが怪奇・幻想小説を数多く書いているのは周知のこと。「氷美人」も「大実験」もその範疇に入る作品である。「氷美人」の後、明治三十三年七～八月に「中外商業新報」に幽霊奇譚「暗殺剣」（リットンの怪奇小説「幽霊屋敷と幽霊」"The Haunted and the Haunters:. Or The House and the Brain" の翻案と言われる）を発表しているのも秋声の「怪奇趣味」の表れではなかろうか。また、初期の作品のように小説の結末を、崖からつきおとすように、簡単に処理してしまうところが、怪奇小説的と言える。

なお、「アーケンジェルから来た男」は、山縣五十雄、大泉黒石、松居松葉、竹貫佳水、延原謙をはじめ多くの人によって翻訳されている。

ついでに書き添えておくと、紅葉に批判的だった内田魯庵は、「探偵小説の憶出」という一文を「新青年」（大正十三年八月）に寄せ、「其後私は探偵小説といふものを余り読まない。シャーロック・ホームズやセキストンブレーキなどは少しは読んでみたが、ボアゴベやガボリオーほど感興を惹かなかつた。」と、残念なことにホームズ譚をあまり買ってはいない。

夏目漱石の作品に
コナン・ドイルの影響を嗅ぎ取った

田山花袋

田山花袋（たやま　かたい）

略歴　小説家・詩人（1871―1930）。栃木県生まれ。明治14年上京。京橋の書店に勤める。19年再度上京、神田の英学館で3年間英語を学ぶかたわら西欧文学を読みふけった。尾崎紅葉の紹介で江見水蔭に兄事。その後、19世紀後半の西欧の文学に接し、特にモーパッサンの短編集から強い影響を受ける。明治40年に発表した『蒲団』、明治42年刊『田舎教師』で日本の自然主義文学の指導的役割を果たす。

日本における自然主義文学の道を開いた『蒲団』を著した花袋が初めて尾崎紅葉に会ったのは、「紅葉山人訪問記」（『椿』図1）によると明治二十四年五月のこと。その折のことを花袋は「机の傍の火鉢の前で、兼ねて逢ひたいと思つた作家と相対して坐つた時、私は言ふに言はれない喜悦《よろこび》を感じた。」と述べている。そして、机のそばに転がっている洋書を前に、花袋はイギリス文学や詩、西鶴の話を持ちだしたという。この後、花袋はしばしば紅葉山人のもとを訪れたというから、紅葉の机のまわりにころがっていた洋書のなかの一冊が *The Captain of The Polestar and Other Tales* だったと想像するのは、楽しいことである。

妻子ある中年男が、好きな娘の匂いが残っている蒲団に顔をうづめて泣く短編『蒲団』を書き「あいつは甘い少女党」とも揶揄された田山花袋と、女嫌いの推理機械のような名探偵ホームズを創造したコナン・ドイル——この二人は、私の頭のなかではどうしても結びつかなかった。が、『近代の小説』（近代文明社、大正十二年三月三版、図2）では——

「（漱石の小説には）英文学が非常に影響して」いる。当時、イギリス文学は仏露などの「大陸文学」「大陸思想」とは没交渉であった。「しかし、漱石はそうした英文学に教養の深い人であった。中でもかれはジヨルジ・メレデイスに深い共感を持つた。そしてまたその一方では、コナン・ドイルあたりの短編にも多少の感化を受けてゐたらしかつた。それに、その趣味に於いても、その学者らしいところと神士らしいところに於いても、ぴたりとイギリス文学に合つてゐた。つまり東洋趣味とイギリス趣味との結合が漱石かれ自身のであると言つて差支えなかつた。」

また「此頃の感想」（「中央公論」、昭和五〈一九三〇〉年一月）では――

漱石にしても、当時の新しい運動の影響をもつともつと深く書かなければならない。（……）私は漱石の内部に江戸時代を感ずる。やはり明治以前の教養に伝統的に非常に影響されてゐることを感じる。従つて彼れの書いたものには非常に舊いものと新しいものとが不統一に雑り合はされてゐることを感ずる。また、かれを批評するには大陸文学とイギリス文

図１　『椿』表紙

図２　『近代の小説』表紙

学との当時の状態にまで深く入つて論及して行かなければならない。かれにおけるジョオジ、メレデスの影響、コンナン、ドイル（ママ）の影響、さういふものも加算しなければいけない。

と評している。

——以上のように、花袋は、漱石の小説にコナン・ドイルの影響を読みとっているところを見ると彼もまたコナン・ドイルの愛読者だった。ただし、『近代の小説』では、感化を受けていた「らしかつた」と書いているところをみると、他人の説の受け売りか、あるいは単なる推測だつたかもしれない。花袋は、漱石の作品について「心理描写には骨を折つた人」だが「別に感心もしない」と評価は低い。漱石はドイルの影響を受けていた——との花袋の評について言及しているのは、十一谷義三郎「作家の作家論」（『ちりがみ文章』）である。(1) 花袋以前に漱石の作品にコナン・ドイルの影響があると論じた評論があるのだろうか？　現在のところ不明である。

漱石の作品への「ドイルの影響」とは、明治四十五（一九一二）年に発表された『彼岸過迄』の主人公・敬太郎が、「探偵小説中に主要な役割を演ずる一個の主人公」（「停留所」）のように描かれていることやジョージ・スティーヴンスンの『新アラビヤ夜話』（*New Arabian*

Nights.1882）の構成を借りていることから、「探偵小説」の影響があると推測したからだろう。――と、すれば。花袋はホームズ譚を読んだに違いないと思うのだが、花袋とホームズ譚の結びつきは、漱石とホームズ譚の結びつきよりも、はるか遠く感じられる。しかし、花袋の『近代の小説』や『長編小説の研究』（大正十四年）を読むと、その結びつきが意外ではないことが分かる。

余談になるが、『近代の小説』は、明治・大正時代の小説の流れや文壇の状況を知ることができる簡明、貴重な読み物であることを付記しておく。本書で花袋は「実行と芸術」、「解剖と観察」ということばを、当時の小説の流れのキーワードにしている。これは人生を細かく「観察」し、それを「分析」し、生きることの意味や「性」について深く考え表現する――それが芸術だ、という意味ではないだろうか。

花袋の西洋文学体験を大まかに書くと、始まりは英文学で、スコット、エリオット、サッカレイ、ハガード、ウイルキィ・コリンズなどに親しんだ（ここまでくれば、コナン・ドイルに近くなる）。それから、ポオなどアメリカ文学も読んだが、英文学は、「ぴたりと来なかつた」ので、フランス、ロシア文学へと転じる。ツルゲーネフ、トルストイ、ドストエフスキーから、バルザック、ゾラ、モーパッサン、ユーゴー、フローベール、ユイスマンスなどへ広がってゆく――。

花袋が『源氏物語』や西鶴、近松など日本の文学はもちろん、英文学やフランス文学に通じていた、というのは意外と思われるだろうが、小学校卒業後、上京し「明治会学館」で三年間英語を勉強していることや、ポール・ベルレーヌの“Chanson d'autonnue”を上田敏の「落葉」より早く「颪」（明治三十六年）と題して訳していること、上田敏から短編集 *The Ode Number*（英訳本）を借りて読みモーパッサンを知り、モーパッサン「老農」（明治三十四年）を訳している。また、怪奇・幻想小説のアンソロジーに決って収録されるモーパッサンの「オルラ」（Le Holra）についての短文「ホルラ」を書き、短編「絶壁」でもふれている。それに、アラン・ポオやホフマンの想像力を「真似したくもちよつと真似の出来ないほど奇怪な想像力」と讃えている。

田山花袋の西洋小説の研究ぶりは、明治三十四年の春頃の、正宗白鳥の談話として「此の間松岡（柳田国男氏）の処に行つたら、西洋の近頃のものは田山花袋がよく読んでゐるから、紹介する、一つ会つて見玉へと言つてゐた。」と近松秋江が書いている（「田山花袋氏」、「中央公論」明治四十一年五月）ことからも分かる。

このように花袋が読んだ本を並べてゆくとコナン・ドイルが読んだ本と重なっていることに気がつく。ドイルはメレディスの『リチャード・フェヴェレルの試練』を絶賛し、「ゾラもモーパッサンもゴーチィエも理解できません」と書いてはいる（一八九四年四月五日、母メアリへの手紙）ものの、ツルゲーネフ、トルストイ、バルザック、フローベールの愛読者だったし、ゾラの「女性向けとは言えない」『テレーズ・ラカン』の芝居（一八九一年十月十四日、母メアリへの手紙）も観に行っている。

モーパッサンについて言えば、ドイルの短編「茶色い手」（The Story of The Brown hand. 1899）は、モーパッサンの怪奇小説「剥製の手」（La Main decorche. 1875）や「手」（La Main. 1883）から影響を受けていることや、世界の短編小説の名手として、アラン・ポオとモーパッサンを挙げていることを書き添えておこう（「エドガー・アラン・ポーを始めとする短編作家」）。

沢豊彦氏の「花袋とモーパッサン――海外文学邦訳事始め」（『田山花袋の「伝記」』）によると、花袋らの日本の自然主義を決定づけたのは「五十銭の英訳廉価本 *After Dinner Series*（十一《マ》冊《マ》）のモーパッサンであった」と記している。この英訳本『短篇集』（十二冊）を花袋は、丸善の目録で見つけ注文。明治三十六年五月に本が到着、代金を博文館から前借りして手に入れ読み耽った。その時の読書感を「ガンと棒か何かで撲たれたやうな気がした。」（「丸善の二階」）と記している。そのなかに「手」や「宿屋」「ラオルラ」が収録されていたら、花袋はドイルと同じモーパッサンの短編を読んでいたことになる。さらに書き添えておくと、花袋は明治三十四（一九〇一）年四月以降、『ピエールとジャン』（英訳本 *Pierre et Jean*）を買い求め、六月までに『ベラミ』に辿りつく（沢・前掲書）。一方、ドイルは、『ピエールとジャン』を読んで、「前書きがこの作品で最もすばらしい部分です」と母親宛てにスイスから手紙（一八九五年九月二十九日）を送っている。この前書き「小説について」のなかでモーパッサンは、世界に同じ物、人は一つもない。微細な観察による写実こそ作者を独創的にする――と説いている。ドイルが登場人物の服装や容姿を細かく描写している所以である。

一方、花袋は、西鶴を読んでその鋭い観察力を敬服に値するとし、モーパッサンと同じような感じを味わえる、と高く評価している（「西鶴について」）。西鶴には旅宿の引き込み女が旅人の装束についた泥や言葉使いからその人がどの地方から来たか推理して当てる物語「諸国の人を見しるは伊勢」(2)がある。

ここまでくれば花袋が観察・分析・推理を軸にしたホームズ譚風の探偵小説を書いてもおかしくない。

実際に、花袋は探偵小説風の短篇を書いている。「Kの死因」（大正七年）である。友人Kの死因に疑問を抱いた「私」が、Kの細君とSの関係を調べてゆく話。そのなかで、「私」は、ゾラの『テレーズ・ラカン』を想い出しながら、Kは自殺ではなく、細君が毒殺したのではないか？　と想像し、「一層その想像が怪奇になつて面白くロマンチツクになつて来る。いよいよ探偵小説でも読んでいるやうな気がする。」と記している。

同じ小説を読みながら（ドイルはロシア文学は英訳で、フランス文学は原書で読んだ）、コナン・ドイルは科学的名探偵シャーロック・ホームズを創造し、歴史小説家としての評価を得たい、という彼の意向とはうらはらに探偵小説の古典として今日にいたるまで世界中の人気を得ている。一方、花袋は『蒲団』『田舎教師』により自然主義小説の寵児になり、日本の文学史に多大な影響を与えてはいるものの、現在ではほとんど読まれていないのは、沢豊彦の言うとおり「日本の自然主義が科学（合理）的真実を突き詰めえなかった」からであろうか。

花袋がゾラやモーパッサンのいわゆる「自然主義」小説だけでなく、ポオやホフマン、モーパッサンの怪奇・幻想小説、ドイルの探偵小説・怪奇小説の方向にもむかっていたら、日本の「私小説」中心の純文学も違った発展を遂げたかもしれない。「僧の奇蹟」以降の作品では、男女の愛欲や生死の向こう側を観ようとする幻想的で霊的（スピリチャル）な小説を多く書いていることを書き添えておく。

ドイルと花袋――このふたりが同時代の人間だったとはすぐには気がつかない。花袋は、ドイル（一八五九年生まれ）より十歳ほど若いが没年は同じ一九三〇（昭和五）年である。花袋がコナン・ドイルを読んだことは間違いないと思うけれど、どこでホームズ譚と出会ったのか、これは謎。丸善のみならず、淡路町や日本橋、神田神保町の古本屋で外国の雑誌を買い、ゾラ、コリンズ、ドーデー、ハガード、ブロンテなどを読んだ（『長編小説の研究』）と記しているから、そのなかにコナン・ドイルが含まれていたのではないか？　それにドイルの原書を持っていた紅葉のもとに出入りしていたから、紅葉からドイルを紹介されたと推測もできるが確証はない。また、親交のあった上田敏がドイルのファンだったから彼からホームズ譚を借りて読んだ、という推測も成り立つが、いずれも確証があるわけではない。

では、花袋が評しているように、漱石はコナン・ドイルを知っていたかどうか？　ホームズ探偵譚を読んだかどうか？　については、諸家、諸説をなしている。

たとえば、コナン・ドイルの肖像写真が掲載されている「ブックマン」(*Bookman*)の付録を持っていた、とか、ホームズ譚が評判になっていた同時期にロンドンに留学していた(一九〇〇~一九〇一年。ただし、この時期はホームズ譚は雑誌に発表されていない)こと、また、漱石が編纂した英語教科書「夏目金之助校訂 *New Century Choice Readers*」(第四巻、東京・大阪・開成館発行、明治三十七年十二月、図3)[3]にコナン・ドイルの作品『亡命者』(*The Refugees*, 1893)の一部が"Eyes and Ears" Adapted from The Refugees by Conan Doyle として掲載されていること、本間久四郎『名著新訳』には漱石の序文がのっており、本書にはドイルの「おもひ妻」が訳載されている(漱石の眼にはドイルの名前くらい入ったと思われる)——といった傍証はみつかるのだが、漱石が読んだ、という直接的な記録は、現在のところみつからない。

ただ、自然主義とは別の道をたどった漱石に田山花袋がコナン・ドイルの影響を読みとった、という事実はまことに興味深いものがある。田山花袋を『蒲団』だけの自然主義作家として葬ってしまってはもったいない。

図3　漱石が編纂した英語教科書「夏目金之助校訂 New Century Choice Readers」

人力車上で
コナン・ドイルを読んだ

上田 敏

上田 敏（うえだ　びん）

略歴　詩人、評論家、英文学者（1874—1916）。東京築地生まれ。東京大学英文科卒業後、大学院で学ぶ。小泉八雲などの指導を受け英学生として「一満人中の一人」と激賞された。八雲辞任の後、漱石とともに東大講師となる。雑誌「明星」にフランスの訳詩を発表。明治 39 年訳詩集『海潮音』を刊行。40 年、欧米外遊。パリで永井荷風に会う。帰朝後、京大教授になる。新聞に半自伝的小説「うづまき」を連載。永井荷風『冷笑』とともに享楽主義の代表作とされる。翻訳・講演に活躍したが発病。43 歳で死去。

上田敏といえば、「落葉《らくよう》」であり、「春の朝」であり、「山のあなた」である。
「落葉」（ポール・ベルレーヌ）は――

秋の日の
ヴィオロンの
ためいきの
身にしみて
ひたぶるに
うら悲し。
（……）

「山のあなた」（カアル・ブッセ）は――

山のあなたの空遠く

「幸」住むと人のいふ。
噫、われひとと尋《と》めゆきて、
涙さしぐみかへりきぬ。
山のあなたになほ遠く
「幸」住むと人のいふ。

この詩を教ったのは高校時代だと思う。今でも初めの二、三行は諳んじている。これらの詩の原作者は覚えていないが、上田敏『海潮音』（図1）——ということだけはすぐに浮かんでくる。「落葉」（Chanson d'automne）は戦争映画『史上最大の作戦』のノルマンディ上陸作戦の暗号に使われ、「山のあなた」（Uber den Bergen）は、三遊亭円歌の落語の一部に使われて日本中に知れ渡った。しかし、これらの詩の作者あるいは訳者・上田敏の名前を知っている人はどれくらいいるだろうか。まして、この上田敏がコナン・ドイルの愛読者だったことを知っ

図1 『海潮音』初版・復刻版、表紙

ている人はさらに少ないだろう。

上田敏は若いころから秀才として知られ、大学院生時代、ラフカディオ・ハーン（小泉八雲）から「君は他の学生よりも博識であり、且つ英語をよく知つて居り、英語で完全に思考し表現し得る人となり得べき一満人中の唯一の日本人学生」と評され、また、田山花袋は「紅顔の美少年時代に『鴎外の翻訳なんか誤訳だらけだ』と言ったほど」の秀才、と評した（「新しき思想の芽」）。

その博識は、英文学はもとより、ギリシャ、ローマ思想から、ゲーテ、ダンテに及びさらにはベルレーヌ、ランボーなどのフランス詩人、ドイツ詩人に至り、小説については、トルストイ、ツルゲーネフなどのロシア文学、アメリカ文学（ポオ、マーク・トゥエイン）に及んでいる。欧洲における批評、演劇、小説などあらゆる方面の文芸をいちはやく日本に紹介した。上田敏はウオルター・ペイターの著書『文芸復興』（一八八八年）を読み、思想・生活態度に影響を受けた。彼の考え方は、あらゆる物事を知り理解し生きることを楽しむ「享楽主義《ぢれつたんちずむ》」と呼ばれ、当時西洋文学の紹介者として著名な田山花袋は、上田敏を享楽主義者としてしりぞけていたにもかかわらず、森鴎外とともに海外文芸の動向をいち早く紹介する権威者と見ていたという。

「落葉」や「山のあなた」などを訳した詩人という程度の知識しかなかった僕のような凡人は、その博識、その哲学を知って眼を開かされ、明治時代の先人の情熱をあらためて教えられた。

では、上田敏とコナン・ドイルの関係について以下に述べる。
始めて上田敏の著書にコナン・ドイルの名前が登場するのは、「近英の散文」（『帝国文学』明治三十〈一八九七〉年九月）。近時、某知名の文士が新聞紙上で、過去十年間の英国文壇における散文の大家を募集したところ次の様な結果になったという。記載されている三票以上の得点者十四人のうち、主な名前を挙げてみると（生没年は当時）――

ウオルター・ペイター（一八三九～一八九四）……三十一票
トマス・ハーディ（一八四〇～）……十三票
ロバート・スティーブンスン（一八五〇～一八九四）十二票
ジョン・ラスキン（一八一九～一九〇〇）……十一票
アンドリュー・ラング（一八四四～）……九票
ジェームス・バリィ（一八六〇～）……七票

以下、メレディス（六票）、キプリング（六票）と続いて、コナン・ドイルは三票を獲得している。上田敏はこの結果を評して、自分の管見をのべれば、ペイター、スティーヴンスン、アンドリュー・ラング、キプリングの四人こそ「近英散文の泰斗」としている。彼が最も影響を受けたペイターについては『文芸復興』『享楽主義者・マリウス』を挙げ「精読数番ますます含蓄の深さに驚く」「吾において殆んど師父」のごとし、と賛辞を贈っている。スティーヴンスンについては『ダイナマイター』（ドイルが『緋色の研究』を書くにあたって参考にしたと言われる)、『宝島』『ジキル博士とハイド氏』などを挙げて四名を紹介の後、他の得票者を簡単に紹介。コナン・ドイルについては、「歴史小説の方向に於いて一代の声誉を得たる者、新著『アンクル、ベルナック』(1)は編中、ナポレオンの英姿あるを以て、特に愛読せらる。」と述べている。『アンクル・ベルナック』(*Uncle Bernac*)は、雑誌「マンチェスター・ウィークリー・タイムズ」(*Manchester Weekly Times*)に一八九七年一月八日から三月五日まで連載され同年単行本化されたから、発表とほぼ同時に紹介している。

また、フランスの記者が英国の知名作家に、仏蘭西文学者のうちで誰が仏国の性情を最も発揮しているか? との問いに対するメレディスやラング、ホール・ケイン、ハガードなどからの回答「佛文名家撰」(「帝国文学」明治三十二年四月)を載せ、そのうち、コナン・ドイルの「返答殊に面白し。」として次のように紹介している。

「(コナン・ドイル)曰く十歳にしてGustave Aimardを愛し、十五歳にしてJules Verneを愛し、二十歳にしてDumas Pere, Erckmann-Chatranを愛し、如今Maupassantを愛すと。譬喩談より科学小説に及び、それより侠勇戦闘の稗史《はいし》に徙《うつ》り、終に転じて人生の活写を喜ぶに至れる経路、多くの人の身にひき比べて思ひ当る可きなり。」とドイルの読書歴(2)を端的に紹介している。

『近世の英文学』(「文芸講話」明治三十四年二月)では、キプリングやメレディス、トマス・ハーディの紹介につづいて、「其他第二流に至つては、バリイ Barrieといふ新進作家もあり、コナン・ドイルといふ文士があつて、二流と雖も、なかなか面白く、読者に悦ばれる事はメレディスよりも優つて居る。」と大衆娯楽小説家と位置付けている。

後年、京都大学において行われた特別講演会（明治四十三年十月～翌四十四年二月まで十二回）の筆記録『現代の芸術』（大正六年刊。図2）において、イギリスの小説家で大陸の作家と比較して遜色のないのは、メレディス、トマス・ハーディ、その他にはH・G・ウエルズにキプリングくらいのもの――と述べている。その面白さについては、一流のメレディスよりも二流のドイルが勝っていると云うほどだから、敏の鑑識眼の確かさと分類にとらわれない度量の大きさには頭が下がる。真似るベシ。

上田敏が外遊するまえに発行された本間久四郎訳『名著新訳』（ポー三編他ドイル「思ひ妻」収載、明治四十〈一九〇七〉年、図3）には、漱石・抱月・敏が序文を寄せている。

「亜米利加の文壇に眞の詩人を求むればまづ指をポウとホイットマンとに屈すべし。（……）彼また近世科学の結果より幾多の奇想を拈出してジウル・ヱルヌ或はエイチ・ジイ・ヱルス等

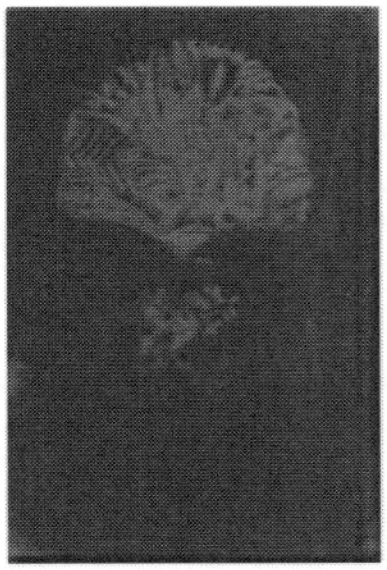
図2　上田敏『現代の芸術』表紙

図3　本間久四郎訳『名著新訳』表紙

が科学小説の祖となり、犯罪に鋭利なる推理力を応用して、ボアゴベエ、コナン・ドイル等が探偵小説の源となり（……）」とポオが科学・探偵小説の始祖であると認めている。この文章から上田敏がホームズ譚を読んでいることが知れる。序文の末尾に「明治四十年九月　東京上田敏」とわざわざ「東京」と記しているのが奇妙であるが……。

明治四十年十一月、敏は横浜港より外遊の途につく。アメリカから翌四十一年には仏蘭西、英国など欧州を歴遊。パリではアナトール・フランスに会い、また、寄席で永井荷風と奇遇、十月帰国。後、京都大学教授となり東京から京都に移転する。敏は、この外遊の目的を留学生のように部屋にこもって文学を研究するのではなく、世界の文物をみることに置いた。妻・えつ子への手紙で「小生の旅行は人と少し目的がちがふ故、一生の経験を得る為、（……）活きた社会へ飛び込んで静かに人のすることを見てゐます」（一九〇八、七、一七巴里）、「思ふ事ありて学校へは行かず、用事は学者を訪問したり本をよんだりするほか、風俗をつらつら味わってゐます、するとこの国の人情の面白さ、これが此度の旅行の大発見で、いかにも外国人の自然ですなほでかざりのない子供見たやうな所が気に入りつらつら日本がいやになりました、」（一九〇八、七、二二巴里）。旅先で知り合った人の紹介で大学の講義を聞たり、美術館、博物館はもちろんオペラを鑑賞し、セーヌ河の古本屋をひやかし、カフェでビールを飲みホテルで豪華な食事をする――敏は身をもって西洋の文化を吸収した。

近松秋江は、上田敏が外遊後、アナトール・フランスを紹介したことについて、彼は実にエライ人で贅沢な趣味をもっているが、折角欧米山水を漫遊してきたのだから、西洋の文学を人より早く紹介するだけでなく、「今少し、氏が洋行前の文壇的行動以上に発展せられんことを希望する」(「文壇無駄話」〈41〉「読売新聞」明治四十二年二月十四日付)と皮肉っている。

しかし、外遊後の敏は、これまでの文芸の世界にのみ閉じこもる消極的な享楽主義ではなく、「冒険を求め飛躍を尊ぶ動的な生活」を重視する「積極的享楽主義」へと転じ、『思想問題』『独語と対話』を発表、社会問題や時事問題をも論じるようになる。半自伝的小説『うずまき』(明治四十三年)には「眞の享楽主義、積極の享楽主義は、人生の渦巻きに身を投じて、其激流に抜手を切つて泳ぐのである。……生命の豊富は、撓《たゆ》まず屈せず、活動し奮闘するに依つて増加する。」と書かれている。

大正二年十一月三十日から十二月三日まで「大阪朝日新聞」に連載された「飛行機と文芸」は、その考えをよく著している。ダヴィンチから始まりヴェルヌ、H・G・ウエルズの科学小説、さらにはモーリス・ルブランの小説『そら翼が出来た』、キストマケル『空中国』、ダヌンチオ『或は諾、或は否』に及び、「流動の哲学」(「生の哲学」)が行われる現在は、一種の飛行と同じで「生命の発動機は絶えず運転して、吾等を推進しなければならぬ」と結んでいる。「秋の日のヴィオロンのため息」の敏から「金鉄の美にして壮《さかん》なる勢力」(モラッソ『新戎器《しんじゅうき》』)の敏への転換である。日本の文学史上では上田敏は『海潮音』の訳者とのみ伝えられているが、『うずまき』の「積極的享楽主義」はもっと評価されていい。

コナン・ドイルの友人でもあり論敵でもあったジョージ・バーナード・ショウの戯曲『人と超人』もまた「生の力」が人間の進化の源になることがテーマになっている。細田枯萍訳『人と超人』（敬文館、大正二年十二月、図4）には、上田敏が序文を寄せている。そのなかで、原書にはショウの友人で劇評家アーサー・ビンガム・オークレイに寄せた序文が掲載されていることに言及。ショウは、劇中の登場人物・山賊のMendoza（メンドーザ）はコナン・ドイルの小説から借りていると明言しているが、これは「多分あの拳闘小説に出てくる猶太人の名を持つて来たのだらう」と記している。[3]

敏が指摘している「あの拳闘小説」とは『ロドニー・ストーン』（*Rodney Stone*. 1896）のことで、「ユダヤ人」とは拳闘家のMendoza（メンドーザ）に違いない。しかし、彼は「山賊」ではない。そこでショウの序文（原文）を調べてみると以下のように書かれている――

The theft of the brigand-poetaster from Sir Arthur Conan Doyle is deliberate;
「盗びと・へぼ詩人の山賊」はコナン・ドイルから拝借し、練りあげた人物である。

この原文を読むと、『人と超人』に登場する「盗びと・へぼ詩人の山賊」（筆者訳）とは、シエラネバダ山中に住む、かつての恋人へむけた詩を書いている詩人でユダヤ人の山賊メンドーザのことを指している。ドイルの作品中、「山賊で詩人」と言えばジェラール譚の一篇『旅団長、キングを掌中にした話』（大仏次郎訳“How the Brigadier Held the King” 1895）に出てくるスペインの山賊の首領エル・クチルロ（エチエンヌ・ジェラールが捕えられた山賊の首領エル・クチルロは、「マドリッド」というスペイン語の詩を書いている）が思い浮かぶ。

以上のことから考えると、ショウがドイルから拝借したという人物は、敏のいう『ロドニー・ストーン』のユダヤ人拳闘家「メンドーザ」と、ジェラール譚のスペインの山賊・詩人の「エル・クチロ」を合体させたものであろう。敏先生、ジェラール譚は読んでいなかったかもしれない。

ショウはホームズのことを単なるコカイン中毒者に過ぎない、と揶揄したが、『人と超人』のなかで、アメリカの青年ヘクター・マローンに「いいんだよ。ホワイトフィールドさんは車をとめるたびに君の行った方行を訊ねてね。まるでシャーロック・ホームズだ。」とセリフに使っている。

最後に、田部重治(4)が「コナン・ドイルに就いて」で、上田敏の想い出を語っている部分を引

図４　ジョージ・バーナード・ショウ、細田枯萍訳『人と超人』表紙

用しておく。

大学にいた頃、私はよく上田敏先生を訪れたか《ママ》、先生はどこへ行くにも人力に乗つてからだを一方にかしげながら読書されているのを知つていたので、何を車の中でお読みかと尋ねたことがある。すると先生はドイルをいつも読んでいると言下に答えられ、彼の作品だけは読んでいないものは一つもないと云われた。そこで私は作家としてのドイルの地位を押し返してきいたところ、先生は作家としてのドイルが偉大であるかどうかを問題としているのではなく、ただドイルの作品は面白いから彼のをいつも読み通していると云われたのを覚えている。先生は当時三十四五才かであった。

スーツ姿で人力車に乗りながらドイルの本（ホームズ譚も）を読んでいる上田敏の姿が目に浮かぶようである。(5) それから約七年後、わずか四十三歳で病没した。

『緋色の研究』を
翻案した破倫作家

小栗風葉

小栗風葉（おぐり　ふうよう）

略歴　小説家（1875—1926)。愛知県生まれ。高等小学校在学中、英語教師の影響を受け文学に目覚める。上京して錦城中学に入学。24年尾崎紅葉門下となる。「寝白粉」（発禁）で新進作家として認められようになり、『亀甲鶴』が出世作となる。その後、「新小説」などに次々と短篇を発表、不動の地位を築く。彼の代表作となる「青春」を読売新聞に連載。その後、代作問題、生活の頽廃により「耽溺」を最後に離京。豊橋の自宅で死去。

小栗風葉もホームズ譚の初篇『緋色の研究』（*A Study in Scarlet*）を風葉散人訳「神通力《じんつうりき》（コナンドイル）」と題し「読売新聞」（明治三十九年十一月十三～十二月八日）に連載した（図1中原英一氏提供）。風葉は、兄妹の道ならぬ仲を書いた「寝白粉」、兄嫁とのなさぬ仲を暗示させる「涼炎」、妻子ある中年男と娘の恋を扱った『恋ざめ』がある。この作品については田山花袋が序文を書き、「僕は『恋ざめ』を一過読したに過ぎぬ。けれど文章と傾向との上に一味の新意を齎らしたすぐれた作品」と評している（発売後発禁。後、改稿して刊行）。また、父親に許嫁を取られてしまう「下士官」（ツルゲーネフの『父と子』を思わせる）といった「不倫の人間関係を追及した」（伊藤整）作品が多い。そんな風葉がホームズ譚を翻案しているのは意外な感じだが、マーク・トゥエイン（「骸骨物語」）やシェィクスピア（「花菖蒲」：合作と言われる）、モーパッサン（「帰国」、「鬼子」）も翻案している（これは代作と判明。後述）と知れば意外でもない。風葉は文章はうまいが、それに流され、紅葉や鏡花、秋声のように心に染み入るような読後感がない。「或る部分の筆は今日の他の作家のとても企て及ばぬことをも認めてゐる」が「全体の上に感動を与へられたこと」はない、と正宗白鳥（「風葉氏」）も評しているように、結末があっさりとして、心に残らない。そのためだろうか、今日ではほとんど読まれることはない作家である。

「神通力」は、ワトスンは医学士・和田眞吉、ホームズは堀見猪之吉、舞台は東京。ワトスン（和田）がホームズ（堀見）と初対面したときの有名なセリフ「アフガニスタンに行ってらっしゃいましたね」を「貴方《あなた》は暫《しばら》く支那辺《しなへん》へ行《い》つて見《み》えたでせう?」と翻案したり、ホームズの観察・推理力も上手くこなしている。文章もこなれて読みやすい。また、ワトスン（和田）が旧友・スタンフォード（須山）と再会し、ホームズ（堀見）を紹介される前に、日比谷の松本楼でライスカレーを食べる、と翻案しているのも、原作のロンドンという大都会の雰囲気を醸しだすための工夫であろう。

『緋色の研究』は、第一部の舞台がロンドン、第二部が殺人の背景となるアメリカ西部が舞台という二部構成になっている。しかし「神通力」は事件現場を築地に設定し犯人を捕える第

図１　コナン・ドイル、風葉散人訳「神通力」が連載された「読売新聞」。

一部で終り。第二部の殺人にいたる長い物語を省いて、殺人の動機を、殺された「ドレッパア」（原作どおりの名前）が泊まっていた築地の「日の出ホテル」のおかかえ車夫（ジェファーソン・ホープ）が、ホテルにいる自分の愛人（十八歳で、名は小夜、「ボッテリした肉付の、眼が可愛い娘」）を手ゴメにされようとしたうらみから——と、原作とはまったく違う筋書にかえてごく簡単に処理している。

ドレッパアが酔って娘にいいよる場面は——

ドレツパアは実際、其の娘に心が有つたものらしい、ヨロヨロしながら追懸けたり取付いたり、至頭其の大きな腕で抱竦めて了つて、どんなに娘が悶いても放さない。妻になれとか、一緒に行かうとか云ふのだらう、何か甘たるい調子で訳の分からぬ事を言つて居たが、其中に額を嘗めるやら、頬辺《ほほべた》を吻ふやら……

——と、風葉らしい艶っぽい表現。ただし原作ではホテルの青年が妹を侮辱されたといって棍棒をもって追いかける、としか書かれていないので、この部分は風葉の創作。

ホームズ（堀見）がドレッパーを逮捕する場面——

「聞き給へ、此男は日の出ホテルの抱車夫で、ホテルの娘の小夜と云ふのの情夫なんだ。

ドレッパアを殺したのは、女を手ごめに爲やふとされたその怨で、スタンゼンソン（原作は「スタンガスン」：引用者註）の事は唯探索を眩まさうと云ふ手段に過ぎない……な。こら。」

と堀見は其の大男の方に向いて、「然《そう》だらう？」

男は黙つて、其所に突伏して了つた。（終）

――と、唐突に終ってしまう。なんともあっさりした幕引きである。

風葉の翻案は、原作の筋よりも、むしろ堀見の観察・推理力に重きをおいているところが特徴である。「神通力」とつけたのも、そのためであろう。風葉の観察の細かさは、例えば「寝白粉」。宗太郎の妹・お圭の肌を「節分の豆数を隠さうとしても、隠されぬは寄る年波、傍へ寄つて見ますると、小皺の間へ溜つた白粉の黒く染着いて、手垢の附いた白縮緬《しろちりめん》見るやうな、（……）」と、ホームズのように拡大鏡で女性の肌を観察したのではないか、と思えるほど仔細に描いている。

小栗風葉の作品には、描写は上手いが彼自身の人生観が感じられない、などと評されているが、本作も探偵小説とはいえ、外面的な描写に流れているため、犯罪を生んだ社会背景（原作の第二部）や人間の心理（犯罪の動機）をあっさりと流してしまっているから、全体の印象が薄い。

この風葉の「神通力」と同じタイトルで本間久四郎がホームズ譚四編を『神通力』として翻

訳している。同じ書名にした理由について本間は次のように語る。「先頃、読売新聞紙上に我が第一流の小説家小栗風葉氏作『神通力』の大々的予告出てたる事あり、小生等は必ず風葉氏一代の傑作なるべしと想像至し居り候ひしが、さて掲載されたるを見れば、思ひきやコナン、ドイルの翻訳ならんとは、しかも連載が僅か四五回にして断りなしの立ち消えと相成り」まことに口惜しく残念なので、同じホームズ譚の愛好家としてここに同じタイトルで出版した――。

本間が述べている読売の予告とは、連載前日（十二日）に掲載されたもの。

「▼小説神通力　小栗風葉　（明日より掲載）

近時の小説壇、或は自然主義と云ひ、或は写実主義と云ふものあり、（……）いづれも日常茶飯事の事書きて読者を空想に導くに過ぎず、此の小説は風葉氏が更に力を別方面に注ぎたるものにして構想の奇妙、事件の複雑、読者をして応接に暇あらざあらしむ、従来の小説に未曾有の光彩は、読者の眼《まなこ》を射て眩かるべし」

――この予告を読めば、本間が風葉の「一代の傑作」を読める、と期待するのも無理はない。ただ、本間は、風葉の連載が四、五回と述べているが、実際は二十五回にわたって連載されている。「断りなしの立ち消え」というのは本間の勘違いだろう。本間はなぜ勘違いしたのだろう。原作では、犯人を捕まえた後で、犯罪の背景と動機を第二部として詳細に書いているのに、風葉は、その部分を先に述べたようにわずか数行で処理しているから、本間は続きがあるのに中断した――と誤解したのだろう。木村毅は、「ホームズ探偵伝来録」で、風葉の「神通力」は、「明治文壇屈指の大作」「青春」連載後の「息抜きに執筆したものらしい」と書いているが、風葉は英語が得意とも思われないので、原文から翻案したものではなく既訳を焼き直したかもしれない。

一方、「神通力」は代作ではないか？　という疑問がのこる。これについて少し述べる。

風葉は、流行作家になってから注文がくると全部受けてしまい、自分の手では処理できなくなると門下生に代作させたという。岡本霊華や真山青果を門下に迎えたのも、彼らの語学力（英語）を見込んでのこと、という。「年譜」の「明治三十九年」（「神通力」を連載した年）によると、「（四月ころから）代作が目立つようになる。」と記されている。風葉の代作問題は当時、新聞に素っ破抜かれて表面化した。当時のことを弟子の真山青果（明治三十八年五月入門）は、「風葉論」（「新潮」明治四十年六月、『天才』収録。図2）でこう書いている。

図２　小栗風葉『天才』表紙。

「風葉氏と代作とは、昨年以来、随分やかましい問題なので風葉と云ふと直ぐ代作を連想するやうになつた。そして之と共に代作の青果といふ、極印まで付いて了つた」。その事実を青果は認めたうえで弁解せず、「私が風葉氏の代作をしたのは昨年（明治三十九年）の二月から十二月までの間《ま》である。数は可也りある。（……）その後は一つも無い。」（傍点引用者）(1)

──なぜ、代作をしたか。その年の二月から風葉は、新聞小説「青春」（「春の巻」、「夏の巻」図3）の連載で精神衰弱にかかったため一時筆を絶ち休養するため、房州の那古に門下の岡本霊華、山里水葉、青果ら都合四人で清遊。ところが豪遊が過ぎて宿の借金が積もるばかり。そこで思いついたのが代作。その原稿料を借金の返済にあてようという算段。風葉に断ったうえ弟子三人で代作を始める。ところがなかなかはかどらず、水葉と風葉は（当時「読売新聞」に大作「青春（秋の巻）」を連載中）四月、岡本は五月に帰京。青果は、ひとり宿に居残り代作をつづけ、短い翻訳ものへは無断署名して雑誌に売りつけ借金の返済にあてた。「無論、事後承諾を受けたやうなものの、随分思切つたイタズラをしたものだ。」と回想。十月末に帰京している。

『緋色の研究』の翻案「神通力」（十一月十三日～十二月八日）は、風葉が精神衰弱になるほどまで、全力を傾注した「青春（秋の巻）」（一月十日～十一月十二日）連載の後だけに、外国物の翻案を書く余裕などなかったろう。それで真山青果が代筆した──その可能性が大きい。そこで青果の全集に眼を通して見ると「風葉先生酔中語」（「新潮」明治四十一年五月）にこんな記述が見つかった。

「僕（風葉：引用者註）の著作で『小栗風葉』と署名してあるのが自作。『風葉』又は『風葉散人』などあるのが、代作に手を入れたもの。『ふうえふ』に至つては言語道断のこと」

『神通力』（コナン・ドイル）は「風葉散人」と署名されているから、青果が書き、風葉が補作した作品と思われる。[2] ドレッパーが宿の娘にいいよる場面（原作にはない）を執拗に描写したり、結末を簡単に処理しているのは、風葉の作風を真似たものと推測される。

青果は、すでに小説「かたばみ」（明治三十七年）、「点睛」「零落」「決闘」（三十八年）、「臨終」（三十九年）を発表している。また、青果は英訳でゴーリキー、イプセン、ツルゲーネフ、シェンキヴィッチなどを読んでいたし、文体模写（？）——「かたばみ」は蘆花、「点睛」は鏡花、「零落」は島崎藤村、あるいは永井荷風——も得意であった（野村喬『評伝　真山青果』）。これらを総合すれば、直接的な証拠はないものの「神通力」は青果の代作と考えてもいい。このあたりの消息を知れば、木村毅が「息抜きに執筆したらしい」（傍点引用者）と書いている

図３　『青春』収載『明治大正文学全集　小栗風葉』表紙。

のもうなずける。ただ、青果が『緋色の研究』の原作（原書か翻訳か？）をどこから仕入れたかについては、現在のところ佐藤紅緑しか思い当たらない。

ロンドン仕込みの
ホームズ好き

島村抱月

島村抱月（しまむら　ほうげつ）

略歴　評論家・英文学者・新劇指導者（1871—1918）。明治38年ヨーロッパ留学から帰朝後、文芸評論で活躍。「早稲田文学」を主宰し、自然主義文学の推進に力を注いだ。後、新劇運動に関わり、ヨーロッパ近代劇の普及に努めるため、大正2年、女優松井須磨子とともに芸術座を設立。須磨子の「カチューシャの歌」のヒットにより、日本全国を巡業した。大正7年11月、スペイン風邪のため急逝。享年48歳。

某日。

書棚を整理していたら、昭和二十六年三月に発行された『早稲田大学　教育会研究叢書　第二冊　島村抱月の渡英滞欧日記について』という小冊子が出てきた。著者は川副国基。抱月の滞英時代の未発表の日記（早大図書館蔵）を中心に抱月を論じたもので、その中に、次の様な文章がある。

　十月オクスフォードへ越すまでに抱月が読んだ本で日記に記されているのは多くが通俗小説であるが、それは恐らく頭休めに読んだものであろう。それはたとえばGuy Booth の Love Made Manifest, Rider Haggard の Beatrice, Hall Cain の Eternal City, Conan Doyle の Adventures of Sherlock Holmes 等[註3]である。

抱月がホームズ譚を読んでいたというのは初耳だったので、「註3」を見ると、「前記の『旅中旅行』の中でこれらの作品にふれている。当時の英人間にひろく読まれたものらしい。」とある。

抱月は、東京専門学校（早稲田大学）を卒業後、明治三十五（一九〇二）年三月に横浜港を出航、五月七日、ロンドンに到着。六月にはスタンフォードヒルのサマーズ牧師の家に下宿する。八月十四日から湖水地方に二週間ほど旅行するが、その時の紀行文が「滞欧文談（上）旅中旅行」（「新小説」明治三十五年十二月、図1）。

「八月十四日にかしま立して、初めの二週間は北の田舎に、後の二週間は南の田舎に、倫敦の夏を避けた旅中旅行記の一節がこれである。」

――と始まる旅行記である。一行の内訳は、抱月が下宿している牧師の親しい友人達で、牧師の他は、「其の細君、女教師をしてゐる姉妹のミス、意匠業の人、幾棟かの大家で、家賃売買の世話もするといふ男、石油会社の役員、小蒸汽の持主、其の細君、建築受負業者が一人、風来の吾を加へて、締めて十二人」であった。旅中の汽車の中での様子（牧師の細君と姉妹と抱月の四人）を抱月は詳しく記しているが、そのあたりは省き要点だけ記す。

車中で、牧師の細君が読んでいるのが、コナン・ドイルの『デュエット』。その情景を抱月

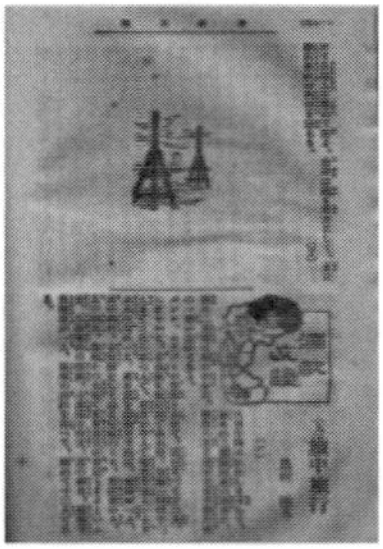

図1　島村抱月「滞欧文談（上）旅中旅行」所収「新小説」表紙及び本文。

は、「(……) 細君がコナン、ドイルの『ヂユエット』を読んで独り笑ひをすれば、妹娘は六片《シクスペス》本《ほん》の『秘密の家』といふやうな物を読みかけて、居眠りを始める。姉娘は熱心に刺繍をしてゐる。」と記している。そして、湖水地方の小さな町(アンブルサイド)の宿に泊まった夜、細君と意匠家がどんな小説が好きか、会話をする場面で――。

細君は、「(……) ライダー、ハガードも好きです。」と答えると意匠家は、スコットも好きだがディケンズが一番好きと答えた後で、「ホール、ケインも善うござゐます。」と言い、ついで「それからコナン、ドイルですか。やはり『アドヱンチュアス、オブ、シアーロツク、ホームス』が面白いと思ひます。わたしはガイ、ブースビーも好きです。『ドクトル、ニコラ』お読みですか。」と言うのである。

――この抱月の一文は、当時、ドイルの作品がどのように読まれていたかを知る上で大変参考になる。文中に出てくるドイルの『デュエット』(*A Duet.*『愛の二重唱』)は、一八九九(明治三十二)年に刊行された作品。若い夫婦の結婚前後のエピソードを描いたドイルには珍しい家庭小説である。「細君がコナン、ドイルの『ヂユエット』を読んで独り笑ひ」をするというのも頷けるユーモアもある。抱月がホームズ譚を読んだのは、この「意匠家」の話を聞いたからだと推測されるが、後に、抱月は滞英中に読んだ本について一巻の本に纏めている。「専ら英国文芸壇の一部の現状を平面的に記述した」『滞欧文談　英国現在の文芸』（春陽堂、明治三十九年）がそれである。『滞欧文談』は、英国に滞在中の一九〇三（明治三十六）年一月に起草されたもので、その中でもドイルにふれている。ディケンズやスコット、メレディス、ハーディ、ヘンリー・ジェームス、ホール・ケイン等の諸作家を当時の著名な日本の作家（たとえば、紅葉、露伴、柳浪、南翠等）に例えながら紹介した後で、こう記している。

五十代の作者が是れでザッと一段落ですが、四十何歳といふ所で、少し方面が変ッてコナン、ドイル。探偵小説の本家といふ趣きですから、やはり涙香君を假りて来るのがよいでせう。歳が四十四で、初作が十七年前、『アドヱンチュアス、オブ、シャーロック、ホームス』を代表作とすれば、十二年許り前です。

少し注釈を加えれば、『シャーロック・ホームズの冒険』が単行本として刊行されたのが、一八九二（明治二十五）年だから、抱月がこの文章（『滞欧文談』）を書いた十二年ほど前になるし、「初作が十七年前」というとドイルが『緋色の研究』を書いた年（一八八六年。出版されたのは翌年）だから、抱月は『緋色の研究』も読んだ可能性もある。

抱月がドイルの作品に言及しているのはこの『滞欧文談』だけではない。ヨーロッパから帰朝後の翌年、明治三十九年六月に「新小説」に寄稿した「小説中のアドヱンチュアス」の中でも「所謂通俗小説の泰斗」「探偵小説の大家コナンドキル」の『アドヱンチュアス、オブ、シャーロック・ホームス』（復刻版。図2）を挙げている。

また、抱月は、翌、明治四十年十一月に発行された本間久四郎訳『名著新訳』に漱石や上田敏とともに序文を寄せている。

英国近代の文芸は大凡そ二別して文壇的と通俗的に分けられる。（……）コナン・ドイルの如きは即ちこの後者の雄である。併し探偵小説もドイルまで行けばゑらい。畢竟一体の作風を興して其の首領となつたといふ点で重味がつくのである。シャーロック、ホームスなどいふ主人公の名は、今日では一種の国民的名詞になつた。劇に仕組まれてはシャーロック、ホームス顔といふ型が出来た。

——と言っているほどであるから、抱月もホームズ譚をかなり気に入ったのだろう。本間はこの『名著新訳』にポオやアンデルセンなどの他、ドイルの作品から「おもひ妻」（sweet hearts. 1894）を訳載しているが、これについてこう言い訳している。「初めドイルの『シヤアロック、ホームス』も本書に収むる筈なりしが、予定の発行期限よりも、いたく遷延せん事を慮りし結果遂にこれを割愛し、更にポーの一編と併せて他日を期する事となれり。抱月氏の序文を聊か妙に感ぜらる丶人もあらんかと思ひて慈に情を具すと云爾。（但し此割愛せる二編は必ず近く公けにして以て抱月氏及読者に致すべきを誓ふ)」。この文面から推察するに、多分、本間はホームズ譚を訳すつもりで抱月に序文を頼んだのだろう。

本間は後ほど、ホームズ譚四編を収録した『神通力』を刊行しているから、これで抱月の借りを返している。

川副国基は、前掲書『島村抱月の渡英滞欧日記』で、森鷗外、漱石、荷風三人の文豪と抱月の留学ぶりを比較して(本書の副題は「――鷗外、漱石、荷風の外遊と比較して」)「鷗外のように気負いもせず、漱石のように癇癪も起こさず、荷風のように陶酔もせず、謙虚に熱心に西欧の近代文芸を咀嚼し視野をひろめた抱月の姿」が見え、帰朝後、そのようにして身につけた教養によってわが国の文化の向上に尽くした、と述べている。

鷗外、漱石、荷風が探偵小説には眼もくれなかったのに比べ、抱月が大衆文化ともいえるホームズ譚を読んでいた点でも視野の広さが伺える。正宗白鳥は、『読書雑記』(昭和二十七年)のなかで、抱月の日記を読んで、「抱月としては、一生のうち、西洋留学時代が最も楽しかっ

図2 コナン・ドイル『アドヱンチュアス、オブ、シャーロック・ホームス』復刻版、表紙。

たのではあるまいか。」と評している。ロンドン留学時代が最悪と言った漱石とは正反対である。

抱月は渡欧前（明治二十七年八月）に「探偵小説」という評論を書き、明治二十年代に流行した探偵小説を貶しているが、これについて、小酒井不木は「明治の探偵小説及び大衆物」（掲載誌不明）の中で、抱月の意見に賛意を表しながら、もし抱月がもっと沢山海外の探偵小説を読んだならば、こういう議論はしなかっただろうと言っている。不木が言うとおり、もし、抱月がホームズ譚を読んだ後に「探偵小説」について書いていたら、きっと結論は違っていたかもしれない。

松井須磨子は抱月病没後、後追い自殺をした。そのため、抱月と須磨子の恋愛は、今でも純愛のように語りつがれている。しかし男女の仲というのは不可解。抱月が須磨子に引きつけられていったのは芸術座設立前の文芸協会で大阪巡業（大正元年六月）に行ったころ。河竹繁俊『人間坪内逍遥』（昭和三十四年）には、彼女が手洗に入っていたとき、「『先生、紙を頂戴――』」と抱月を呼んだ」という「書くさえ不快なエピソード」が紹介されている。抱月と須磨子の愛は結局実らなかった。妻子ある抱月は、須磨子との恋に悩み、「早稲田文学」（明治四十五年九月）に「心の影」と題して短歌を発表――。

ある時は二十の心ある時は四十の心われ狂ほしくともすればかたくななりし我心四十二に

して微塵となりしか

このとき、抱月四十一歳、須磨子二十七歳。この「心の影」を読むと、一八九七（明治三十）年、コナン・ドイルは妻が病床にいるのに、若く美しいジーン・レッキーと恋に落ちた（ドイル三十七、ジーン二十四歳）。その頃の心の煩悶をドイルは最初の詩集『行動の歌』（*Songs of Action*. 1898. 図3）に収録した「内なる部屋」（The Inner Room）[1]につづっている。古今東西、恋愛は甘美で、残酷で、苦痛である。特にそれが不倫の場合には――。

図3　コナン・ドイル『行動の歌』表紙。

ポオとドイルに傾倒した「探偵小説中興の祖」

谷崎潤一郎

谷崎潤一郎（たにざき　じゅんいちろう）

略歴　小説家（1886―1965）。東京日本橋蠣殻町生まれ。明治 41 年、東大国文科に入学。在学中に『秘密』を書き文壇に出る。44 年退学。後、「卍」「蓼食ふ虫」「春琴抄」など秀作を発表。『源氏物語』現代語訳を完成。戦時中、長編『細雪』を雑誌に発表したが掲載禁止となる。後、70 代で『瘋癲老人日記』『鍵』など老人と性の問題を追及。悪魔主義、耽美主義、変態性欲、古典主義などと評された。

中島河太郎の「日本探偵小説史」（昭和六十四年）に収載されている「谷崎潤一郎の犯罪小説」を読んで知ったことだが、谷崎は「早くから探偵小説の愛好家」で、「ポオとドイルへの傾倒は顕著である」とのこと。そして、彼の作品の中からポオやドイルの影響のある作品として、「秘密」「白昼鬼語」「金と銀」「金色の死」を挙げているので、谷崎の全集から「秘密」「白昼鬼語」「金と銀」の三編を読んでみた。この三編にはホームズやドイルについて言及している所があるので以下に列記してみよう。

「秘密」[1]（『刺青・秘密』新潮文庫。図1）は、谷崎が数え歳二十六歳の時の作品で、発表された当時（明治四十四年）は自然主義文学が隆盛を極めていた時期だったため、怪奇的なこの作品は受け入れられなかったという。東京の下町に隠遁し、魔術、催眠術、探偵小説、化学、解剖学などの「奇怪」な書物ばかりを読んだり、女装して町を徘徊したりし、「何か不思議な、奇怪な事」を求める主人公が「秘密」を楽しむ怪奇趣味のあふれる話で、その中にこんな件りがある。

コナンドイルや涙香《るゐかう》の探偵小説を想像したり、光線の熾烈《しれつ》な熱帯地方の焦土と緑野を恋ひ慕ったり、腕白な少年時代のエクセントリックな悪戯《あくぎ》に憧れたりした。

主人公が哲学や芸術に関する書類を全部片付け、魔術や探偵小説などの「奇怪」な書物を手当たり次第に耽読していたそれらの書物の中には、「コナンドイルの The Sign of Four や、ドキンシイの Murder, Considered as one of the fine art」などがあった。また、主人公が人力車に目隠しされて乗せられて、浅草あたりの町をぐるぐる回る件りは、『四つの署名』で、ホームズとワトスン、それにモースタン嬢がライシャム座から馬車に乗せられロンドンのあちこちを回りサディアス・ショルトー宅までゆく場面や《ギリシャ語通訳》と類似点がある。

この作品が発表された明治四十四年は西暦一九一一年で、『シャーロック・ホームズ最後の挨拶』に収録された「悪魔の足」「赤い輪団」「レディ・フランシス・カーファクスの失踪」が雑誌に発表された年である。

『四つの署名』（*The Sign of Four*）は、月刊雑誌「リピンコッツ」（Lippincott's）一八九〇

図1　谷崎潤一郎「秘密」所収、『刺青・秘密』新潮文庫表紙。

年二月号に発表され、単行本は一八九〇（明治二十三）年十月に発行されている。谷崎は、原題のタイトル *The Sign of Four* を使っているから原文で読んだのだろう。

「金と銀」（大正七年〈原題「二人の芸術家の話」〉）には、青野と大川は芸術家（画家）のライバルで、大川は自分よりも才能のある青野を殺そうと思いたち、どうしたら痕跡を一切残さず殺すことができるか思案し、実行する短編である。その中に、殺し方を思案する場面に次のような一行がある。

若しシヤアロツク、ホルムスのやうな、或いはオーギユスト、デユパンのやうな名探偵が居て、己が煙草を吸つたか吸わないかを厳重に吟味するとしたら、そのくらゐな事で彼等は欺かれるだらうか。

そして、その後には——

コナン、ドイルは其の小説の中に、探偵の資格として三つの要素を挙げて居る。第一は観察（Observation）である。第二は知識（Knowledge）である。第三は帰納法（Induction）である。この三つの力が十分に発達して居れば、必ず犯罪の原因を嗅ぎ出す事ができるのだそうである。

と述べている。

また、「白昼鬼語」（大正七年）には「精神病の遺伝があると自ら称している」園村が、「私」を誘って犯罪現場を見に行こうと誘う場面で、園村から「私」はピストルを一丁受け取りながら、こう言うのである。「それぢやいよゝ出かけるかな。シヤロツク・ホルムスにワツトソンと云ふ格だな。」

（ワトスンがピストルを持って事件現場へと向かう物語には《まだらの紐》などがある）また、この作品では、ポオの「黄金虫」に使われた暗号がそのまま使われているのもポオの影響が大であることを覗わせる。

以上の作品の他、「柳湯《やなぎゆ》の事件」（大正七年）では、法律学、文学、心理学、精神病学に造詣が深い老弁護士・S博士と、いつも彼から犯罪事件を聞き、小説の種を仕入れている「私」とが、夏の晩の九時頃アイスクリームを食べながら、博士の事務所で先ごろ起った殺人事件について話しているところへ、青年が飛び込んでくる。その姿を見た「私」はこう推理する。

霜降りの上着の肩あたりに付いた絵具のシミを見て、初めはペンキ屋の職工と推理するが、職工にしては顔立ちが上品なこと、長く伸ばした髪の毛、カラアに結んだボヘミアン・ネクタイから考えて、職工よりは美術家に近いと考え直す……

青年（「私」の推理通り「絵かき」だった）は、湯屋の帰りで殺人の嫌疑を受けていて、その話をしようとすると、博士は青年に椅子を勧め、「私」の方を見ながら、「ここにいる人は、私の極く信頼している人だから、決して心配する必要はない。何か話があるならば遠慮なく云って聞かせ給え」と言う。「私」とS博士はホームズとワトスンの関係である。

青年が語る柳湯での殺人事件は実に怪奇・幻想趣味にあふれた谷崎の文学的特徴がよく現われている作品だが、この小説の冒頭は、ホームズ譚の骨法をそのまま借りた作品といっても過言ではない。

その他、『友田と松永の話』（大正十五年、図2）は、ホームズの『冒険』に収載されている《花婿の正体》（A Case of Identity. 1891）と同じトリックを使っていて、二人の行動を分析した表――

第一期　自　明治三十九年夏　松永儀助洋行時代　至　同　四十二年秋　友田銀蔵此の期の末にコウノスに現わる

第二期　自　明治四十二年秋　松永儀助在郷時代　至　明治四十五年春　友田銀蔵韜晦時代

――を記載するなど探偵小説風に拵えている。このことなどから考えて、谷崎は、明らかにホームズ譚を読み、それを意識しながら作品を書いていたといえよう。

なお、中島河太郎は、前掲「日本探偵小説史」の中で、「明治四十年代になると、文壇は自然主義文学が隆盛を極めるようになって、犯罪探偵物はほとんど忘却された。低俗な読物に堕していた名のみの探偵小説を甦らせたのは、谷崎潤一郎であった。」として、黒岩涙香が日本における探偵小説の鼻祖であるとすれば、谷崎は中興の祖であるとのべている。たしかに、自然主義小説を読んでから、この谷崎の「秘密」を読むと文章にしろ、プロットにしろそれまでにない新鮮な驚きを与えられる。[2] 以上の作品の他にも、推理や怪奇を扱った作品として「人面疽」や「呪われた戯曲」（大正八年）、それに江戸川乱歩が「世界に類例がない探偵小説」として絶賛した「途上」（大正九年）などがある。

晩年の『鍵』（昭和三十一年）は、老人の性をテーマにしているものの、夫婦がデュパンやホームズのように思考の基準を相手に合わせながら互いの心理を読み合い日記に記してゆく[3]——その手法には谷崎の探偵小説好みが表れている。

図２　谷崎潤一郎『友田と松永の話』表紙。

ドイルに熱中し、
ドイルを卒業した

萩原朔太郎

萩原朔太郎（はぎわら　さくたろう）

略歴　詩人（1886—1942）。群馬県生まれ。慶応大学予科中退。大正6年、処女詩集『月に吠える』を刊行。鴎外、野口米次郎らに注目される。大正11年にアフォリズム集『新しき欲情』、翌年詩集『青猫』を発表。不動の地位を確立。14年上京、犀星、芥川龍之介らと交流。『純情小曲集』を発表。馬込村に住み尾崎士郎、宇野千代、梶井基次郎、三好達治らと交際。近代日本を代表する大詩人として評価されるようになる。昭和17年、自宅で死去。

詩人の田村隆一は、探偵小説のロジックは詩のロジックに似ていると言う。それは、第一に意外性、飛躍性があること、第二は、ある部分がところを得れば全体が分かる、つまり、ジグゾーパズルと同じで断片が有機的につながると全体の絵が浮き出てくる――からだ、と説く（『ミステリーの料理事典』昭和六十二年）。以下に挙げる鮎川信夫も、佐藤春夫、西條八十も詩人である。詩人と探偵小説が繋がっているのも、田村の説明を聞くと分かりやすいが、それになんといっても、探偵小説の鼻祖と言われるポオが詩人であったことを思い出せば納得がゆく。『犯罪は詩人の楽しみ』（昭和五十五年）というエラリー・クイーンによるアンソロジーがあるほどだから……。というわけで、これから紹介する萩原朔太郎も詩人である（今更、説明する必要もないが）。

朔太郎のアフォリズム集『新しき欲情』（大正十一年、図1）に「探偵術の原理」という一章がある。ここで彼はホームズを取りあげ次のように論じる。

暖炉の側で、弟たちよ、君らはそれを本当にしてゐるのか。あのシャロツク・ホルムスが――科学的名探偵が――彼の推理によつて彼の結論に到達するといふ話を。馬鹿な話さ、帽子に汚点《しみ》がついてゐる、時計のメタルに真珠が入つてゐる、それで以つて彼がもと印度郵船会社の事務員であり、現に欧州航路の一等船員である、エス、エッチ、ハークレー氏であることを推論し得た？　馬鹿な話さ！　どんな推理の方式が、そんな単純な比論でもつてそんな複雑な結論を導き得るか、事実はかうぢやないか。彼が対手の人物を一と目見るや否や、一切の clue が分明に直感されてしまつた。どうして？　何でもないさ、それが即ち普通のありふれた探偵術ぢやないか。それが所謂あの刑事的千里眼、すべての探偵がもつてゐるあの職掌柄の叡智ではないか。だからこの点から見てホルムスのやり口に何の新奇もありはしない。（始めに対手を犯人と直感し、後に証拠を集めにかかる。これが普通の探偵のやり口だ、そしてまたホルムス君の。）

――と書いてから、ホームズと平凡な探偵との違いを次のように説明する。平凡な探偵は、単に clue を直感し、何かの秘密を予感する（単なる「虫の知らせ」）だけで終ってしまうが、「然

図１　萩原朔太郎『新しき欲情』表紙。

るにホルムスの場合はさうではない。彼は直感によつてclueを掴むと同時に、直ちにまたその直感の内容を分析し、且つ抽象し、そしてそれを体系ある推理の形式まで概念づける。――それだ、我々が科学的悟性と呼ぶものは。」

――このように、朔太郎はホームズの科学的探偵術の特異さ、非凡さを見抜いているが、しかし、「されば弟たちよ。ホルムスについて誤解するな。」という。ホームズの説明を聞くと、我々読者は、彼の分析・推理から結論に到達したように「錯誤させられる」が事実はそうではない。「すべての探偵術」は「全く純一な直感」で、分析的能力と探偵術とは別であり、「げにそれはまた芸術と芸術理論との別である。」と、締めくくっている。

直感を分析することは可能だが、分析から直感は生まれない――という論理はいかにも詩人らしい発想と言えよう。

また、朔太郎は、雑誌「探偵趣味」(大正十五年六月)に「探偵小説に就いて」という一文を寄せている。その中でドイルにも触れているので関係箇所を引用してみよう。

コナン・ドイルに熱中した昔もある。今ではもう退屈だ。犯罪があり、手がかりがあり探偵がでる。ああいふ型の小説を探偵小説といふならば、もう探偵小説はたくさんだ。

と冒頭に記した後、ポオの短編を「偉大な芸術」と褒め、「コナン・ドイルはまだしもとして、近頃流行のアルセーヌ・ルパン」は、「少年世界」に載せる文学とこき下ろし、ビーストンの短編やドストエフスキーの『罪と罰』、『地下鉄サム』について言及し、「犯罪とか、探偵とかいう観念なしにも、本質的に探偵小説が成立することを考へてもらひたい。そこからして我々の『新しき文学』が出発する。」という。

そして、乱歩の『心理試験』（単行本）を読んで大層面白かったが、有名な「二銭銅貨」や「心理試験」は「余り感服できなかつた」と記した後で――

日本人の文学としては、成程珍しいものであるかも知れない。しかし、要するに「型にはまつた探偵小説」ぢやないか。西洋の風俗を単に日本の風俗に置き換へたといふだけの相違であって、既に僕らの飽き飽きしてゐるコナン・ドイル的の探偵小説に過ぎないのだ。（……）／文壇芸術は亡びるだらう。そして之に代はるものは、新興の大衆芸術でなければならない。「芸術としての大衆文学」でなければならない。しかして我が探偵小説等が、正にその新時代の先頭に立つべきことを考えてゐる。／しかし「心理試験」の中で、最後の「赤い部屋」というのを読んで、始めて明るい希望を感じた。ここにはもはやコナン・ドイルが出て居ない。所謂探偵小説のマンネリズムがない。（……）推理だけの、トリックだけの、機知だけの、公式だけの小説は、もはやその乾燥無味に耐へなくなつた。我々は次の時代の要求してゐる。次に生まれるべき新しい文学を熱望してゐる。／「未知に対する冒険」！

これが探偵小説の広義な解釈に於ける本質である。ポオのすべての短編小説がそうであった。谷崎潤一郎氏の多くの作物がさうである。西洋の古いゴシツク・ロマンがさうであり、さうしてコナン・ドイルや江戸川乱歩氏の本質も此所にある。願はくはこの本質に立脚して、それから更らに広く展開した「新時代の文学」を創建したい。

朔太郎がこれほどまでに探偵小説に興味を持ち、大衆芸術としてのその将来性に期待していたとは意外な感じがするが、江戸川乱歩はこの文章を読んで「萩原氏の情熱にうたれざるを得なかった。やはり詩人の文章である。」と評した。

朔太郎は随筆「僕の孤独癖について」で、「僕は少年時代に黒岩涙香やコナン・ドイルの探偵小説を愛読し、やや長じて後は、主としてポオとドストエフスキーを愛読したが、つまり僕の遺伝的な天性気質が、かうした作家たちの変質性に類似を見付けたためなのだろう」と記し少年時代からホームズを愛読していたことを明らかにしている。「遺伝的な天性気質」のひとつである探偵趣味は作品にも表れ、探偵を扱った詩を作っている。詩集『月に吠える』（大正六年）[1]に収載されている「殺人事件」と「干からびた犯罪」がそれ。「殺人事件」は、三連からなる詩だが、以下に引用しよう。

とほい空でぴすとるが鳴る。／またぴすとるが鳴る。／ああ私の探偵は玻璃の衣装をきて

／こひびとの窓からしのびこむ／床は晶玉／ゆびとゆびとのあひだから／まつさをの血がながれてゐる。／かなしい女の屍体のうへで／つめたいきりぎりすが鳴いている。／しもつき上旬《はじめ》のある朝／探偵は玻璃の衣装をきて／街の十字巷路《よつつじ》を曲つた。／十字巷路に秋のふんすゐ。／はやひとり探偵はうれひをかんず。〃みよ　遠いさびしい大理石の歩道を／曲者《くせもの》はいつさんにすべつてゆく。

詩についての解説は、僕の手にあまるので、河上徹太郎の『日本のアウトサイダー』の中の「萩原朔太郎」によりかかって書くと、この詩は「当時浅草で楽隊の囃しと共に封切られた全三十巻の連続大活劇から借りたイメージだが、この憂いを帯びた好男子の探偵は、同時に犯人であり、そこにエロティシズムと表現派風なミステリーと、病的に繊細な感受性とが託されている。」とし、さらに続けて、「この中の『玻璃の衣装』や『晶玉の床』は、氏の性情にある高踏的なダンディズムに通ずるのであって、これこそ北原白秋や木下杢太郎が中心になった『スバル』の大正期官能主義運動に後輩として馳せ参じた萩原氏の面目が躍如としているものである。」と賛辞を送っている。

大岡信によると、この「全三十巻の連続大活劇」とは、大正三年六月、浅草電気館で室生犀星と二人で観た、兇賊チグリスと美人探偵プロテアが出てくるフランス映画「プロテア」のことで、二人はこの映画にいたく感激し、それが詩「殺人事件」（同年九月ころの作）の素材になったであろう、と推察している。また、朔太郎はこの映画を観て、探偵趣味を発揮し、自らを「プロテア」と名乗り、北原白秋宛に「S倶楽部前橋本部　萩原プロテア」と署名した書信を送っているほどである（『現代詩読本　萩原朔太郎』の「年譜」）。他にも、白秋あての葉書に「ピストルで一発ずどんとやりたい。」（十一月八日）、「玉突場に這入つた美人を探偵する」（十一月十七日）、「探偵物のやうなものには兎も角」（十二月十日）などと書いているから、かなり影響されたと思われる（萩原朔太郎・木俣修編『若き日の欲情――白秋への手紙』傍点引用者。図2）。

この「殺人事件」については、探偵小説家の渡辺啓助が「朔太郎の探偵詩」という一文を草し（雑誌「宝石」昭和二十六年十二月）、この詩の他、「干からびた犯罪」や「猫」「蛙の死」、それに第二詩集『青猫』（復刻版。図3）に収められている「夢に見る空家の庭の秘密」も「探偵詩」と呼んでいる。「探偵詩」とは聞きなれない言葉だが、渡辺は、トリックの設定も、推理への段階もないが「それらの総ゆる（ママ）エレメントを昇華凝縮結晶せしめたエスプリ」がそこはかとなく匂ってくるような詩的表現のあるもの――と定義している。

「ひからびた犯罪」はこうである。

どこから犯人は逃走した？／ああ　いく年もいく年もまへから／ここに倒れた椅子がある／ここに兇器がある／ここに屍体がある／ここに血がある／そうして青ざめた五月の高窓に

も／おもひにしづんだ探偵のくらい顔と／さびしい女の髪の毛とがふるへて居る

「夢に見る空家の庭の秘密」は──

その空家の庭に生えこむものは松の木の類／びわの木　桃の木　まきの木　さざんか　さくらの類／（……）その空家の庭はいつも植物の日影になつて薄暗い／ただかすかにながれるものは一筋の小川のみづ　／夜も昼もさよさよと悲しくひくくながれる水の音／（……）ああ　このいろいろのもののかくされた秘密の生活／かぎりなく美しい影と　不思議なすがたの重なりあふところの世界／（……）ああ　わたしの夢によくみる　このひと住まぬ空家の庭の秘密と／いつもその謎のとけやらぬおもむき深き幽邃のなつかしさよ。

「秘密」や「謎」があるところから生まれるのが探偵小説であり、それを解くのが「探偵」

図２　萩原朔太郎・木俣修編『若き日の欲情──白秋への手紙』表紙。

図３　萩原朔太郎『青猫』復刻版表紙。

である（漱石が探偵を毛嫌いしたのは、彼の「秘密」を解かれたくないため、という説もある）。渡辺啓助がこの詩を「探偵小説詩」と呼んだのは、探偵小説の原始的なイメージを湛えているからであろう。

日夏耿之介は、朔太郎を「流行の時流に超然と立つて自家独自の境地を晏如として歌い止まぬ高貴なる此詩人の態度に同感を禁じ得ぬ」と評したほどで、この二人がともにホームズ譚の愛読者であったことは、奇縁と言えよう。

最後に蛇足を。朔太郎が「探偵術の原理」で言及している「エス、エッチ、ハークレー氏」なる人物はホームズ譚には登場しない。朔太郎の想像上の（あるいは記憶違いの）人物であろう。

青年のときも、
老年のときもホームズを愛読した

小泉信三

小泉信三（こいずみ　しんぞう）

略歴　経済学者・教育家（1888—1966）。明治 43 年、慶応大学卒。大正元年、ヨーロッパに留学、社会学・経済学を学ぶ。帰国後、母校の教授に就任。マルキシズム批判の理論家として活躍。昭和 8 年塾長に就任。昭和 24 年から皇太子（今上天皇）の教育参与になる。随筆家としても活躍、『読書雑記』『朝の机』『わが日常』など多数ある。

日本の文人にはホームズファンが多いけれど、その熱烈さからいうと森茉莉が横綱になるだろうか？　ご本人自ら、自分が一番のホームズファンであると公言し、それが嘘かどうかは、ホームズに訊いてみればわかる——と言っているのですから。

で、次は誰だろう？　次はやっぱり小泉信三だろうなあ。この人ほどホームズへの愛情を熱く語った人はいないから。あちこちでホームズ礼讃の活字が踊っているが、そのほんの一例を挙げてみたい。

『シャーロック・ホームズの功績』（アドリアン・コナン・ドイル／ジョン・ディクスン・カー：大久保康雄訳、ハヤカワ・ポケット・ミステリ・ブック〈以下、H・P・Bと略す〉。昭和三十三年。図1）の巻末に掲載された「青年のときも老年の今もシャーロック・ホームズを読む」は、小泉信三の溢れんばかりのホームズ譚への愛情が読みとれる好例であるが「炉辺でウィスキイ・ソオダのグラスを満たしつつ読む本は探偵小説に限る（……）が、その探偵小説は先ずシャアロック・ホオムズでなくてはならぬ。」と断言する「炉辺の読書」（昭和二十四年）を引用しておかなければ片手落ちになる。

シャアロツク・ホウムズを主人公とするドイルの探偵小説は長編が四、短編が五十六あるということであるが、私はその全部でないまでもよく大部分を読んだと思ふ。或物は二十代に、或物は、四十、五十になつて読んだ。先頃尋ねて来た或るイギリス人に、君はシャアロツク・ホウムズを読むかときいたら、十代の頃盛んに読んだといふ。僕は四十になってても読み、五十になつても読む、まことにお恥かしい、といつたら、其人は笑つて、自分の国にも御仲間はゐる御心配には及ばないといつた。

彼はホームズ譚だけでなく、コナン・ドイルの他の作品も愛読していたことを知ったのは最近のことである。昭和十一(一九三六)年に発行された随筆集『学窓雑記』(図2)にロンドンに留学中の想い出にふれた「倫敦の記憶」という一編がある。

私は時々コナン・ドイル其他英吉利の通俗作家の小説を読む。――誰であつたか、有名な

図1　アドリアン・コナン・ドイル/ジョン・ディクスン・カー、大久保康雄訳『シャーロック・ホームズの功績』表紙。

図2　小泉信三『学窓雑記』表紙。

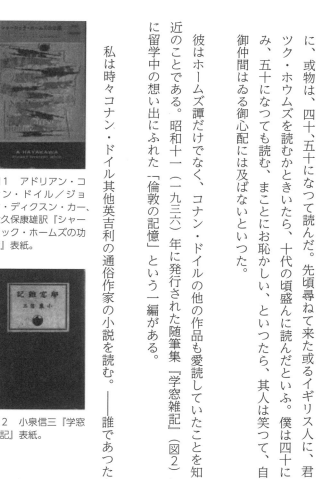

儒者が、夏の日の楽しみはよい茶を飲みながら八犬傳を読むことだといつたさうだが、私に取つてのそれは久しく午食の後にシヤロツク・ホオムスを読むことであつた。――読んで感ずる面白味は馴染みのある倫敦の市街や風物の描写に負ふ所が少なくないらしい。アメリカを素通りしてしまつたので、アメリカの通俗小説といふものは丸で面白くない。

――と書いてから、イギリス人の特徴に触れ、概して義務感に強いと言い、スポーツマン、女中、保姆（ガバネス）、執事（バトラア）をその例に挙げ、彼等のことが気に入ったのは「特殊の訓練を受け、強い職務の名誉といふ観念を持つてゐるから」として、次のようなエピソードを記す。

コナン・ドイルの短編に亜米利加の新聞記者が英吉利へ来て或る貴族の家に客となつたところが、其家の僕長が余りに慇懃鄭重且つ重順なので、彼等は皆卑屈な奴隷的人物かと即断して失敗する話がある。

――この後、その話の内容について細かく触れているのだが、さあ、この小泉信三が読んだというコナン・ドイルの短編の題名が分からない。そこで、改造社の『ドイル全集』（昭和七年）を調べたところ、第四巻に収録されている「危険！」（大木惇夫訳：*Danger and Other*

Stories. 1918）の中の一編「一つの見方」（A Point of View. 1918）が、それであった。

イギリスの従僕は自尊心も人間性もない「奉仕の道具」に過ぎない、と新聞に書かれた件の従僕は、アメリカの記者と仕事場を離れたロンドンで会い、記事を取り消せ！と、拳をあげて迫る。結局、記者は、イギリスの従僕は行き届いた奉仕もでき、しかも自尊心を持った一人の人間でもあることを認める——という話。

かつて留学した経験をもつイギリスの風物や人間について、コナン・ドイルの短編を挙げながら説明していることから考えると、小泉信三は、ホームズだけでなく他の作品もかなり読み込んでいることがわかる。その証左として、「推理小説を語る」というエッセイで「コナン・ドイルのものは大抵読んでいる」と語っていることを挙げておく。（「推理小説論叢」昭和三十三年）

小泉信三に「孤忠の精神」（「改造文芸」昭和二十四年七月）というエッセイがある。「孤忠」とは聞きなれない言葉なので『広辞苑』を引いたら「たった一人で尽くす忠義」とあった。「孤忠」について信三は「自ら信ずるところを守り、安んじてそれに殉ずる精神」であり、何時の時代においても（特に悲境において）忘れてはならないもの、と説く。

その例として、コナン・ドイルの歴史小説『ベルナック伯父』（*Uncle Bernac.* 1897）を挙げ一部を紹介しているので、少々長くなるが以下に引用する。

時はナポレオンがイギリス侵攻を企てた十九世紀の初頭、主人公は国を遂われたフランス大貴族の嗣子たる一青年である。もとより子供相手の読物に過ぎないが、その中に、幾人か少数のフランス貴族が、悲境において　ブルボン王朝の旧主を見捨てず、イギリスの亡命地で、流離の廃王に忠勤をつくしたことを記し、主人公の口を借りてこれに敬意を表した一節は、私の同感をもって記憶するところである。

王はフランスを逃れて海峡を渡り、ロンドンの南方ケント州の一隅に行在所《あんざいしょ》を置いた。少数の最高の貴族はこれに従い、或る者は剣術、或る者は語学を教え、或る者は翻訳者、或る者は庭園師となって僅かに口を糊しつつ主君に仕え、ブルボン王朝の光栄を分ったものはまたその没落をも共にすべしと思い定めて、ナポレオン朝廷の恩賞と優遇の誘惑を顧みなかった。作者（ドイル）はこの人々の忠孤を賞し、主人公をしていわしめた。『かの流竄の王の薄暗い部屋々は、ゴブランの壁掛けやセエヴルの陶器に優る或物を以て飾られた。……私はフランスの歴史が示し得る高貴なる中の最も高貴なる人々に脱帽する。』／私はこの十数行の文字を快く読んだ。

小泉信三は、『ベルナック伯父』を「もとより子供相手の読み物に過ぎない」と評しているので、これはちょっと言い過ぎではないかと思ったが、ドイルの評伝を読むと発表当時の批評家のみならず、ドイル自身もこの作品を低く評価していたというから、世評あまねく一致していた、と言えるようだ。(1) 信三は、ドイルは、王制であれ共和制であれ、たとえ主義が違っても「あらゆる逆境の下に操守を変えない人物に対して同様に脱帽したであろう。」と記してから話題を変え、福沢諭吉の『瘠我慢の説』を引く。

福沢先生が、旧幕臣たる勝海舟、榎本武揚が、明治維新後、新政府に仕え高い地位についたことを攻撃した『瘠我慢の説』について、人によって見方が違う故、それのみが「万世の公論」とは言えないものの、

瘠我慢の精神は私のいう孤忠の精神と最も多く相通ずるものであることを思えば、進歩と保守とその主義の如何を問わず、何時の世にも、いずれの国でも、この精神の忘らるべきでないことは充分に察せられる。

——この小泉信三の、そしてコナン・ドイルの作品にある「孤忠の精神」については、学ぶべき点が多い、と感じた次第。

昭和三十二年十一月一日に発行された『エラリイ　クイーンズ　ミステリ　マガジン』(早川書房)には、早川書房のH・P・Bから『シャーロック・ホームズ全集』(正典九巻、別巻二)が刊行される、という広告が載っている。「もはや戦後ではない」と、高度経済成長の坂

を昇り始め、コカ・コーラを飲みながら、三波春夫の「チャンチキおけさ」、フランク永井の「有楽町で逢いましょう」を聴いていたころで、翻訳「ミステリ」も全盛期を迎える――そんな時代である。訳者は大久保康雄である。

さて。この広告は訳者の意気込みや小泉信三、長沼弘毅の推薦文が付いている豪華版。「江戸川乱歩賞」のホームズ像（現在は違う）の写真が記載されているので、ハテナ？と思ったが、前年（昭和三十一年）にH・P・Bが「第二回江戸川乱歩賞」を受賞しているからであった。訳者の言葉、推薦文は、今では読む機会も少ないと思われるので、全文（原文のママ）を紹介する。

今も生きているシャーロック・ホームズ

小泉信三

始めてシャーロック・ホームズにはまり込んだのは、二十代のことだつたが、やがて七十になる今日も、私は時々それを読む。顧りみれば私の五十年来の友である。

その超人的な推理力は別としても、肉体的危険を恐れない彼の勇気、内に包むはげしい正義感、殆ど無情かと見えるまでに辞色を動かさぬ沈毅の外貌、拳闘の特技、ヴァイオリンの趣味と素養、喫烟の愛好、すべての世俗的欲望に対する無頓着、政治家バルフォアや軍人キッチナアと同じ独身生活、これ等はみな彼を英国人の趣味に適つた英雄たらしめ、また彼を吾々に忘れ難い人物とする。彼の活動の最盛期に於いて、ロンドンにはまだ自動車はなく、電話よりも電信が使われた。作者コナン・ドイルが死んですでに四半世紀であるが、彼が創作した英雄シャーロック・ホームズは、今も完全に生きている。

ところで（まだある）。大のホームズファンだったお魚博士・末広恭雄も小泉信三も、天皇陛下が皇太子だったころの先生だった。この二人が、皇太子に、もしかしたらホームズの話をしたかもしれない、と想像するのは、楽しいことである（天皇陛下は皇太子の頃、ホームズ譚をお読みになっている）。

さて。最後になるが、小泉信三が随筆「ホビイ」（昭和二十五年）の中で、牧野伸顕とホームズについて触れている部分を以下に引く――

雑誌『雄鶏通信』（二月号）を見ると、先頃故牧野伸顕氏がシャアロック・ホオムズ同好会の会合で、シャアロック・ホオムズに関する英文――牧野氏の英文は見事なものであるという――の研究報告を朗読したという記事があった。（牧野は欠席、吉田健一が代読：引用者註。以下同）

そして「ベイカア街の便衣隊」について詳細な説明の後――

人は牧野氏が大久保利通の子息であり、政治家であり、外交官であり、二・二六事件に軍人の襲撃を受け纔《わずか》に免れた自由主義重臣であったことを知っている。しかし氏がシャアロック・ホオムズの読者であったことは、殆んど誰も知らなかったであろう。疾くに八十を越え、やがて九十に垂《なんな》んとする老翁が、子供か孫のようなアメリカ人の家に招かれて行って、探偵小説の主人公の武芸の素養について、真面目くさった報告をする光景は、想像してもほほえましいものである。それはひとり政治家といわず、多くの日本人に欠けた或るものである。そうしてそれは牧野氏が最後まで視野が広く、思想の自由を失わなかった事実と、無関係ではなかった、と私は思う。殊に私自身コナン・ドイルの愛読者として我田引水ながら一層その感を深くした。

――小泉信三が牧野の謦咳に接したのは一度だけだったというが、リベラリストでホームズを愛読した牧野の姿を、実に簡潔に表現していて、見事である。

小泉信三と言えば清廉・温厚な神士のイメージだが『思ふこと憶ひ出すこと』(「清宮内親王殿下」〈結婚前の島津貴子様〉に贈った献呈署名入。図3)に収録されている「寄席の記憶」を読んで彼が奥深く広い教養の持ち主だったことを知らされた。昭和二十九年(?)、アメリカ旅行しニューヨークに滞在中、ニュージャージーの「リヴィエラ」という大きなナイトクラブに行ったときの話が書かれていた。次のように――。

その晩は、有名なフランク・シナトラが、ひとりで一時間以上も唄ってきかせた。舞台の前端のマイクロフォンを握んで、それを小道具のように使って、遠ざけたり、近づけたり、動かしながら唄ふ。窓の外はハドソン河で、秋の夜の燈影が水に映る。それを眺めつゝ耳に媚びるやうな歌声をきく。一寸忘れ難い情景であった。

シナトラの歌う姿が眼前に鮮やかに浮かんでくるし、シナトラと小泉信三という組み合わせも面白い、ちょっと忘れられない文章である。

図3　小泉信三『思ふこと憶ひ出すこと』表紙。

小説家たるもの一度は探偵小説を書くべし

芥川龍之介

芥川龍之介（あくたがわ　りゅうのすけ）

略歴　小説家（1892―1927）。東京生まれ。東大英文科在学中、雑誌に発表された「鼻」で注目される。卒業後、創作集『羅生門』で新進作家の地歩を固める。以降、「藪の中」「地獄変」「奉教人の死」「舞踏会」「蜘蛛の糸」「杜子春」など東西の文献から着想を得た短篇を発表。さまざまなスタイル、文体を試みた。大正末から健康にすぐれず、昭和２年、「ぼんやりした不安」から自殺。遺稿に「西方の人」「歯車」「或阿呆の一生」などがある。

数々の名短編と「人生は一行のボオドレエルにも若《し》かない」という名句を残し、昭和二（一九二七）年七月に自殺した芥川とホームズの繋がりはまことに異という他はない。彼の全集を当たってみると四カ所にホームズの名前が出てくる（遠藤尚彦氏の教示による）。時代順に紹介してみよう。

(1)　明治四十五（一九一二）年七月十六日　井川恭宛書簡

紫紅氏の恋の洞を帝劇へ見に行つた　大へんつまらないのでシヤロツクホルムスと喜劇とは見てゐる気になれなくつて早く電車にゆられながら家へかへつた

筑摩書房版『芥川龍之介全集』の関口安義「注解」によると、芥川が観に行った帝劇の「シヤロツクホルムス」はドイルの探偵小説を脚色した「外人劇」[1]（図1）である。明治四十五年八月号「演藝畫報」（中原英一氏提供）の「七月狂言役割一覧」には「●帝国劇場（三日初日）」とあり、「第一『戀の洞《ほら》』第二『御所櫻堀川夜討』第三『シヤーロツク、ホルムス』第四『江口の君』第五『女主人《をんなあるじ》』」が上演された。場面、配役の説明には「△第三『シヤーロツク、ホルムス』（倫敦ベーガー街ホルムス宅、ステプネー瓦斯局内部）教授モーアーチー（オデル氏）悪漢ラーラビー（同氏）フォーナー嬢（ダン夫人）」「忠僕ビリー」など他の演者は日本人。後述するダン氏がホームズ役でオデル氏はモリアーティ教授と悪漢の二役。どうやら主役の「外人」は皆素人（？）だから、芥川が「大変つまらない」と思って帰ってしまったのも、また、「ウンザリした」という次のような新聞評も仕方ないことであろうか。

明治四十五年七月十四日付「読売新聞」に掲載された清水流「土曜劇場から帝劇へ」で、「第四（ママ）の外人劇、コナンドイルの探偵談を仕組んだもの、これにもウンザリしたが、瓦斯室の場で真暗にして幕を上げ、そこへ洋燈を持つてきた光景は一寸いい感じを興へた。」と評された。「中外英字新聞」（一九一二年九月一五日付）の「語吒府《ゴシップ》」欄には、「●先頃帝劇に

図1 「外人劇」、「シヤーロツク、ホルムス」。写真右がホームズ、左がラーラビー。

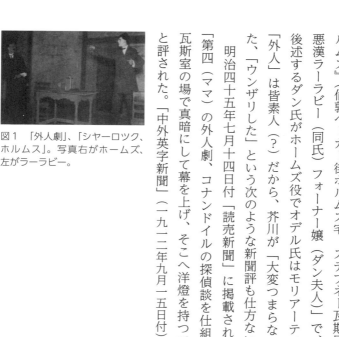

於いてシヤーロツク・ホームズの役を勤めたダン氏は先年海軍兵学校の教師たりしことあり、(……) 帝劇に於けるダン氏の給料は一興行に四百円なりと云ふ、これは確かな筋より聞いた、多分相手のオデル氏の給料も同額であらう。」とある。当時の四百円というと、大卒初任給が五十円程度だからおよそ八ヶ月分にあたる。

なお、帝劇 (帝國劇場) は、明治四十四年、日本最初の近代洋式劇場として創設された。歌舞伎の他、海外の一流芸術家を招いての公演や新劇の会場に用いられた。

(2) 「短編作家としてのポオ」(大正十年二月五日東京帝國大学に於ける講演の草稿)

本稿の中で、芥川は、「(6) 而シテ Poe ガ短編作家トシテ成長ハコノ realistic method と romantic material との調和ニアリシト云フモ過言ニアラズ。換言スレバ彼ハ彼ノ analytical intellect (分析的知性 : 引用者註) ト poetic temperament (詩的性質 : 引用者註) トノ錬金術ニ苦労シタ作家ナリ」

としたうえで、デフォーの『ロビンソン・クルーソー』とポオの『ゴードン・ピム』の嵐の描写の違いを、「ソレハ暴風後の心理を叙シタル所ヲ見ルモ明ナラン。彼 (ポオ) は此処ニ外界ヨリ内界へ眼ヲムケタリ。」とのべ、ポオの手法は、外的現実のリアリステックな描写にとどまらず、心理的なリアリズムへと向かうと言う。その作品例として、「振子と陥穽」、オーギュスト・デュパンを主人公とした探偵小説「盗まれた手紙」「メエルシュトレエムに呑まれて」

らこう述べる。

を挙げ、さらに、もっとも顕著な作品として「天邪鬼」「告げ口心臓」「黒猫」を例にあげてか

(10) コレラハ detective stories ナラズ。Sherlock Holmes ト異ナルハ彼ノ理知ト情熱トガヨクソレラヲ深メタルナリ。

とシャーロック・ホームズ譚とポオの作品の違いについて考察している。

(3) 「近頃の幽霊」(「談話」、「新家庭」大正十年一月収載)

英米の幽霊について語った談話の中で、当時の幽霊小説にふれ、最近の心霊学の進歩が幽霊小説に「驚くべき変化」を与えたと述べた後、キプリング、ブラックウッド、アンブローズ・ビアスの名前をあげ「どうも皆其机の抽斗には心霊学会の研究報告がはひつてゐさうな心持がする。」とし、アルジャーノン・ブラックウッドの小説について次のように述べている。

どの小説も悉く心霊的に出来上つてゐる。この人の小説に『ジョン・サイレンス』と云ふのがあるが、そのサイレンス先生なるものは、云わば心霊学のシヤアロツク・ホウムス氏で、化物屋敷へ探検に行つたり悪霊に憑かれたのを癒してやつたりする、それを一々書き並べた

のが一編の結構になつてゐる訳です。

なお、ブラックウッドについては、大正九年一月十八日付、牧雄吉宛書簡で「ブラックウッドと云ふ男の小説に人間の肉を料理して食ふ秘密結社の事あり」と言及。また、同年六月十六日付、中西秀男宛書簡で「ブラツクウツドの『柳』を読みましたか少し面倒臭いでせう」との記述あり（「近頃の幽霊」の中でも「柳」に言及している）。ブラックウッドの『ジョン・サイレンス』というのは、*John Silence, Physician Extraordinary.*（一九〇八年）のことで、『妖怪博士　ジョン・サイレンス』として角川ホラー文庫から邦訳（図2）が出ている。

(4)「二人一語」（大正十四年十二月刊「文芸春秋」収載）

僕は探偵小説では最も古いガボリオに最も親しみを持つてゐる。ガボリオの名探偵ルコツクはシヤアロツク・ホオムズやアルセエヌ・ルユパンのやうに人間離れのした所を持つてゐない。のみならずガボリオの描いた巴里《パリ》は近代の探偵小説家の描いた都会、――たとへばマツカレエの紐育《ニユーヨオク》などよりも余程風流に出来上つてゐる。ガボリオは僕にはポオよりも好い。勿論評判のルヴエルよりも好い。因《ちなみ》に言ふ。名探偵中ではルコツクの外にポオのデユパンも嫌ひではない。

中島河太郎は前掲「日本探偵小説史」の中で、この講演について触れ――

「芥川はポオを現実性と浪漫性の融合という視点から評価している。『黒猫』について、これはディテクティヴ・ストーリーではない、シャーロック・ホームズと違うのは、彼の理知と情熱とが深めたからだといっているが、ポオのデュパン物を継承しようとしたドイルの作品と、『黒猫』流の怪奇物とに、明確な判断をもたなかったように思える。それでも芥川はデュパン物やホームズ物のような推理に、一時は興味を寄せたことがあるらしい。」と述べている。

以上、全集の中からホームズに関連する文章を拾い出してみたが、これを見る限り、芥川はホームズ譚を読んだに違いない。その傍証として、大正六年頃に書いたとされる「『Lies in Scarlet』の言――Arthur Halliwell Donovan」という題のアフォリズム集（ノートに書き残した未定稿）を挙げてみたい。柳瀬尚紀氏は『日本語は天才である』（新潮社、平成十九年）の「まえがき」で、この『Lies in Scarlet』はドイルの *Study in Scarlet*（『緋色の研究』）のも

図２　『妖怪博士　ジョン・サイレンス』表紙。

じりであり、Arthur はドイル（Arthur Conan Doyle）のこと──と断定している。この部分を一部引用すると、「ドイルには A Study in Scarlet『緋色の研究』という作品があります。シャーロック・ホームズとワトソン博士が初めて登場する作品です。これをもじって、芥川は『Lies in Scarlet』なる作品をでっちあげているのです。」

もうひとつ芥川がホームズ譚を読んだ傍証として、佐藤春夫、城昌幸、江戸川乱歩による鼎談「樽の中に住む話」（「宝石」昭和三十二年十月）を挙げよう。

城　あれは芥川竜之介氏かな。小説を書くんだったら一ぺんは探偵小説を書くのが本当だ。そんなふうなことを……。
佐藤　誰に向かってだつたか。そんなこともいつたようですね。云つたのは正しく芥川です。
城　それから小島政二郎氏に、(2)シャーロック・ホームズを読まないのかといつてすこし軽蔑したような顔をしたとか、だから竜之介氏はずいぶん読んでいたのでしょうね。

芥川が「探偵小説(3)」を依頼されて書いたという「開化の殺人」（「中央公論」大正七年七月）の「草稿」と言われる無題の作品『未定稿』（「新小説」大正九年四月号に発表）がある。この『未定稿(4)』は、イギリス帰りの記者で、結果から原因へと遡ってゆく分析的推理力に優れた素人探偵・本多保を主人公にしたもの。本多は、自分の推理力を金銭目的でも道徳的でもなく、ただ「探偵のための探偵」に使っていた。語り手は冒険や探偵に興味を持ち本多を崇拝している「私」(小泉)。新聞社で成島柳北先生等と話をしている時、本多探偵は先生の衣服についたシミや汚れ、懐から出てきた塩豆から、雨のなか梯子酒をし芸者・千代と遊んだ、と昨夜の行動を当てて皆を驚かせたり、清水警部が金満家・有川祐吉の殺人事件の話を持ち込んで来て本多に捜査の依頼をする(「未完」)――『未定稿』は、この発端部分だけで終っている。

が、さらに調べると、この『未定稿』とは別に「『開化の殺人』草稿」(以下、「草稿」)。岩波版全集第二十一巻、平成九年)が存在する。それによると、満村(「有川」の名前が「満村」に変わる)の殺人現場に「私」と本多が駆け付け、清水警部から現場の説明を受ける。被害者のポケットには時計や紙入れ、名刺入れ、芸者(玉八、小藤、お蔦)の写真が三枚、手紙一通があり、現場には、被害者の山高帽、ステッキ、貝殻製の鈕、それに「ダイアナと云ふ金口の巻煙草の吸殻が一つ」落ちていた。本多は、この巻煙草の吸殻に興味を持ち「これは面白い」と言う。さらに満村が息を引き取る前に「藤」(「フジ」)というダイイング・メッセージを残した――ここまでで「草稿」は終わっている。これは、あきらかに『未定稿』の続きであること、そして、『未定稿』及び「草稿」は、ポオのデュパンよりも、ホームズ探偵譚を下敷きにして書かれていることは明らかである。

「開化の殺人」は、ドクトル・北畠が、愛する女性のために証拠が残らない「丸薬」で彼女の夫・「色鬼《しきき》」の満村を殺害し(『緋色の研究』を思わせる)、その経緯を遺言状という形で告白する話で、殺人犯の心理を中心に描かれている。本多探偵が登場する『未定稿』と「草稿」はホームズ探偵譚のように分析的推理を中心にした本格派探偵小説仕立てになっていること、また、「私」(ワトスン)が「本多探偵」(ホームズ)の活躍を記録するスタイルであること——から考えても、『開化の殺人』は、芥川の言う「内的リアリティ」の物語で、『未定稿』と「草稿」は「外的リアリティ」の物語であり、両者はまったく違う作品(登場人物名や事件の経緯が一部重っているが)と考えた方が理に適っている。「開化の殺人」と「未定稿」・「草稿」の関係については本編のテーマではないため紹介だけに留めておく。(6)

さらに書き添えれば、宮坂覚「年譜」(岩波版『全集 第二十四巻』平成十年)によると、芥川は大正十二(一九二三)年七月五日、「田端の自宅で、A.Conan Doyle "The green flag" を了読」している。本書は後述する岡本綺堂が読んだ『緑の旗』(*The Green Flag and the other stories*. 1900.)のことであろう。

以上、色々な例をあげたけれど、芥川が熱心なホームズ愛好家であったことは間違いあるまい。芥川が、ブラックウッドなどの怪奇小説を好み、ホームズ譚を読んでいたとは知らなかったが、ドイルの作品はそれほど、大正、昭和の文壇にも影響を与えていたといえる。谷崎潤一郎や佐藤春夫の作品にもホームズの影響が見られることからもそのことが良くわかる。

堀辰雄は芥川の作品について「彼のいかなる傑作の中にも前世期の傑作の影が落ちている」と言ったそうだが、その言葉どおり、芥川が本多探偵が活躍する本格派探偵小説を完成させていたら、日本の探偵小説史のみならず日本文学史にももっと多くの影響を与えていた、と思わずにはいられない。

コナン・ドイルの詩を暗唱できた

西條八十

西條八十（さいじょう　やそ）

略歴　詩人・仏文学者（1892—1970）。東京生まれ。早大英文科卒。在学中、ソルボンヌ大学留学。ヴァレリー他、象徴詩人と交遊。童謡「かなりあ」、流行歌「東京行進曲」「東京音頭」「お富さん」「青い山脈」「王将」の作詞、詩集『砂金』『巴里小曲集』『美しき喪失』『少年詩集』、軍歌「予科練の歌」など幅広い分野で活躍した。『アルチュール・ランボウ研究』（昭和 42 年）がある。

西條八十が作詞した童謡や流行歌の多くは現在でも愛唱されていて、ヤクルト・スワローズの応援歌になった「東京音頭」の作詞家が西條とは、ほとんどの人が知らないだろう。村田英雄が歌った「王将」の作詞家でもある西條とコナン・ドイル（あるいはホームズ）、この二人の結びつきについてはかねがね不思議に思っていたけれど、あれこれ資料を読んでみると、意外に深い根が張っていたことが分かる。

まずは、ドイルの詩と西條の関係から始める。西條八十は、昭和五（一九三〇）年の夏、六月二十八日から約一カ月間、大阪朝日新聞にいた学友の依頼で、西日本一帯を訪ね民謡を採取し、それを紹介する紀行文を夕刊に掲載していた（当時、八十は三十七歳、「フランス帰りの象徴詩人」であった）。その旅の途中、博多で酒宴を開き、お秀という名妓の黒田節を聞き感激して宿に帰った時（七月八日）、ドイルの逝去を報じた新聞記事を読んだ（「大阪朝日新聞」七月八日付　図1）。そのときのことを西條八十は、こう記している。

更《ふ》けて宿へ戻つて新聞を見ると近代的探偵小説の始祖、コーナン・ドイルの死去が伝へられてゐる。ドイルの小説を読んだ人は多いが、彼に傑れた一巻の詩集のあるのを知つてゐるものは少ないであらう。総じて抽象的な詩であつたが彼の詩編には一種天稟な細かい神経の閃きがあつた。ゾラやモオパツサンなどの詩とおなじく、あまりに一方散文作者として有名であるがために、読まれずに終わつてしまふであらう彼の詩の短い一二編を想ひ出しつゝ、微《び》吟しつゝ、眠る。

当時、コナン・ドイルの詩を暗唱できたというのは驚く他はない。八十の娘・西條嫩子は『父　西條八十』（昭和五十年）のなかの「世界の民謡に学ぶ」に、この文章を引用した後、「民謡の旅の枯淡な歌謡を尋ねながら、いきなりその紀行文の中に飛躍して、愛読していたコナン・ドイルの死を報じ、人に知られざる詩の存在を伝え惜しむのは、いかにも広い読書家で、東西新旧の作品に自由奔放な観念をもつ父らしい。」

コナン・ドイル氏逝く
「シヤーロツク・ホームス」で
有名な探偵小説の巨匠

青島牛肉の
紛糾解決

図１　「大阪朝日新聞」昭和５年７月８日付。

――と記している。大阪朝日新聞の依頼で、画家・古屋新とともに、西日本各地の民謡を取材した時の「旅日記」は、七月十日から八月四日まで二十六回にわたり「民謡の旅」と題し連載され、その後『民謡の旅』（朝日新聞社、表紙、挿絵とも古屋新。図2）と題して纏められている。

嫩子さんは、本書の中で、この他にもドイルについてふれている箇所があるので以下に記しておく。「父は空想力、幻想の強い人種を慕い、またコナン・ドイル、ジョルジュ・シムノン、ウォルター・デ・ラ・メーヤ、エドガー・アラン・ポーなどの怪幻小説を詩の糧として、非常に支持している。年老いても幻想の書物を一日も欠かさず読みふけっていた。」「北條氏（作家・北條秀司：引用者註）は岡本綺堂氏の高弟であるが、父も後年、北條氏の紹介で綺堂氏に会った。あまり目立たない人ではあったが、英語が達者でコナン・ドイルを愛読していたらしいと言っている。『半七捕物帳』などは外国的イマジネーションの構想だと父は言っている。」

西條は、詩人では、ランボーやイエイツ、小説家では泉鏡花、小泉八雲、ライダー・ハガードなどの幻想小説を好んだという。また。綺堂の『半七捕物帳』は西條が指摘した通り、ホームズ譚を江戸の町に置き換えたもので、綺堂自身、半七は「江戸時代に於ける隠れたシャアロック・ホームズであった」と述べているが、このあたりの事情について綺堂は次のように語っている。

初めて『半七捕物帳』を書こうと思い付いたのは、大正五年の四月頃とおぼえています。

その頃わたしはコナン・ドイルのシャアロック・ホームズを飛びとびには読んでいたが、全部を通読したことが無いので、丸善へ行ったついでに、シャアロック・ホームズのアドヴェンチュアとメモヤーとリターンの三種を買ってきて、一気に引きつづいて三冊を読み終えると、探偵物語に対する興味が油然と湧き起って、自分もなにか探偵物語を書いてみようという気になったのです。勿論、その前にもヒュームなどの作も読んでいましたが、わたしを刺激したのはやはりドイルでした。（「『半七捕物帳』の思い出」）。

綺堂はホームズ物語の他、『緑の旗』（*The Green Flag and Other Stories*. 1900）や『炉辺物語』（*Round the Fire Stories*. 1908）などのドイルの短編集も片っ端から読んだ（勿論、原文で）と記しているから、よほどドイルの作品が気に入ったものと思われる。尚、綺堂はドイルの作品“The Captain of Polestar.”を「北極星号の船長」という題で訳している（『世界怪談傑作集』昭和四年）。また、『岡本綺堂探偵小説全集』（平成二十四年）の編者・末国善己氏に

図２　西條八十『民謡の旅』表紙。

よると、他にもドイルの作品を取り入れた探偵小説「呪われた軌道」「幽霊の旅」「魔女の恋」「片腕」などを残しているという。また、綺堂には――

冬籠《ふゆごも》りシャアロックホームス読み終わる

という俳句があると教えられた。ホームズを詠んだ短歌（岡井隆）はあるが、俳句は著名人では綺堂くらいのものだろう。

話をもとにもどすと、ドイルは、若い頃から詩才があったらしく、ストニーハースト校（十二歳で入学）に在学中は校内誌の編集を受け持ち、「何でもない詩を相当書いた」という。ドイルの詩は一冊にまとめられ、一九二二年、ロンドンのジョン・マレー社から *Poems of Arthur Conan Doyle, The Collected Edition* として出版されているから、「十四、五歳のころから英語には相当自信があった」西條八十はこの本でドイルの詩を読んだのだろう。ドイルの詩を読んだ日本人は数少ないだろうから、西條のドイルへの傾倒、愛情はかなりのものだったに違いない。ドイルの死に接し、彼の詩についてふれているのもその証左であろう。

西條は、ドイルの作品の翻訳も手がけ、「昆虫博士」（「童話」大正十二年九月：The Story of the beetle Hunter. 1898）やナポレオン時代を背景にしたジェラール准将の武勇伝を描いた「西班牙の山賊」（大正十二年二月～六月：How the Brigadier Held the King. 1895）、「ヂエラ

ール中尉の冒険談　牢破り」（大正十二年七月～十三年二月：How the King Held the Brigadier. 1903）、「決死の死者」（大正十三年三月～六月：How the Brigadier Won His Medal. 1894）を童謡童話雑誌「金の星」（図3）に発表している。

　これらの作品は、児童向けに分かりやすく、興味を引くように翻案してあり、人気もあったようで、大正十二年七月号の「読者だより」には、東京の立石百合子さんの「『西班牙の山賊』はいつもながら冒険をするジエラール中尉に驚きました。弟もこのお話が一番好きだといつて居ます。」という投書が載っていることからもお分かりいただけよう。

　また、ホームズ譚も訳したことがあるらしく、探偵小説雑誌「宝石」（昭和二十二年八・九合併号）に「むだがき」という随筆を書いていて、そこでこう言っている。

> 中学時代に佐川春水といふ英語界の才人がドイルの『赤毛組合』を『銀行盗賊』という名で訳注した。これを読んでからドイルが好きになつて、めちゃくちゃに読んだ。廿十四五歳

図３　「金の星」大正12年６月号表紙。

のころ、日夏耿之助君等と同人雑誌「仮面」を発刊したが、経営がむずかしくて、同人たちに探偵物の翻案を一冊宛出して、費用を補はうといふことになつた。その時、私は、ドイルの「斑の蛇」と「六個のナポレオン」を訳した。／いまむずかしい顔をしているが日夏君が訳した探偵物もたしかあつた筈である。本屋は三津木春影であてた神田の中興館だつた。

西條はこのように書いているが西條の名で発表したというホームズ譚は現在確認されていない。しかし、大正四年（西條二十四歳頃）に中興館から刊行された「高等探偵協会編　探偵叢書」には、《六個のナポレオン》を翻案した『肖像の秘密』（中原英一氏提供。図4）、《まだらの紐》の翻案『斑の蛇』がある。刊行時期、出版社、から推測すると、これが西條が訳したというドイルの作品かもしれない。

この随筆の最後に西條はこう記している。

正統派からは重んじられないやうだが、わたしの探偵趣味からいへば、シメノンもの、綺堂ものなどやつぱり推理そのものより気分が出てゐておもしろい。ドイルのものでも、ホームズより『赤ランプの周囲』などのほうがなつかしい。

『赤ランプの周囲』（*Round the Red Lamp.* 1894. 吉田勝江訳『コナン・ドイルのドクトル夜

話』などがある）は、医者を主人公にした短編集で怪奇的な味がある作品が多いので、西條の好みに合ったのだろう。西條は、嫩子さんの回想にもある通り、怪奇・幻想小説を愛読した。彼の訳書『魔法医師ニコラ・犬のキャンプ他』（図5）にはガイ・ブースビー作『魔法医師ニコラ』（*Doctor Nicola*）と、アルジャーノン・ブラックウッドの「心霊界のシャーロック・ホームズを気どった『ジョン・サイレンス』博士の記録」から「古い魔術」「犬のキャンプ」の二編と「憑かれた島」の計三編が収録されている。ブラックウッドは、芥川同様、西條八十がもっとも愛読した怪談作家で、若い頃は「初版本をほとんど全部買った」（『我愛の記』）。戦後も全集を枕頭の書として愛読したという。

先に紹介した詩誌「仮面」の同人・日夏耿之介は、早稲田大学で教鞭をとっていたころの同僚でもあり、「学匠詩人」と謳われた人物で、彼もまたホームズの愛読者であった。日夏は、「ホームズ回顧」というエッセイの中で、中学二年（もちろん旧制）の時、アラビアンナイトの原書を読み、ついで読んだのがドイルのものだったが、「六づかしくて能く判らず、翻訳を丹

図4　高等探偵協会編『肖像の秘密』表紙。

図5　西條八十訳『魔法医師ニコラ・犬のキャンプ他』表紙。

念に探し読み耽つた」という。

　また、こうも書いている。「後に医者になつた第三弟を大正の中頃、慶大に入学させるとて英語を見てやつた折にドイルのホームズ物を用ひ、生徒より先生が凝り出し爾来今日まで枕上に泰西探偵案のあとを些かも絶たない。」。そして、「ヴァン・ダインも一種の名文家であつたが、ドイルには剰へ青少の頃の感覚的回顧の情が加はつてゐるので、今日なほ何代目かの舶来本ドイルを臥読して、地球上に辛くもいき存へて来た六十二年の歳月の回顧の情にたえない。」と（月曜書房『シャーロック・ホームズ全集』「月報　No.2」）。

　さらに付け加えておくと。新井清司氏に教えていただいたことだが、西條はホームズを模した「S探偵」という詩を書いている。少し長いが、『少年詩集』（昭和十二年九月、第三十八版。図6）発行から全文を紹介しよう。

S探偵

S探偵《エスたんてい》はさつきから
岩《いは》のまわりを廻《まは》つてる。
鳥打帽《とりうちぼう》に虫眼鏡《むしめがね》、
S探偵《エスたんてい》の長《なが》い影《かげ》

浜辺《はまべ》の砂《すな》に曳《ひ》いてゐる。
S探偵《エスたんてい》の指《ゆび》さきが
かたく摑《つか》むは羊皮紙《パルシュマン》
血潮《ちしほ》でかいた 謎《なぞ》の絵図《ゑづ》
「右《みぎ》へ二足《ふたあし》、左《ひだり》へ三足《みはし》、
影《かげ》と光《ひかり》の逢《あ》ふところ」
S探偵《エスたんてい》は悲《かな》しげに
解《と》けない謎《なぞ》を追《お》つてゐる。
昔《むかし》、土耳古《トルコ》の 海賊《かいぞく》が
埋《う》めた宝《たから》を偲《しの》ばせて

図6 『少年詩集』表紙。

無人島《ひとなしじま》の椰子《やし》の樹《き》に
古《ふる》い金貨《きんくわ》の月《つき》が出《で》る。

ホームズ譚は「戦慄の快感と怪奇の美」

佐藤春夫

佐藤春夫（さとう　はるお）

略歴　詩人・小説家・批評家・翻訳家（1892―1964）。和歌山県新宮町生まれ。慶応大学予科文学部中退。代表作『田園の憂鬱』（大正8年）を初め、『売笑婦マリ』「女誡扇綺譚」『菊水譚』『女人焚死』『晶子曼荼羅』（昭和29年）などの中・短篇、詩集『殉情詩集』（大正10年）、評論・随筆集『退屈読本』（大正15年）などの他、マゾッホの『毛皮を着たヴィーナス』を翻訳するなど、その活動範囲は多岐にわたり、「門弟三千人」と言われた。文化勲章を受章するなど日本を代表する文豪である。

昭和五（一九三〇）年、友人谷崎潤一郎との間で起こした「妻譲渡事件」は文壇史上有名な「事件」である。ことの次第を簡単に記せば、谷崎には妻・千代と娘・鮎子がいたが谷崎が千代の妹に心を惹かれたため家庭不和になり、春夫は千代に同情、それが次第に恋心に変わってゆく。結果、谷崎は春夫に千代を譲る（春夫はタミ夫人と離婚）という挨拶状を知友に送ったところそれが新聞に報じられたためである。恋はしばしば同情から始まる——という名句があるが、春夫の場合、まさにその地を行った。この頃の春夫の千代への心情を詠ったのが、かの有名な「秋刀魚の歌」。「さんま、さんま、／秋刀魚苦いか塩つぱいか。」というフレーズは誰もが一度は口にしたことがあるだろうけれど、全文を知る人は案外少ないのではないか。それに今やサンマも庶民の魚ではなくなりつつあるからサンマに敬意を表して、全文を紹介したいところだけれど、長いため、第一連と四・五連を引く。

あはれ／秋かぜよ／情あらば伝えてよ／——男ありて／今日の夕餉に　ひとり／さんまを食ひて／思ひにふける　と。

あわれ／秋かぜよ／情あらば伝えてよ／夫に去られざりし妻と／父を失はざりし幼子とに／伝えてよ／――男ありて／今日の夕餉に　ひとり／さんまを食ひて／涙をながす　と。

さんま、さんま、／さんま苦いか塩つぱいか。／そが上に熱き涙をしたたらせて／さんまを食ふはいづこの里のならひぞや。／あわれ／げにそは問はまほしくをかし。

さて。

「秋刀魚の歌」とホームズがどんな関係があるのか、と言えば、関係はない。これは前口上。これから佐藤春夫のホームズ感について記すことにする。

春夫は、雑誌「新青年」（図1）の大正十三年八月増刊号に「探偵小説小論」を寄稿している。

大正十三年といえば、一九二四年、まだコナン・ドイルは健在で、《吸血鬼》（『事件簿』に収

図1　「新青年」大正13年8月増刊号、表紙と「探偵小説小論」。

載）を発表した年である。「探偵小説小論」はその頃に発表した短い評論ということを頭の隅においていただいたうえで、以下をお読みいただきたい。なお、引用は、鈴木幸夫編『殺人芸術』（荒地出版社、昭和三十四年）に収載された「探偵小説小論」による。

本論は、「探偵小説に興味がないこともないが、常に忙しいのと生来の怠け癖とで読みもしないのをコツコツ洋書を読む根気もないので、十分確信をもって探偵小説の話ができる訳のものではない。（……）しかしせつかくのお尋ねだから卑見をでたらめに申し述べる。」と始まる。

探偵小説の本質は論理的な判断を下して問題の犯人を捜索することにある、それゆえ、読者の興味のポイントは、その判断が「健全な頭脳から湧出する智脳の活躍」によって下されることにある。ドイルやフリーマン、モリソンなどがあつかった探偵は、敏感な推理力や豊富な科学的知識をもつ「学者的な頭脳」の持ち主ばかりで、捜査が進むにつれ探偵と我々読者とが一体となり、「その戦慄の快感と怪奇の美に打たれる。言はゞそれらは一種の詩に外ならない。ロマンチックな感銘に酔ふのだ。」

さらにつづけて。ドストエフスキーの『罪と罰』のことや、ポオについて、「ポオの諸作の他の探偵小説と著しく異なるのは、そのディテクターが、常に実際的な敏腕家でなく、暗鬱な詩人的なことである」と述べたり、森鴎外が訳したW・T・ホフマンの「玉を懐いて罪あり」について言及したかと思えば、チェスタートンのブラウン神父物を褒め、また、オスカー・ワイルドの『ドリアン・グレイの肖像』も探偵小説的に見れば捨てたものではない——などとかなり広義な探偵小説論を書き綴ったうえで、探偵小説も文学だから「矢張り美の追求が欠けてゐては駄目だ。ロマンチックな感興が湧いてくるやうなものでなければ満足を得るとは言われない。」とし、「要するに探偵小説なるものは、やはり豊富なロマンチシズムといふ樹の一枝で、猟奇耽異《キユーリオスティ・ハンティング》の果実で、多面な詩の宝石の一断面の怪しい光芒で、それは人間に共通な悪に対する妙な讃美、怖いもの見たさの奇異な心理の上に根ざして、一面また明快を愛するといふ健全な精神にも相ひ結びついて成り立つてゐると言えば大過はないだらう。」。そして、「要は只飽くまでも詩であれ。美であれ。」と説いている。

中で、ホームズ譚に言及し、「コーナン・ドイルのシャロック・ホームズ叢書などは、ディテクティヴ・ストーリイの傑作であらう。芸術としてなかなか捨て難い立派な作品が少なくない。例へば『赤毛組合』(『銀行盗賊』のこと)のごときである。」と賛美している。この小論には、春夫の詩人としての眼が随所に光っている点が特徴であろう(なお、文中にある『銀行盗賊』というのは、明治四十年四月に建文館から発行された佐川春水の《赤毛組合》の訳注本のこと)。

また、大正十四年十二月十日号の「文芸時報」に「探偵小説と芸術味」という短文を寄せ、

「探偵小説はどういう点で芸術美があるか」

「透徹した理的な構図に於いて」

「追求的快感をそそる点に於いて」
「人は戦慄にも快感を催すが故に」
探偵小説はロマンティシズムの一枝だ。

――と、「探偵小説小論」と同様に怪奇性と論理性を持つ探偵小説の特徴を端的に記している。春夫は本格的な探偵小説を書いてはいないが、大正六年に発表されたデビュー作の幻想的な作品「西班牙犬の家」（副題「夢心地にあることの好きな人々の為の短編」）を初め、「指紋」「女誡扇奇譚」「『オカアサン』」「女人焚死」「陳述」など探偵小説風の作品（推理小説）を数多く発表し、このジャンルの先駆けとなった。

彼の作品の内、ポオの「ウイリアム・ウイルソン」やド・クインシーの『ある阿片告白者の日記』に想を得たような「怪奇な美」に溢れた「指紋」、机の上に置いた時計の行方を追う「時計のいたづら」、奥さんの枕の下にあった三本の斬り毛から不倫を伺う亭主の話「痛ましい発見」などの日常の中の謎を説く作品、また、茶本という推理力にたけた友人に紛失した本を探してもらう「家常茶飯」などが面白く読めるが、なかでも僕のいち押しは「『オカアサン』」。「仙人」と呼ばれる男から買ったロオラと言う名の鸚鵡《あうむ》が口にする「オカアサン」、「ワタシ、オトナシクマツテルワヨ」などの言葉から元の飼い主を推理する話で、悲しくもほのぼのとした味わいがいい。

これらの作品は『日本探偵小説全集第20編　佐藤春夫集・芥川龍之介集』（改造社、昭和四年、図2）に収録されている。佐藤春夫と芥川龍之介（「開化の殺人」など収録）が一冊に纏められているのも、ふたりがポオやドイルの「探偵小説」を「ロマンチシズムの一枝」として取り入れている――そんな共通点があるからだろう。

さて。時代は昭和五十年に飛ぶ。

新学社から刊行された新学社文庫に『バスカーヴィル家の犬』（昭和五十年）と『シャーロク・ホウムズの冒険』（昭和五十五年。両者とも鈴木幸夫訳）が収められている。この本の扉には春夫の「怪奇の美」という短文が載っており、また、カバーの折り返しには、この文章の一部を引用したものが「すいせんのことば」として顔写真付きで紹介されている。以下に全文を引用すると――

コナン・ドイルの探偵シャーロック・ホウムズにしても、敏感な推理力や豊富な科学知識、

図２　『日本探偵小説全集第20編　佐藤春夫集・芥川龍之介集』扉。

学者的の頭脳を具備している。だから自然、事件関係者間の智恵の切り出し具合や思索の一騎打ちになって吾々の想像力は加速度を増して事件の中心へ惹き入れられる。それがまた時代とか場所とかの関係の距離が遠ければなおのことその実在性を無意識のうちに認めて、その戦慄の快感と怪奇の美に打たれる。言わばそれらは一種の詩にほかならない。ロマンチックな感銘に酔うのだ。コナン・ドイルのシャーロック・ホウムズ双書などは、ディテクティヴ・ストーリィ（探偵小説）の傑作であろう。（「探偵《マ》小説《マ》論」より）

この文章は「探偵小説小論」には見当たらないので、大正時代に春夫が書いた「探偵小説小論」を簡潔に要領よくまとめたものと思われる。春夫自身が本書のために書き直したか、あるいは、編集者が独自にまとめたか（そのため引用を「『探偵小説論』より」、と間違えている）——本当のところは不明だけれど、あの秋刀魚を涙を流しながら食した佐藤春夫がホームズ譚を探偵小説の傑作として推薦しているのは、ホームズファンにとって意外でもあり、また、望外の喜びとするべきであろう。

蛇足をひとつ。この新学社文庫のホームズ譚二冊の装丁と扉版画を棟方志功が担当している。佐藤春夫と棟方志功とホームズ——こんな組み合わせは、まことに珍しいと言わねばなるまい。

数学者がシャーロック・ホームズを愛すると

吉田洋一

吉田洋一（よしだ　よういち）

略歴　数学家・随筆家（1898―1989）。東京生まれ。東京大学理学部数学科卒。フランス留学後、北海道大学教授、立教大学教授、埼玉大学教授を歴任。日本の数学及び数学教育に多大な足跡を残した。名著と言われる『零の発見』（昭和 14 年、岩波新書）、『函数論』『微分積分』などの数学書、『白林帖』『数学の影絵』（第一回エッセイスト・クラブ賞受賞）、『歳月』などの随筆集、訳書にポアンカレ『科学と方法』、ホグベン『数学の世界』などがある。

『零の発見』の「はしがき」によれば、本書は「数学を材料とした通俗的読物」で中学生位に数学を習ったが、今では忘れてしまった素人を念頭において書かれたもの。とは言え、難しい数式もあるが、「零は数字である」とか、「無限少数」と言われる円周率πは、「千兆位の数がなんであるかは今のところ神様だけが知っている」とか（昨年現在、十三兆桁まで計算されている）、与えられた円の面積と等しい正方形が存在するかどうか――とか、あれやこれや数学の面白さを教えてくれる。本書は友人の北大教授・中谷宇吉郎にすすめられて書いたもので、ロングセラーとなり昭和三十一年の改版（二十二刷）は、漢字や仮名使いを改めただけで、内容は初版と同じである。

「はしがき」に、見慣れない数式や術語に出会ったら、「近ごろ新聞紙上にしばしば用いられる○○のごときもの」と考えて目をつぶってかまわず先へ進んで差し支えない――と著者は書いている。この「○○のごときもの」とは、なんのことなのか直ぐには理解できなかったが、昭和十四（一九二九）年刊と知って氷解した。昭和十四年といえば、日中戦争が始まり、厳しい思想統制と検閲が行われ、時局にそぐわない文章は削除されたり、伏字（○○、××）にされていた時代。「○○のごときもの」とは伏字のことだったのだ。そういう時代背景がこの一行に象徴されているのである。

吉田洋一が探偵小説の愛好家で、特にホームズ譚の愛読者だったことは良く知られている。彼の随筆集『歳月』に収録されている「探偵小説懐古」には、ホームズ譚との出会いや探偵趣味について事細かに書かれている――。

明治末年、小学生だった洋一少年は、その頃、学校に付設された簡易図書館でシャーロック・ホームズの短編集に出会う。それまで巌谷小波の童話や押川春浪の冒険小説ばかり読んでいた少年にとってホームズ譚は「驚くべき本」で「この世の中にこんなおもしろい話がありうるか」と感激したという。

それ以来、洋一少年は探偵小説のファンになり、ドイルの真似をして探偵小説を書いたこともある。中学生になり英語が読めるようになると、当時出ていたホウムズ物を字引と首っ引きで読破。「ホウムズを気取って天文学など無用の学だと放言したりした」。「『最後のお辞儀』(『最後の挨拶』*His last Baw.* 1917)が出たのは第一次大戦後だから、これをよんだのは旧制高校生か大学生のころ」であった。

――ホームズだけではなく、中学から高校(旧制)までには、ポアンカレの本や漱石の『明暗』、ツルゲーネフ(英訳本)を片端からよみ、ゲーテの『ファウスト』、『ジャン・クリストフ』を読んだが、トルストイとドストエフスキーには歯が立たなかった。しかし、トルストイの『アンナ・カレーニナ』は四十歳になって読んで「感服」、『戦争と平和』も繰り返してよんだ、という（「私の読書遍歴」）。
それ以来、学校を卒業した後の探偵小説愛好癖は連綿として続いていて、今日でも、一日として数ページでも探偵小説を読まない日はない、という。しかし、近ごろは、探偵小説を読み終わるとすぐにその内容をきれいに忘れてしまうようになった、これは老人になった証拠である——と披露してから、話をこう結んでいる。

サマセット・モームは、「古今の名作はみんな読破してしまって読むものがなくて困っていたら、いいあんばいに探偵小説というものがはやりはじめた。探偵小説のいいところは読み終わるとすぐに忘れてしまうところにある」とどこかに書いていたようである。／数年前それをよんだときは老人の負け惜しみのような気がしていた。それが、いまとなってはわたしもモームに同感したい気持になってきている。いよいよもって老境にはいったというべきか。

——この随筆を書いた時、吉田洋一は六十六歳（初出「東京新聞」昭和三十九年五月二十二日付）。まことにもって同感。ちなみに、サマセット・モームの『世界文学100選』（*Teller's of Tales*）には、コナン・ドイルの《ブルース＝パーティントン設計書》（阿部知二訳）が選ばれている。
前述の随筆の中で、ホームズ譚を読んだ時、「シャーロック・ホウムズ」の名前だけが深く印象づけられ、作者が「コウナン・ドイル」ということなど意識しなかった、と書いているが、吉田は、ホームズ譚だけでなくコナン・ドイルの他の作品も読んでいる（後述）。

随筆集『白林帖』（図1）も非常に面白い。数学者ならではの眼が生きていて実に楽しく、教えられることが多い。

例えば、「出鱈目」――。


ある時、友人から直径10糎ほどの円の中に、「出鱈目」に点を30ほど打ってくれと頼まれる。そんなことは簡単、と思って打ち始めたが、「出鱈目」とはどういう意味かなんてことか考え始めてしまいなかなか上手くゆかない。で、数字で試してみたり、辞書を引いたりしたものの、結局、明確な答えは分からずじまい。そんなところへ、件の友人がやってきて……？

図1　吉田洋一『白林帖』表紙。

「詩人と数学者」——

詩人と数学者には、変わり者が多いという「迷信」を打ち破るため、小説の中の数学者についてあれこれ考察する。夏目漱石の『坊っちゃん』（「坊っちゃん」は数学の先生だった）、泉鏡花『なゝもと櫻』（主要人物の一人、岸田資吉は数学家）、『ガリヴァー旅行記』（小人国の住民はみんな優れた数学者、大人国の国王は数学に造詣が深く、ラピュラータの住人は数学に熱中している）を取り上げた後、エドガー・アラン・ポオの『盗まれた手紙』に言及（「D＊＊大臣」は詩人でもあり数学者）する。

——このような博覧ぶりが実に楽しい。面白くて、ためになる随筆の見本である。ホームズ譚の愛読者としては「犯罪界のナポレオン」と呼ばれたモリアーティ教授が天才的な数学者だったことを加えていただきたかったですね。

閑話休題——。

本書のなかの「動く地球、動かぬ地球」を紹介する。

（吉田が）風邪をひいて寝込んだとき、久しぶりに中学時代に読んだホームズ譚（英語）を二、三冊押し入れの奥から探し出して読んだが、前とは別の楽しさがあった。ホームズは人とは違う特異の性格の持ち主で、それについては「記録者」ワトスンが至るところで語っている——

と書き出してから、こう続ける。

今度読み返した中で、とりわけ私の興味を惹いたのは、科学的捜査法の草分けともいひたいやうなホームズが、地動説――地球の自転、公転――を全く知らなかつたといふ事実であつた。太陽系の知識ぐらゐもつてもゐてもよからう、といはれると、彼は言下に、「そんなことが何になる。君は地球が太陽の周りをまはつてゐるといふが、よしんば地球が月のまわりをまはつてゐるとしても、そんなことは僕や僕のやつてゐることに対して何の相違も起しやしないんだからね。」と一蹴してすましてゐるのである。

この話を見舞にきた友人に話すと彼もまた、「ホームズのいうのがほんとうかもしれないね。」と言い、「地動説」を知らなくても日常の生活には困らないし、それに「地動説」が正しいという確かな証拠があるのか？　と「ホームズ以上に強硬な意見」で反論される始末。そこで、吉田は、偉大な数学者・ポアンカレの本や内田魯庵の『バクダン』(1)に出てくる明治初年の佐田介石と言う坊さんの地動説反対論について論じ、さらにはガリレオ・ガリレイの話に言及し、『カトリック大辞典』の内容を調べ、最後に再びポアンカレの説を引用し、「地動説」は正しいと結論づけてから、

「この説明をきいて、佐田介石やシァーロック・ホームズが納得するか否かは、一寸私にも

想像がつかない。」と結んでいる。

僕も以前、ホームズは本当に地動説を知らなかったか？　という難問について書いたことがあるが、吉田洋一は僕よりずっと以前にこの問題を取り上げている（さすがだなあ）。そこで、この件について少し触れておくことにする。

ホームズが地動説を知らないことを、ワトスンは『緋色の研究』の中で言及し、彼の天文学に関する知識は「皆無」と記録している。しかし、後にホームズの天文学の知識は並々ならぬことが分かるので、ホームズの地動説不知説については、ホームズがワトスンをからかったのだ、という説が有力だが、浅学のため、現在どんな説が開陳されているかは知らない。

僕が参考にしたのは、エリック・アシュビー著、島田雄次郎訳『科学革命と大学』（中公文庫、昭和五十二年）。本書は十九世紀中葉のイギリスの大学と科学教育の関わりについて書かれた貴重な訳書である。詳しいことは省いて要点だけ記すと――。

一八六七年、パリ博覧会が開かれたとき、イギリスは科学技術の面でフランスやドイツに抜かれつつあることに非常な危機感を覚えた。その原因は大学における科学教育の遅れにあった（オックスフォードやケンブリッジの教育の主眼はジェントルマンを育てる「教養教育」にあった）。当時、科学教育の指導的な役割を果たしていたT・H・ハックスレー（生物学者。一八二五～一八九五）が、一八六八年、科学教育特別調査委員会に送った科学教育に関する意見書（議長との対話形式）が本書に引用されている。議長は、当時のケンブリッジの科学教育の実態について次のように語っている――。「（しばらく前、多数の大学人が出席していた晩餐会の折、科学教育について論じあったとき）わたしはこうたずねたものです。かりにこの大学で最優等の成績をとっただれかが、地球が太陽のまわりをまわるということを一度も聞いたことがなかったといったら、それは無理もないことでしょうか、と。ところが列席の紳士諸君はすべて異口同音に、『イエス』と答えたのです。このことは、科学が大学教育からどんなに遠く離れているかを示すものです。」

ところで、ホームズが大学に入学したのは、一八七二年（ベアリング＝グールド説）のことだから、右に引用した大学における科学教育の実態とさほどの違いはなかったと想像される。とすればホームズが地動説を知らなかったと言っても全くの出鱈目とは言い切れないのである（ただ、議長が話した例は「普通学位」取得を目的にした生徒の場合と思われるが、ここでは深く立ち入らない）。

吉田洋一の随筆には教えられることが実に多い。この『白林帖』が出版されたのは、昭和十八年四月二十日。鬼畜米英で英語は敵性語とされた時代で、探偵小説が迫害された時代である。上述した随筆の発表年月は、「出鱈目」（昭和十七年十一月）、「詩人と数学者」（昭和十八年一月）、「動く地球、動かぬ地球」（昭和十七年二月）で、『数学の影絵』（河出文庫、昭和十七年一月、図2）も収録されている。

吉田はホームズ譚だけでなくコナン・ドイルの短編も読んでいる。雑誌「改造」（昭和二十二年四月、図3）に掲載された随筆「電気椅子と圓匙」でドイルの短篇についてふれている。

「電気椅子と圓匙」という題名は、よく考えると実に不思議。まるで関係のないふたつのものが並列されているからだが、この随筆を読んでやっとその意味がわかった。この随筆は短編小説の紹介から始まる——

アメリカで電気死刑が始まった頃、ある地方の都会でも死刑に電気椅子を使うことになった。そのため、四人からなる委員会が設けられたが、その中にドイツ人の老技師がいた。委員会の席上、委員長は、「ニューヨークでは電気椅子に二千ボルト電流を流したが、即死しなかった。だから、この町ではその六倍ぐらいの電流にしよう」と提案した。これほど論理的な案はない、ということで他の二人の委員も賛成し、いざこれに決まるという段になった時、件のドイツ人老技師が異議を唱えた。

委員長が反対理由を尋ねると、老技師は「電圧を増せば、致死効果も増すという考えがいけない。そういう結論を出せる実験結果でもあるのか」と言い返す。委員長は、「そんなことは解り切ったことだ、薬は沢山飲めば飲むほど効き目がある。ウイスキーもそうだ……」と言うと、老人は「それはおかしい。自分の経験によれば、一杯飲めば好い心持になるが、六杯も飲むと今度は寝込んでしまう。まるで違った効果が現れてくるではないか……」と反論するが、他の委員は取り合わない。「誤って数百ボルトの電流に触れただけで死んだ例もあるのだから」と真面目に主張しても、相手にされず、とうとう多数決で原案が通ってしまう。

ところが、実際に死刑囚を電気椅子に座らせ、一万二千ボルトの電流を通してみたが一向に効き目がない。それどころか、ますます元気になる。何度やっても駄目なので、仕方なく電気椅子はあきらめ、絞首刑にしたがこれも駄目。ピンピン生きている。業をにやした係官が六連発のピストルで撃ってみたが、弾が跳ね返ってくる始末。つまり、強い電流を通したおかげで、不死身になってしまったのである。

――と、吉田洋一はコナン・ドイルの短編のあら筋を紹介してから、この物語はつくり話ではあるが、いくつかの「教訓」が含まれている、としてその話を始める。吉田はこの短編の題名

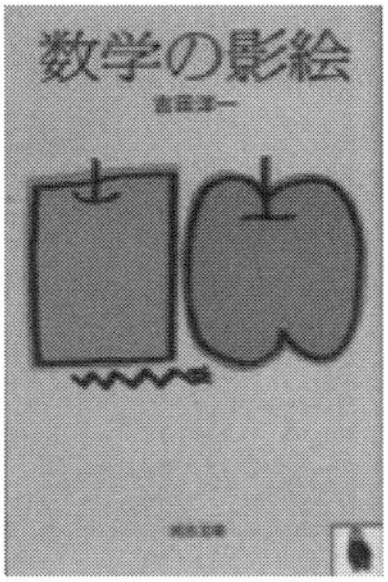

図2　吉田洋一『数学の影絵』表紙。

図3「改造」昭和22年4月号、表紙。

を記してはいないが、これは「ロスアミゴスの大失策」（The Los Amigos Fiasco. 1892）である。

　このドイルの短編から、吉田洋一が引き出した「教訓」は次のようなことである。

1. 世の中には、量として取り扱えないもの、つまり測ることのできないものがある。しかし、測りえないものまで、量として扱っていることが案外多い。

2. 「ものを増せば必ずそのききめも増す」というのは、間違った考えである。

——今度の戦争（太平洋戦争）中、日本が生産性を高めることに失敗したのは、当局者が例の『まちがつた考え』に囚われ、いたずらに工員の労働時間を増やしたり、人数を増やすことばかりに注力したからではないか？　「ともかくも、戦争の半ばがすぎてから、われわれの勤務時間を長くしたり休日を廃止しはじめたときには、わたしは、これでは当局者が負けよう、負けようと、一所懸命になつてゐるものとよりほか考えられなかつた。」。平和国家においても、またもや『まちがつた考え』に囚われた政策を行うことだけはくりかえしてもらいたくないものだ。

　このような「ものを増せば必ずそのききめも増す」という間違った考えに囚われてしまうのはなぜか？　幾世代にわたっての体験からこの考えが頭に刷り込まれてしまっているため、実際にはこの方式があてはまらない現象にぶつかった時でも、新しい方式を当てはめることをしないで、既存の方式を当てはめてしまうからである（既存の思考パターンを打ち破るのは並大抵のことではない)。

さらに、吉田洋一は、ドイツ人老技師を除いた委員三名が自分たちの提案を「論理的」と言っている点について論じ(長くなるので割愛する)、ここでもベルグソンの言葉を引きながら、「論理的」という言葉を軽々しく使ってはならない、と戒めている。

——以上が、「電気椅子と圓匙」の概略。コナン・ドイルの短編「ロスアミゴスの大失策」を読んで、このような哲学的な論考を紡ぎ出せるのは、さすがである。ギリシャ時代の数学者が哲学者でもあったことを考えれば、納得がゆく。この随筆が書かれたのは、敗戦直後の昭和二十二年だが、吉田洋一の「教訓」は現在でも生きているように思える。

ホームズ譚は民主主義のシンボル

石坂洋次郎

石坂洋次郎（いしざか　ようじろう）

略歴　小説家（1900―1986）。青森県弘前市生まれ。慶応大学国文科卒業。郷里で教職につきながら執筆活動をつづけ、昭和８年『若い人』を「三田文学」に連載、評判になる。長編『麦死なず』を発表後、この二作品で作家的地位を確立した。戦後、映画化されベストセラーにもなった『青い山脈』、わいせつ罪で問題となった『石中先生行状記』など人気作品を書き流行作家となる。後『丘は花ざかり』『陽のあたる坂道』『あじさいの歌』などの新聞小説を発表。また、近親相姦を扱った異色作『水で書かれた物語』などもある。

石坂洋次郎と聞くと、僕などは、戦後、昭和二十二年に封切られた映画『青い山脈』（監督：今井正、主演：原節子、池部良）や昭和三十一年に日活で映画化された『陽のあたる坂道』（監督：田坂具隆、主演：石原裕次郎、浅丘ルリ子）をすぐに思い出す、青春小説作家としてである。その他には『石中先生行状記』くらいのもので、原作を読んだのは精々『青い山脈』くらいである。石坂が昭和四十一年に「健全な常識に立ち明快な作品を書き続けた功績」により「第十四回菊池寛賞」を受賞したというのも年譜を読んで初めて知ったほどであるから、熱心な読者だったとはとても言えない。

この項を書くために、筑摩書房版『石坂洋次郎集』を開いて、「解説」（小田切秀雄）を読んでみると、僕の持っている単純なイメージでは測れない作家だと知った。小田切の解説によると、昭和十二年七月、盧溝橋事件に端を発した日中戦争（シナ事変）の最中に単行本として刊行された『若い人』（最初は、昭和八年五月から五年間、「三田文学」に連載された）は、ベストセラーになったが、その小説の中に、ミッション・スクールの女生徒の「神《ゴッド》と天皇陛下《エンペラー》とは、どちらがお豪い方なのですか。はっきり教えてください」という投書の一文があり、それが右翼から非難され、不敬罪と軍人誣告罪で起訴されたという。（軍人誣告罪については、石坂の『我が半生の記』によると、女生徒たちと一緒に軍艦を見学した折、女生徒が海軍中尉に、腰に下げている短剣は何に使うのかと質問したところ、鉛筆を削ったり果物の皮をむいたりするのに使うと、ユーモラスに答えたので、その剣の話を「若い人」に引用したところ、「(剣ハ軍人ノ魂ナリ! 鉛筆ヲ削り果物ノ皮ヲ剥クトハ何事ゾ!)」と、告訴されたという(1)。

幸いなことに本書は一度検閲を通ってしまっていたことなどの理由で、不起訴になったが、これが元で石坂は教員生活(秋田県横手中学の国語教員)をやめ、作家生活に入った。日中戦争が始まり、軍部の圧力が増し、言論弾圧が激しくなっていたし、しかも、天皇を神として崇めなければならなかった時代だったから、「神と天皇陛下とは、どちらがお豪い方ですか」という何気ない一行にも作者のリベラルな思想が現れているのではなかろうか。

『若い人』(図1)刊行の翌年、昭和十三年に、石坂は、朝日新聞から連載小説の依頼を受け、「暁の合唱」という題で書くことに決め、新聞紙上にその予告を出したところ、(以下、小田切

図1　石坂洋次郎『若い人』表紙。

の「解説」から引用すると）、「自分ら（右翼のこと）はいま、この作者を『若い人』の不敬罪と軍人誣告罪とで裁判所に告発しようとしている、このような不敬な自由主義者の小説を採り上げるなら、われわれにも覚悟がある、という脅迫で、それ以前から自由主義的でケシカラヌと右翼から攻撃されていた同紙はひるんでしまい、結局、掲載を取りやめということになってしまった」という（後、「暁の合唱」は、「主婦之友」が引き受け同誌に昭和十四年一月号から十六年一月号まで連載された）。なお、「不敬罪」とは、天皇や皇族もしくは神宮・皇陵に対する不敬行為によって成立する罪で、戦後の昭和二十二年、刑法改正により廃止された。

石坂が、戦前、右翼から「不敬な自由主義者」と非難され、軍国主義の弾圧を受けたとは露知らず、不明を恥じるばかりだが、戦中は陸軍報道班員としてフィリピンに派遣されるなどして苦難な時代を乗り切り、昭和二十二年六月から九月まで「朝日新聞」に「青い山脈」を連載、映画化もされ、新生日本のシンボルともなり、健全、明朗な主題歌は、まだ小学生だったころの僕の記憶に残ることになる。もちろん、原節子も!!　石坂は、戦後、大衆小説家として活躍し、昭和四十二年、直木賞選考委員を務めるなどして、昭和六十一年十月、八十七歳で他界した。

いささか前口上が長くなったが、この石坂洋次郎は大のホームズファンだったのである。石坂は、「世界の家庭読物」（延原謙訳『シャーロック・ホームズの冒険』新潮社、昭和三十一年十一月「付録」）と題してホームズ譚に賛辞を送っている。

私はシャーロック・ホームズの愛読者だ。彼の活躍する短編も長編も、何べんか繰り返して読んでいるが、そのたびに新しい感興を覚える。（……）また、作者のコナン・ドイルは物語中に、惨虐、淫蕩，頽廃等の場面を描出することを避け、イギリスの家庭読物としてのルールを厳正に守っており、その点でも、類書中、一段と高い風格を示している。

健全で明るい大衆小説家として名をなした石坂がホームズ物語を愛読したのも、「家庭読物」にふさわしい探偵小説だったからだろう。（石坂がホームズ物語を読んだのは、慶応大学に在学中ではなかったろうか。これはあくまで推測に過ぎないが、「年譜」によると、国文科に移る前、仏文科に在学中＝大正十年＝は、「学校の授業にはあまりでず、図書館と自宅で文芸書を読み耽っていた」とあるから。）繰り返し読んだというから、きっと彼の作品にその影が少しでも差してはいないか、と思い『青い山脈』（図２）を読んでみたところ、やっぱり、ホームズの名が出てきた。勘があたった。

図２　石坂洋次郎『青い山脈』表紙。

高等女学校一年生の笠井和子が英語の教師・島崎雪子から〝先生のスパイ〟になってくれと頼まれる場面――。

「あたしがスパイ?」

笠井和子は物々しい顔をして、ゴクンと息をのんだ。

「できるわ、私。私、タンテイ小説が大好きで、シャロック・ホルムズなんかたいてい読んでいるわ。でも――」

――と言いながら結局、先生のスパイを引き受けてしまう。敗戦直後の昭和二十二年頃にはまだ、ホームズ譚はほんの数冊しか出版されていなかったから、和子が読んだと言うホームズ譚は、戦前に出版された菊池武一訳の岩波文庫版ではなかったろうか、と勝手に推察してしまうのは、ホームズファンの僕の悪い癖かもしれない。

石坂の数多くの作品の中で、ホームズの名前は、この『青い山脈』にしか出てはこないけれど、しかし、何故、石坂は「タンテイ小説」ホームズを(いささか唐突な感じで)登場させたのだろうか。

探偵小説は、個人の人格が重んじられる民主主義、自由主義の国では流行るが、全体主義の国では流行らないと昔から言われてきたように、戦中の軍国主義の時代、日本では探偵小説は抑圧されてきた。敗戦後の「地方の高等女学校に起った新旧思想の対立を主題にして、これから日本国民が築き上げていかねばならない民主的な生活の在り方を描いてみようとした」『青い山脈』に、正義と合理性を重んじる健全な探偵小説の、そして、軍国主義からの開放と民主主義のシンボルとして、ホームズ譚を登場させるのがふさわしいと石坂は考えたのではあるまいか。わずか一行ではあるが、ここには健全な青春小説と健全な「家庭読物」としてのホームズ譚の幸せな結びつきが感じられ、ほのぼのとした感興を覚えさせられる。

ホームズのパロディを書いたタルホ

稲垣足穂

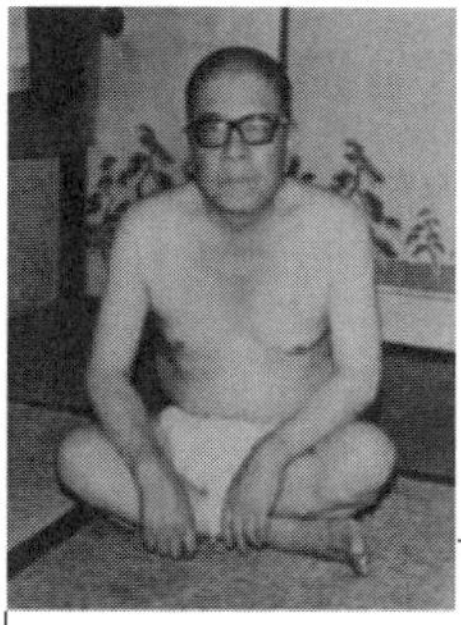

稲垣足穂（いながき　たるほ）

略歴　小説家（1900―1977）。大阪生まれ。関西学院中学部卒。大正10年、佐藤春夫の知遇を得る。翌年、「チョコレット」「星を造る人」を発表。大正12年、イナガキ・タルホの名で『一千一秒物語』を処女出版。後、『星を売る店』『第三半球物語』『天体嗜好症』刊行。この間、江戸川乱歩と知り合い、「美少年」への関心を深める。戦後、『弥勒』、選集『ヰタ・マキニカリス』『A感覚とV感覚』などにより注目された。『少年愛の美学』で第一回日本文学大賞受賞。（写真：1965年夏・松村實『タルホ事典』）

「イナガキ・タルホ」と言えば、すぐ脳裏に浮かんでくるのは、星であり、月であり、宇宙であり、ヒコーキであり、機械学であり、A感覚・V感覚であり、少年愛である。特異な文学空間を自由自在に飛び回ったその筆は、孫悟空の如意棒のごとくであった。菊池寛は「このような文学は即刻潰すべきである」と酷評したが、「人が『お前の書くものは文学でも芸術でもない』と云ったって僕には一こうかまわない。如何にも、その言葉どおり、僕はそれらの人々の所謂『文学でも芸術でもない』ところに僕の文学と芸術とをつくろうとしているのだから。」と意に介さず、「切れば血の出る人生」を書いていた「紙屑的人生派」「日記的心境派」（所謂「私小説」）をはるかに超えたところにどっしりと腰を据え、独自の文学空間を作っていたのである。

彼の出世作となった『一千一秒物語』（新潮文庫版、図1）は、金星堂から大正十二年一月、つまり、関東大震災の年に刊行された（この年、海の向こうではジェイムス・ジョイスの『ユリシーズ』が発表された）。この作品が世にでる切っ掛けを作ったのが、先に紹介した佐藤春夫である。『一千一秒物語』の草稿を当時最もハイカラな文学者と言われた春夫に送ったそのあたりの事情をタルホは瀬戸内晴美との対談「エロス—愛—死」の中でこう語っている。

「いわゆるいま一千一秒物として残っている、ああいう夢の切れ端みたいなものができたんで、そのとき、だれがよかろうと友だちに聞くと、この売り出しの、『病める薔薇』だとか、『お絹とその兄弟』『指紋』なんかで売り出している佐藤春夫さんがよかろうというわけで、そのいちばん最初に書いた原稿を佐藤さんに送ったら、佐藤さんがおもしろがって、一ぺん出て来たらどうかと、こういうわけなんです。これが始まりです。……」

この春夫の元に送られた草稿を読んだ時のことを宇野浩二は「稲垣足穂と江戸川乱歩――稲垣の天体嗜好小説と江戸川の推理探偵小説――」の中で次のように回想している。

「私がはじめて稲垣足穂の名を知ったのは、大正十年の秋の初め頃、その時分、世田ケ谷の砲兵連隊の佐藤春夫をたづねた時である。（……）佐藤は、机の上に置いてあった、半ピラ（二百字づめ）の原稿用紙を三百枚ぐらゐ（かそれ以上か）をとぢたのを、私に手わたして、『これは、ちよつと面白いよ、』と云つた。

これが、稲垣の出世作となった、あの『一千一秒物語』である。（……）さて、私が、早速、

図１　稲垣足穂『一千一秒物語』表紙。

その『一千一秒物語』の初めの方の四五枚を読んでみると、これは、まつたく、この題名がしめすとほり、新鮮な、特異な、物語であった。」

これが機縁となり、タルホ（当時二十一歳）は神戸から上京、佐藤春夫のもとに一時寄寓し、宇野浩二とも知り合うことになる。「――ツキヨノバンニチョウチョウガトンボニナッタ」、そんな手品のような、幻想的な超短編がずらりと並んでいるタルホの『一千一秒物語』の中になんとホームズのパロディ（？）が出てくるのである。タルホとホームズの組み合わせは異色中の異色である。短いものなので全文を引用する。

黒い箱

青い月の光が街上に流れているある夜　シャーロック・ホームズ氏の許へ一人の紳士がとびこんできた

「これを開けてもらいたい」

それは黒い頑丈な小箱で　いわくありげな宝石の唐草模様がついていた　ホームズ氏は鍵の輪を出して順々に箱の孔《あな》にあてていった　いずれも合わなかった　ホームズ氏は第二の鍵の輪を取り出した　だめであった　それから第三の輪が持ち出されたのか　それとも他の道具が使われたのか　その辺はよくわからない　ともかくこの夜の一時半になって小箱のふた

があいた
「なんだ　空ッぽじゃありませんか」
とシャーロック・ホームズ氏は云った
「そうです　なにもはいっていないのです」
と紳士が答えた

この意外な結末。ドンデンガエシ。これは幻想的な一編の探偵小説であり、ホームズ譚のショートショートの傑作といっていいだろう。名探偵ホームズが苦労して開けた箱が空っぽだったという奇想天外な話の底に潜んでいるのは「無」であろう。山本浅子は、タルホを著しく科学に接近した「無を語る詩人」と呼んだが、(1) 後年の宇宙論や機械学といった科学性と詩的な「無」との融合というタルホ文学の原点がすでにこの処女作に現れている。ホームズという科学的な探偵をわざわざ登場させたのも、科学と「無」の詩的な融合の格好な例だからであろう。

タルホの後年の生活ぶりもまた、「無」を信条とした。彼の身辺無一物は徹底したもので、昭和四十年代に住んでいた京都の桃山婦人寮職員宿舎の部屋について、常住郷太郎は次のように記している。

「四畳半の部屋には夏休みの小学生にふさわしい小さな机、粗末なタンス、丸鉛筆をけずってゴム輪でしばったもの、折り込み広告で作ったメモ用紙、壁には初期のヒコーキ野郎アーチ・ホクシー最期の瞬間（高木梅軒撮影）の写真がピンでとめられていた。これは後にアンリ・ルソーの飛行船の絵やメリエスの『月世界旅行』のスチールであったりしたが、いずれも本からの切り抜きのものである。あとは何もない。引っ越しの際には風呂敷ひとつの身軽さをまのあたりにした。」

書籍類もなにもなく、ただ『広辞苑』があるだけで、ご本人も、「スウェーデンボルグもドストエフスキーも、共に種本は新約聖書一冊だけであったらしい。彼らは寄贈してくる本は、包みも解かずに掃除婆さんにくれてやったとのことである。私も広辞苑の他に別に本は要らない。」（「本ぎらい」）と記している。「無一物」は、裏返せば「無尽蔵」に通じるから、タルホはビッグバンのように無から様々な物語を紡ぎだしていったのである。

話は変わるが、タルホはいつごろホームズ譚を読んだのだろう。『一千一秒物語』を書いたのは大正十年ころのことだから、ホームズ譚を読んだのはそれ以前ということになる。当時、刊行されていたホームズ譚には、長村天空訳『通俗シャアロック・ホルムス物語』（大正五年）や加藤朝鳥訳『四つの暗号』（大正七年）、芳野青泉訳『恐怖の谷』（大正七年）などの単行本があり、雑誌にも発表されていたし、また、

「――私は、私の気質上からは、露西亜《ロシア》や、又仏蘭西《フランス》の文学よりも、英吉利の文学を愛する者である。／どういう点が好きかと云うと、由来海賊の子孫である英吉利人は冒険家で、それも恋だの、道楽だのいう題目に就いてではない、即ち遠い海洋で働いているような冒険家で、

これは商人的であるとも、又軍人的であると云い換えてもよいが、だからして大そう通俗的な曖昧な所がなくて、従って食物にしたって、大そうおいしい葡萄酒《ぶどうしゅ》をチョッピリ舐《な》めているようなしみっ垂れた根性がなくて、ベーコンだの、ハムだの、ブランデーだの、胡桃だの、そういう剛健な食料品の齎《もた》らす雰囲気を持っているが、全体としての文学の上にも、そんな雰囲気が反映されているからだ。」(「英吉利《イギリス》文学について」)

——と英文学好みであったことから考えれば、タルホが関西学院普通部に入学した大正三年(当時十四歳)から大正十年までの間に、幾編かのホームズ譚を読んでいたと推察しても無理はなかろう。(2)

話がタルホからだいぶ逸れた。それにしても、弥勒菩薩は、五十六億七千万年後に出現し、衆生を救うと云われている仏様だが、そのころ、タルホの文学やホームズ譚は読まれているのだろうか?

山本浅子は「稲垣足穂と梁雅子　稲垣足穂試論②」(『タルホ事典』、潮出版社)の中で、タルホの世界観は数学を二十数年研究したヴァレリーや探偵小説や空想科学小説を書いたポオと同じように、「恐らく科学との著しい接近を抜きにしては語れないであろう。」として、『一千一秒物語』から「辻強盗」と「黒い箱」と同工異曲の「黒い猫」(ママ)を引用している。「黒い猫」は、ホームズがハイド氏(私立名探偵)に変わっているだけで、表現の違いはあるが基本的には「黒い箱」と同様の作品である。僕が引用した「黒い箱」は、筑摩書房版の『稲垣足穂全集［第一巻］一千一秒物語』（平成十二年）によったものだが、その中には「黒い猫」はない。これは明らかに「黒い箱」の誤植であるが、本文が違うのはどういう訳だろうか。「黒い箱」には、山本が引用したような改訂版があるのだろうか？

――と、ここまで書いて気がついて、大正十二年一月に金星堂から刊行された『一千一秒物語』の初版本（復刻版。図2、3）を国会図書館で調べたところ、この版では、ホームズがハイド氏になっていて、文章も若干現在のものとは違っている。つまり、初版から現在までの間のどこかで、「黒い箱」の「私立名探偵」（初出時）の名が、ハイド氏からホームズ氏へ改訂されているのである。（前述の山本が引用しているのは、初出時のものであった）

そこで筑摩書房版の『稲垣足穂全集［第一巻］一千一秒物語』（平成十二年）の「解題」を調べてみると、足穂の作品には、改題、増補、改作、合併、編入、改訂をくり返したものが多く、この『一千一秒物語』も改訂、改題されている。「解題」によると、大正十二年に初版が発行されてから後、鳩居書房刊「児童文学」（昭和十年十二月から昭和十一年四月までと八月）に「新版一千一秒物語」と改題・改訂して発表され、『現代日本小説大系四十四巻』（河出書房、昭和二十五年）に収録された。この時改訂されて「A CHILDREN'S SONG」と「電燈の下をへんなものが通った話」の二話が加わり、昭和四十四年六月『稲垣足穂大全第一巻』（現代思潮社）に改訂して収録されたという。

前掲書『現代日本小説大系四十四巻』では、すでにハイド氏からホームズへと改訂されている（旧仮名使い）ので、推測するに「児童文学」に「新版一千一秒物語」と改題、改訂して発表された折に変わったのではないだろうか？　現在のところ「児童文学」では確認できないため、いつハイド氏からホームズへ変わったかについても残念ながら正確なところは不明である。なお、「ジェキル博士とハイド氏」という作品が昭和六年十月「週刊朝日」に発表されているので、「黒い箱」との重複をさけるため、この後、つまり「新版一千一秒物語」において改訂されたとも考えられるがこれも推測にすぎない。

なお、参考のため初出時の「黒い箱」の全文を記す。

黒い箱

青い月の光が街上に流れてゐる夜　ハイド氏の家へ一人の紳士が飛びこんで来て云つた

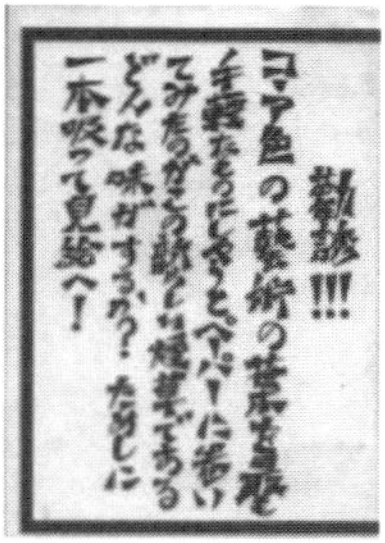

図２　『一千一秒物語』初版・復刻版。

図３　同上、佐藤春夫による「INTRODUCTION」。

「これを開けてもらひたい」
それは黒い頑丈な箱で　周囲には宝石の唐草模様がついてゐた　そしてそのなかに何んな秘密があるのかと思はれるそんな秘密めいたものであつた　ハイド氏は早速色んな形をした鍵が沢山ついてゐる輪をポケットから出して　その鍵を順々に箱の鍵穴に合わはして行つたいづれも合わなかつた　ハイド氏はさらに第二の輪を取り出して同じことを専念に試みたかうしてそこに　この私立名探偵が持つてゐるあらゆる形をした六十個ばかりの数の鍵がそれを開けるのに無駄になつた時　やつと合つたのである　カチツ！と　ハイド氏の眼は光つた　紳士の胸はとゞろいた　さうして箱の蓋は開かれた
さて　あつけ取られたハイド氏は云つた
「空虚じやありませんか？」
紳士は云つた
「さうです　何も入つてないのです」

足穂は、『一千一秒物語』の翌年、「『星遣いの術』について」（大正十三年八月「改造」発表、後、昭和二十三年『ヰタ・マキニカリス』に収録。『同書Ⅱ』河出文庫、昭和六十一年、図4）においてコナン・ドイルに言及している。ドイツの天文学者カルル・カイネ博士が提唱した“Stellismus”（「いわゆる“Astromagic”に代表される新技術」）についてアメリカの雑誌に評論が掲載されたとして、それを引用している部分である。

「『(……)けれどもそれら似而非《えせ》なるものと最も混同され易い名義を冠せられたStellismusが、ペルテリー氏の月世界旅行や、英国新聞王の亡霊出現に関するコナン・ドイル卿の提言と同一視すべきでないことは、ただその真正なる実験が吾人の前に供された機会にのみ判明する』云々。」

“Stellismus”は、“Stellar”(星の)からの造語であろう。「カルル・カイネ博士」はタルホの創造、「ペルテリー氏」は実在の人物、また、ドイルの話もタルホ一流のつくり話――「英国新聞王」とは、実在したノースクリフ卿のことと思われる(3)――であろう。しかし、十九世紀の妖術家ハッサン・カンの話に及ぶと谷崎潤一郎や芥川龍之介の小説について言及する、と言った塩梅で、タルホの虚実ないまぜの世界に読者は引き入れられてしまう。

コナン・ドイルについては、「似而非《えせ》物語」(昭和五年)で再び言及される。本編では、一九**年、フランス人のポロなる人物により発明された「星つくりの花火」――その原理は、小

図4　稲垣足穂『ヰタ・マキニカリスII』表紙。

さな鋳鉄製の円筒の中へ、Carbonide Fantaste と名付けられたもの、その他、二、三の混合物を入れて放置しておくと、円筒の上部から光玉を射ち出し天空で一定時間輝き続けるというもの――の謎を誰も解くことができないため、この難題の解明に「熱中した」人物としてコナン・ドイルと「例のオリヴァ・ロッジ卿」[4]が挙げられている。

さらに。「青い箱と紅い骸骨」には傍題として、A Study in Gray と付けられている。A Study in Gray と付けた理由として足穂は、この作品ははじめ「愛すべき丘々の話」だったが、その内容をある画家に話したところ「灰色の効果だね」と言ったので傍題として、A Study in Gray と付け、「灰色」は青と紅に分析されるから「青い箱と紅い骸骨」と名付けた、と説明している。

A Study in Gray は、芥川龍之介の『Lies in Scarlet』と同様、ドイルの *A Study in Scarlet* のもじりであることは言うまでもない。[5]

この「似而非《えせ》物語」について、足穂は「タルホ=コスモロジー」（稲垣足穂+稲垣志代『タルホと多留保』、沖積舎、平成十九年収載）で次のように話している。

『似而非《えせ》物語』には原子物理学がほのめかされていて、そのため、タルホはこの種の知識を仕入れるためにエディントンの『星と原子』を二冊購入したが、貧乏で鼻眼鏡をしょっちゅう質屋に出し入れしていたので、この種本も古本屋行きになったという。つづけて、「又、シャーロック・ホームズ愛用のコカインに倣って、鴉片丁幾《ちんき》を持ち出したが、これは衣巻夫人（デガダン詩人・衣巻省三夫人：引用者註）を介して自分にも経験があったからである。彼女はラウダナム[6]を常用するような病身であった。萩原朔太郎も私と同様な経路でこれに取り憑かれ、ラウダナムを飲んで新宿界隈（……）をふらふらあるくのは良い気持ちだと、いつか私に洩らしたことがあった。」

――以上のように、足穂は大正十二年から昭和三年にかけて、ホームズのパロディを書き、コナン・ドイルに触れている。それもこれも、化学実験が好きで、天文学にも通じていたホームズや「二項定理」に関する数学の論文や『小惑星の力学』を著したモリアーティ教授らを創造した他、空想科学小説も書き、死後の世界を信じスピリチュアリズム（心霊術）の普及に奔走したコナン・ドイルにタルホの科学・空想趣味（「宇宙的郷愁」）が合致したからにほかならない。ただ、足穂がいつごろホームズ譚を読んだかについては不明である。『一千一秒物語』の「黒い箱」以前（大正十二年）と前述したが、これにはホームズの名前は登場しないので、大正十三年以前とだけ記しておく。

彼の作品は、「あいつの書くものは文学ではない。あれは上野に陳列すべき工芸品だ」との評もあるが――この評について足穂はそれこそが自分の狙い、英国のダンセーニ卿の作品が好きなのも「そこに文学的手垢がないから」と述べている――これらの作品はもとより足穂自身の逸話が実に面白い。その例を二、三あげておこう。

・小林秀雄の「オフェリア遺文」（「改造」昭和六年十一月）について述べた後、小林秀雄を最初に認めたのは自分であると主張。その証拠に（と、足穂は言う）、小林が文壇に名を出したその年の十二月（あるいは翌年一月）の「文芸春秋」の「今年の新人で誰を推奨するか？」というアンケートに答えて、小林秀雄と河上徹太郎をあげたからである。（「『キタ・マキニカリス』註解」）

・上京して牛込横寺町（現新宿区）(7)でまだ、売れない原稿を書いていたころ、貧乏で下書き用に街角に貼ってある映画のビラをはがして使い、鉛筆は、道端に落ちているチビた鉛筆を使った。原稿用紙に清書した後、インク瓶をすかして見て、目立つほど減っていた場合、その分だけ水増しして質屋に入れ、その金で縄のれんで焼酎を一杯飲んだ。（「夫稲垣足穂」）

・取材に来た新聞記者にむかって——、

「この夏はふんどしひとつで過ごした。ふんどしほど便利なものはない。これひとつあればフロに行くのに手ぬぐいはいらん。夏は汗ふきになり、簡潔で禅的、能面に共通するものがある。近ごろはパンツ一辺倒になっているが、この先賢の遺産を、もっと大事にしてもらいたいね」（「夫稲垣足穂」）

・瀬戸内晴美が（昭和四十四年）京都桃山婦人寮に住んでいた足穂を初めて訪れたときの話

——

朝酒を飲みながら、その談セックスから世界の文豪の話に及び、「文学にはなつかしさがなければだめだ」と言われて、その言葉を晴美は肝に銘じた。さらに現役の作家の批評におよび、その適切さに舌を巻いたので、その人たちの作品を読んだことがあるのか？　と聞いたところ、「二行しか読まん、しかし、その二行はやや、本物だった」とか、「読んだことないが、写真の顔みればわかるよ」という答えがかえってきたという。（瀬戸内晴美「バッカスは惑星にのって――男の魅力」、『タルホ事典』）

ドイルの文章を「名文」と評した「評論の神様」

小林秀雄

小林秀雄（こばやし　ひでお）

略歴　文芸評論家（1902―1983）。東京・神田に生まれる。東京大学仏文科卒。大岡昇平の家庭教師を勤める。昭和 4 年、雑誌「改造」の懸賞論文の「様々なる意匠」で注目される。昭和 11 年、明治大学の講師になる。日中戦争中は三度、中国など大陸に講演旅行。太平洋戦争中、「当麻」「無常といふ事」など日本の古典に関する一連の随筆を書く。戦後、『モオツアルト』『無常といふ事』を発表。後、『私の人生観』『ゴッホの手紙』『近代絵画』『考えるヒント』などにより評論を創作にまで高めた。晩年は大作『本居宣長』に取り組み「日本文学大賞」を受賞。

日本における近代批評を確立し、「評論の神様」とまで言われた小林秀雄がホームズファンだった（あるいは、ホームズの愛読者だった）と知った時は、嬉しかった。意外でもあり望外の喜びであった。小林がホームズについて言及しているのは、江戸川乱歩との対談「ヴァン・ダインは一流か五流か」（雑誌「宝石」昭和三十二年九月、表紙・棟方志功。図1）においてである——この対談は、後、丸谷才一編『探偵たちよ　スパイたちよ』（集英社、昭和五十六年。タイトルは「ヴァン・ダイン論その他」に変更されている）及び蝸牛社刊『教養としての殺人』に再録されている。「評論の神様」と「探偵小説の鬼」が対談する、それだけでも異色の顔合わせと言えるのに、小林が探偵小説を読んでいて、さらにホームズについて言及している、ということになれば、これはもう、異色中の異色といえるだろう。

以下、ホームズに関する部分を雑誌「宝石」から引用しておこう。

対談の本文に入る前に「前記」があり、そこで乱歩は、小林が東京創元社の重役をやっていること、乱歩が小林と知り合ったのは同社から刊行していた推理小説全集の監修者をしていた頃だったこと、そして、小林が、その昔、ポオの「メルツェルの将棋差し」を訳し雑誌「新青年」（昭和五年二月、図2）に無署名で「メエルゼルの将棋差し」のタイトルで発表していたこと（この作品は、後、『世界推理小説全集1　ボウ町の怪事件』〈東京創元社、昭和三十一年〉に小林秀雄訳として署名入りで掲載されたが、小林訳は仏語からの抄訳でしかも冒頭部分には小林の創作が加えられている。[1]さらに、『ポオ全集　第3巻』〈東京創元社、昭和四十五年〉には大岡昇平が補訳した「メルツェルの将棋差し」が再録された）、ある座談会で乱歩が小林に会い、探偵小説について少し語り合った時、小林がクロフツの『樽』に誤りがあることを指摘された、などの逸話を記している。

その後、本文に入り、右記のことなどを話題にしながら、探偵小説の話に入ってゆく。乱歩

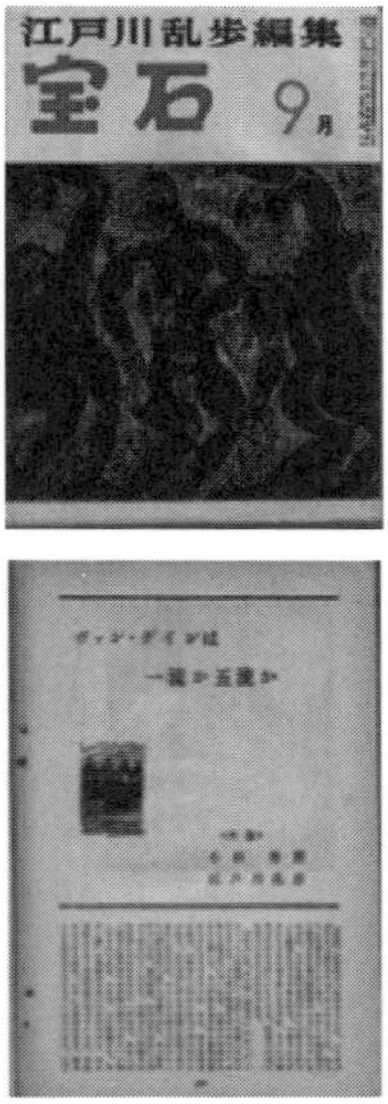

図1　「宝石」昭和32年9月号表紙・本文。

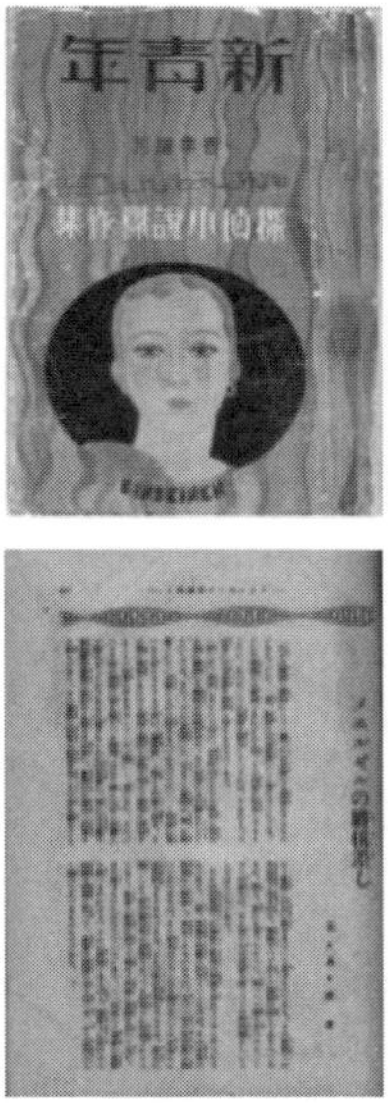

図2　「新青年」昭和5年2月号表紙・本文。

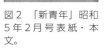

はポオとチェスタートンが好き、というと小林は、チェスタートンの評論は好きだが彼の探偵小説（ブラウン神父物）は読んだことがない、ドイルは好きだ、と――ここからホームズの話になる。

小林　僕はドイルは好きですよ。ドイルはどうもあれは探偵小説のポー以後のえらい人じゃないかな。

江戸川　そうです。ドイルが探偵小説をつくつたようなものです。ポーは三つ乃至五つしか書いていないし、あのころはまだ探偵小説という名前はできていなかったし。

小林　ただドイルの魅力というのは要するにシャーロック・ホームズという人物だと思うんですよ。要するに人物の創造なんではないですか。あの探偵を読むといつでもシャーロック・ホームズという男が出てきてね。そいつが何でもやってくれるという観念があるでしょう。それからホームズという人が人格者で正義派でね。人間的魅力もなかなかあるよ。イギリス的な勧善懲悪の小説なんだな、根本は。あれは探偵小説というのが根本の思想は勧善懲悪の……。

江戸川　一般の探偵小説はみんなそうですよ。

小林　ドイルが、それを確立したと思うのですよ。ホームズは変わり物《ママ》だが、英国紳士ですね。英国人に非常によく訴える人間なのだな。それから何とかいつた医者があるでしょう。

江戸川　ワトソン……。
小林　あれいつでも出てくる。あれもティピカルな人間ですね。名コンビだな、それがドイルをあれだけ普及させた一番の大きな原因だと思います。
江戸川　その通りですね。
小林　それから文章に無駄のないこと。一種の名文だな。やはり、探偵小説の古典というとドイルですかな。ポーじゃないね。

――続いて、乱歩は、ワトスンはドイルの分身で生き生きと描かれているが、ホームズのエキセントリックな性格は、「つくりもの」というと、小林は、「あのくらいにしないと人間は出ませんよ。やっぱり一種のヒーローに仕立て上げる必要」があったと答えてから、

小林　だからちよつと非人間的なところもある。それが魅力なんだよ、読者には。やつぱりふつうの人間じやいけませんよ。すべてを捧げてますからね、探偵というものに。嬶ァもなきやあこどももなきやあ……。
江戸川　考える機械ですね。
小林　そういうふうなところが魅力ですね。結局僕は書けてないということはないと思う。僕はやつぱりあれはあれで立派な創造だと思う。ワトソンという男を配して、よくできてい

ると思うんですよ、あれは。

――そして、乱歩がホームズの作品の中で何が好きかと訊くと、大体同じような出来で面白いと答えてから、「『バスカービルの犬』みたいなもの、ああいうふうなものは何かちよつとロマンチックだね。」と付け加えると、乱歩がやっぱり短編がいいと言うと、

小林　短編がいいですね。はつきりしたものの方がいいですね。

――と言ってから、ヴァン・ダインは嫌いだという。全然つまらないという。

小林　どういうところがつて、第一冗漫ですね。ドイルが一流なら、彼は五流くらいかね。あれはやはり探偵小説というものがゆき詰まつて、ああでもない、こうでもないというところに来たものですからね。芝居つ気があつてね。
江戸川　それはありますね。
小林　ドイルには必要以上の芝居つ気はない。沈着に書いている。ヴァン・ダインの心理的饒舌にはかなわない。

この後は、クリスティの『アクロイド殺し』はアンフェアで「癪にさわつた」こと、ヴァン・ダインの評価、ドストエフスキーの話（「あの人の観察や分析は心理に集中したから探偵小説が書けなくなっている」）、エラリー・クイーンの『Xの悲劇』の推理は粗雑であること、さらに、独裁国には探偵小説は流行らない、探偵小説が英国で発達したのは、法律観念が非常に早く発達したからで、日本で探偵小説の発達が遅れたのもそれに関連し、「合法的な正義の観念の遅れから来ている」――とか、坂口安吾のことなどに話が及ぶけれど、そちらは本題ではないので省略する。

小林が、ホームズ譚を探偵小説の古典といい、ワトスンとホームズの名コンビがこの物語を普及させた一番の原因と捉えていること（最近のBBCドラマ「SHERLOCK」は、その好例といえる）、一種の名文であること、ホームズの魅力が非人間的なところにある（「すべてを捧げてますからね、探偵というものに。嬶ァもなきやあこどももなきやあ……。」というあたり小林の面目躍如というところか）――など、とりわけ珍しい意見というわけではないが、ホームズ譚の特長を端的に言い表している。〝教祖〟小林がホームズに言及しているだけでファンとしては、まことに貴重な対談といえよう。

後年、文壇ゴシップ好きな丸谷才一は、小林秀雄がスパイ嫌いにもかかわらずイアン・フレミングの007ジェームズ・ボンドの愛読者だったという話を紹介している。あんがい本当かもしれない。

ホームズファンのなかで自分が一番、と断言した

森 茉莉

森 茉莉（もり　まり）

略歴　小説家・随筆家（1903―1987）。東京生まれ。二度の結婚・離婚の後、父森鷗外を追想した『父の帽子』『靴の音』を刊行。文壇にデビュー。幻想的で華麗な文体の小説『濃灰色の魚』『恋人たちの森』『枯葉の寝床』『贅沢貧乏』『甘い蜜の部屋』の他、『私の美の世界』『マリアの気紛れ書き』『ドッキリ・チャンネル』などのエッセイも多い。（写真『新潮現代文学 62』）

森鷗外の二度目の妻・志げの長女として、鷗外から溺愛された茉莉は、晩年、貧乏生活をしながら『贅沢貧乏』や『甘い蜜の部屋』（図1）などの代表作を残した。そのエッセイの面白さは無類。現実を超越し幻想の世界に生きた生活ぶりは、「隣の真似をしてセドリックで旅行するよりも、家にいて沢庵でお湯づけをたべる方が贅沢」（「ほんものの贅沢」）という、まさに〝贅沢な精神〟をもった〝精神の貴族〟のそれであった。

では『私の美の世界』に収録されている食べ物に関するエッセイ「貧乏サヴァラン」からホームズに言及している部分を引用してみよう（なお、「サヴァラン」とは、十八世紀末のフランスの美食家ブリア・サヴァランのことで、彼の著書『美味礼贊』は美食家のバイブルになっている）。

まずは、「卵料理」から。

「私は、根がひどく食いしん坊のせいか、小説や戯曲を読んでも、たべもののところは印象に残りやすいのである。」と書いてから、漱石の小説に出てくる「卵糖」（カステラ）やヴァン・ダインの小説に出てくる「白身の魚と卵とをまぜて蒸した料理」などにふれてから、「シャアロック・ホオムズとワットスンの朝食にはよく半熟の卵が出た。」――

よく覚えているなあ、と感心するけれど、《ソア橋》を読むと、朝食に出てくる卵は〝hard-boiled eggs” とあるから、半熟ではなかったのですね。

次は「ビスケット」から。

「私は小説を読んだり、映画を見たりする時、面白くて引きこまれていた場合でも食物の出てきた場面は鮮明に頭に残っていて、それが何年経っても消えないという、大変な食いしん坊である。」と「卵料理」と同じような書き出しの後、色々な例をあげている。「ジャン・ギャバンの映画の鶏の丸焼。ヒッチコック映画の、田園の食卓の上のグロッグと、山盛りのマフィン。シャアロック・ホオムズの夕食の冷製の鴨。同じく彼が飲んだブランディ入りの珈琲。」――と、ホームズの例もあげている。しかし、ホームズは「冷製の鴨」は食べてはいない。山鴫や雉、コールド・ビーフは作品中に出てくるけれど、「鴨」は出てこないし、それに、コーヒーにしても「ブランディ入り」のものは出てこない。とはいえ、それはあくまで小説の中に明記されていない、ということだけで、「冷製の鴨」も「ブランディ入りの珈琲」(ブランディは、部屋に常備し気付け薬の代わりに用いていたし、ホームズは英国人には珍しくコーヒー好きだっ

図1　森茉莉『甘い蜜の部屋』表紙。

たから、ブランディ入りのコーヒーを飲んだ可能性は十分ある）も〝マリア〟のホームズの世界にはちゃんと存在しているのである（「マリアの幻は、現実以上の現実なのだ」）。
「貧乏サヴァラン」では、明治、大正時代の「薄藍色のもや」を被っていた「シック」な東京の景色を「冬の巴里や、シャアロック・ホオムズのいた霧の中の倫敦《ロンドン》のよう」と形容している。若い頃に遊んだパリやロンドンの思い出がマリアの中にはいつまでも残存しているのだろう。また、こんな記述もある。

私はビイトルズというのを好きだった。写真をみるとどれも気に入り、とくに『ヤア、ヤア、ヤア』のスチイルを見ると、シャアロック・ホオムズの初版本の挿絵にある、ホームズとワットスンのような、（それはホオムズとワットスンが歩いていると、馬車の中から黒髭《ひげ》の男がこっちを窺っているところなぞである）ひどく古風な格好で四人のマッシュルーム頭が駆け出していたりするのがひどく味があって（……）

ビートルズの写真を見てホームズとワトスンを思い出すなど、凡人にはなかなか出来ない芸当で、これもマリアの幻想力の賜物だろう。ちなみに、ここで言っているホームズとワトスンの挿絵は、『バスカビル家の犬』に使われているものを指している。
また、競馬場のことを書くと——

遠い昔は、英国の紳士の遊びであった競馬という気品のある賭事《ギャンブル》の伝統が、現代日本の東京競馬場にもその香気のようなものを微かに残しているのだろうか？　そっけない建物にも趣があり、厩舎《きゅうしゃ》にはシャアロック・ホオムズの小説、「白銀号」の匂いがある。（「府中の東京競馬場」）

食物、景色、音楽――についてマリアが書くと、こんな具合にホームズが現れてくるのだから、マリアはホームズについてかなりのファンだったに違いないのである。

だから、本について書くと、こんな風になる。『ほんものの贅沢』の中の一章「幻の本棚」から。

「（……）私の蔵書という貰った本を除けると八冊しかない。」その中に「英国の原本に模したらしい深い紅に黒の細い点々のある紙蔽いのついた、コナン・ドイルのシャアロック・ホオムズの『緋色の研究』」が入っていると言う。

そして、続けて。「私は今書いている長い小説が終ったら、（……）昔の『贅沢貧乏』時代の夢の部屋を再現し、人形でも、洋杯《コップ》でも、本でも置けるがっしりした棚を買って据え、今持っているのと同じ装丁のホオムズを全部揃え、（出来れば原書も）」、その他、黒岩涙香の翻案小説の全集や動物図鑑、岡本綺堂の『半七捕物帳』、アガサ・クリスティーなどの推理小説、シイトンの『動物記』などなどをその本棚に並べたい――と記している。

マリアが持っている「深い紅に黒の細い点々のある紙蔽いのついた、コナン・ドイルのシャアロック・ホオムズの『緋色の研究』」とは、月曜書房から昭和二十七年三月に刊行された延原謙訳のもの（『シャーロック・ホームズ全集』、全十三巻、図2）であろう。トワイニング紅茶と英国ビスケットでホームズ譚を読んでいるマリアを想像すると、それは最高に贅沢な時間の過ごし方のように思えてくる（なお、昭和三十八年に刊行された『贅沢貧乏』には、本棚には、「（……）ロオデンバッハの『死の都　ブリュウジュ』、ドオデの『Jack』、ピエエル・ルヰの『女と人形』、同じ作者の『ナンフの黄昏』等の黄ばんだ表紙。英国版のを真似たのではないかと思われる、深い紅と白に、黒い字の『シャアロック・ホオムズ』二冊（……）」などがあったと記されている）。以上、『私の美の世界』（昭和四十三年六月）からホームズに関する記述を引用した。これだけでもマリアのホームズ好きはかなりなものと思われる。

マリアは長編小説『甘い蜜の部屋』（昭和五十年）にもホームズを登場させている。この作品は、十年にわたって書き継がれたもので、父親・林作（モデルは森鷗外）と恋人達それに夫との生活を幻想・濃密・妖艶な筆で描きだしている。主人公・モイラの夫・天上（毛嫌いしている）との結婚生活を描いた場面にマリアはホームズを登場させる。食堂の椅子に座っている夫を無視して、モイラは食堂を通り、奥の居間に入り、「シャアロック・ホウムズを一冊抜き取り、又食堂を通って、居間に上がって行った。（……）モイラは居間に入ると寝台《ベッド》にもぐりこみ、本を読み始めた（……）」。夫との気まずい食事の後、モイラはすぐに居間に入り、「寝衣に着替え、寝床に入った後も眼を光らせ、唇の両端をきゅっと窪ませて、辺りを見ていたが、やがてホオムズの書物を開き、続きを読み始めた。」

幻想的で耽美の世界に引き込まれている時、突然、こんな風にホームズ譚が現れると、現実の世界に引き戻される感じがする。モイラが読んでいるのは先に紹介した「深い紅に黒の細い点々のある紙蔽いのついた」ホームズ全集の内の一冊である。しかし、なぜ、森茉莉はこの幻想的な小説にホームズ譚を取り上げたのだろう。仏蘭西の象徴派の詩集の方がふさわしい気がするのに……。その理由として考えられるのはただ一点。ヴィクトリア時代末期の重厚な雰囲気の、自分の趣味にあった品々に囲まれた部屋で、夢見るような怠惰な生活を送っていたボヘミアンのホームズに（探偵としてではなく）マリアは憧れていたのだろう。あの「深い紅に黒の点々」がある表紙が気に入っていたのも、ヴィクトリア朝風だからであろう(1)。

マリアはホームズに関するエッセイも書いているから紹介しよう。

雑誌『本の本』昭和五十一年六月号（図3）はミステリーと名探偵の特集号で、その中に

図2　月曜書房版『シャーロック・ホームズ全集』表紙。

図3　『本の本』昭和51年6月号、表紙。

「えっせい・わたしの好きな名探偵」というコラムがあって、そこにマリアは「シャーロック・ホオムズ」を寄稿している。

「シャーロック・ホオムズは私たちに、彼は本当に実在した人物なのだと、信じさせずにはおかない、一人の小説の中の人物である。」という書き出しで始まるこのエッセイはホームズへの愛に満ちている。

私のよく知ってゐるホオムズは、ものは悪くないがクリーニングにもあまり出すこともないらしい、肱や膝なんかは地が薄くなってゐる趣味のいい洋服、皺をつけたままのレェン・コオトを着、靴下は伊太利の運河のやうな、茶色とも濃灰色とも見分けがつかない、それでかすかにオリイヴ色の混ざってゐるようなのを履き、靴はロンドンのあらゆる街の土、郊外の粘土質の土なぞをつけてゐて、底の革はすり減ってゐる。

ホームズの洋服や靴下や靴についてこれほどまでに微細に描写した人はマリア以外にはいない。靴下の色についての描写はまさに圧巻でその想像力には舌をまく他ない。もちろん、原作にこんなことは書かれていないけれど、マリアの筆にかかると、原作を超越したマリアの、幻想の中にあるホームズの世界が現出し、それらのものを本当にホームズが身につけていたような感じにさせられてしまう。

こんな具合にホームズとワトスンの友情のことや好きな作品のことなどこまかなエピソードを書いてから、終わりころに、「シャーロック・ホオムズの人物への親しみは私の場合特別である。私の希望は挿絵入りの古いホオムズの小説集を手に入れること、ホオムズの下宿の夫人の造らへた冷たい鴨料理がたべてみたいこと、又馬車が走ってゐたロンドンと、荒涼とした英吉利の湿地帯を見たいことなぞである。」と記す。このマリアの希望は現実にはかなえられなかったけれど、虚構を現実にしてしまう彼女の幻想力をもってすれば、想像するだけで十分だっただろう。最後にマリアはこのエッセイをこう結んでいる。

私は、多くのホオムズファンの中で、私が一番のファンだと思ってゐる。それが嘘か本当かは、ホオムズ自身に訊いてみればわかることだ。

ホームズ譚は
捕物帖の元祖と断じた

坂口安吾

坂口安吾（さかぐち　あんご）

略歴　小説家（1906―1955）。新潟県新津市生まれ。東洋大学印度哲学科卒業。同人誌に発表した短篇「風博士」「黒谷村」で認められる。恋人・矢田津世子との恋愛体験をもとに『吹雪物語』を刊行。戦中、「日本文化私観」「青春論」を書き、戦後『堕落論』で注目され太宰治、織田作之助と並んで無頼派と呼ばれ流行作家となる。小説『道鏡』『桜の森の満開の下』、推理小説の傑作『不連続殺人事件』の他、独特な文明批評的なエッセイ『安吾巷談』『安吾新日本地理』など数々の作品を発表。戦後の文壇をリードした。（写真・林忠彦）

敗戦後の昭和二十二年、坂口安吾は、「戦争は終わった。特攻隊の勇士はすでに闇屋となり、未亡人はすでに新たな面影によって胸をふくらませているではないか。（……）人間は生き、人間は堕ちる。そのこと以外の中に人間をすくう近道はない。」、「生きよ堕ちよ」と説いた『堕落論』で認められ流行作家となった。その安吾が本格的長編探偵小説を書くというので注目を浴びた。探偵小説家からは「どうせろくなものは出来ないだろう」などと冷たい目で見られたが、『不連続殺人事件』（昭和二十三年、図1）が刊行されるやいなや江戸川乱歩に絶賛され、「第二回探偵作家クラブ賞」を受賞した。このことは、「岡倉天心」の冒頭に記したとおりである。

戦時中、坂口安吾は、真珠湾攻撃に加わった特殊潜航艇の乗組員について書いた『真珠』を出したものの、当局の眼にふれ再版を禁じられた。そんなこともあって、「私は少年時代から探偵小説の愛読者であったが、(1) 日本で発行されたほぼ全部の探偵小説を読むにいたったのは戦争のおかげ」と「私の探偵小説」（「宝石」昭和二十二年六月）に書いているように、暇つぶしに世界中の探偵小説を読破した。「探偵小説は謎解きを楽しむ高級娯楽のひとつ」と考えていた安吾は、大井広介や荒正人、平野謙などとヴァン・ダインやアガサ・クリスティー、エラリー・クイーンの探偵小説を読んで犯人当てゲームに興じながら、長編探偵小説のアイディアを温めていた。(2) そのアイディアが『不連続殺人事件』となって結実する。

『不連続殺人事件』を改めて読んで気がついたことがある。ホームズの名前が出てくることと、前述したように岡倉天心について言及していることである（以下、引用は昭和二十三年刊イヴニングスター社版による）。

ホームズについては、第一の殺人の後、「私」が探偵役の巨勢博士に目星はついたかと聞くと――

「買ひ被つちやいけませんよ。ホルムズ先生ぢやあるまいし。全然五里霧中ですよ。」

次が、岡倉天心。「私」が探偵小説狂の多門老人に探偵小説がお好きなようですが、と尋ね

図1　坂口安吾『不連続殺人事件』表紙。

ると、老人はこう答える（この部分は「岡倉天心」の項で書いたとおりなので簡略に記しておく）
——
岡倉天心は探偵小説の愛読者で、家族のものが病体を案じて思うようにお酒を飲ませてくれないから、ドイルの探偵小説を半分だけ話して聞かせ、佳境に入ったところで、今日はここまでと家人をじらし、後が聞きたければ晩酌をもう一本もってきなさい、と催促する——多門老人は、このように天心が奥さんや子供達にコナン・ドイルのホームズ譚を話して聞かせたエピソードを語っている。

では、安吾は、戦前に発行された天心の子息・岡倉一雄の二種類の回想録のうち、どちらを読んで、このエピソードを知ったのだろう。改めて記すと——

1. 岡倉一雄『父天心』（聖文閣、昭和十四年）
2. 岡倉一雄『父天心を繞る人々』（文川堂書房、昭和十八年）

『不連続殺人事件』が発表されたのは戦後だから、どちらも読んだ可能性がある。しかし、なぜ、読んだのかということになると的は絞られてくる。確証はないが、戦前、昭和十八年に発表された『日本文化私観』を執筆するために天心に関する本を読んだと思われる。日本の美術教育や文化を語る場合、世界に日本文化を紹介した岡倉天心について知ることが欠かせないからである。本書の発行は後者と同年月だから、これは読んではいない。消去法でゆけば前者の『父天心』になる。『日本文化私観』は、この石は糞カキベラでもあるが仏でもある、という禅的思想をとりあげ、その石を仏に見てもらえればいいが、糞カキベラは糞カキベラだと見られたらお終い――と、日本の伝統文化の虚飾をはぎとっている痛快な日本文化論である。安吾は、講談的とかデガダンとかのレッテルを張られがちだが、糞カキベラは糞カキベラでしかない、という当り前さを説く安吾の思考は、実に論理的、合理的なのである。『不連続殺人事件』の後、「復員殺人事件」（昭和二十四年）、「選挙殺人事件」（昭和二十八年）、「心霊殺人事件」（昭和二十九年）などのタンテイ小説を次々に発表しているのも、うわべを剥がし真実を追求する精神と合理的な眼力があったからに他ならない。

「復員殺人事件」は、『不連続殺人事件』の後に書かれた探偵小説だが、その冒頭は、「私」が巨勢博士の探偵事務所を訪ねる場面からはじまる。「終戦の年から二度目の八月十五日を迎え、やがて秋風が立つ季節」、博士の事務所に久しぶりに訪ねてゆくと、若い青年と婦人の先客がいて、なにやら用談中。そのため「私」は、いや失礼と言って出てゆこうとすると、巨勢博士が「いえ、もう、話が終わったところですから」と呼びとめる――こんなところは、「作年秋のある日のこと、わが友シャーロック・ホームズを訪ねてみると、年配の紳士と何やら熱心に話しこんでいた。」とはじまるホームズ譚の《赤毛組合》とよく似ている。

安吾の探偵小説の特徴のひとつを挙げておこう。関井光男が指摘しているように（冬樹社版『定本　坂口安吾全集　第十巻』「解題」）、安吾の作家活動の原点になったファルス（Farce：笑劇・道化）である。安吾の探偵小説のなかには、敗戦後の混乱期の世相をからませながら合理性と「ファルス」を融合させたユニークなものが見つかる。例えば、『不連続殺人事件』には、戦時中、犯人当てゲームに興じた荒正人と大井広介をもじった「八丁鼻」の荒広介刑事や平野謙と埴谷雄高をもじった「カングリ警部」平野雄高を登場させたり、「投手殺人事件」では、タバコに関する名前のオンパレードが楽しめる。「細巻宣伝部長」「岩矢天狗」「職業野球チェスター軍」「猛速球スモークボール」「ネービーカット軍」「煙山スカウト」「ラッキーストライク軍」などなど。——こんな具合に読者を煙に巻くのがファルスのファルスたる所以である。中には「影のない犯人」のように解決がなく、「誰が犯人でもかまわないような変テコリンに無関心な時世が到来したらしい」と土俵際でうっちゃっているものもある。

安吾の探偵小説の中で異色といえるものに「アンゴウ」（昭和二十三年）がある。

矢島（主人公）は、神田の古本屋で、彼がかつて所蔵したことのある古本を見つける。扉に、戦死した旧友の蔵書印が押してあったので、懐かしく思い購入する。開いてみると、ページの間から見覚えのある用箋が現れ、それには、数字だけが記されていた。暗号ではないか、と思い、その本と数字（頁・行・字）を合わせてみると、ちゃんとした文章が現れた――

これが話の発端だが、結末は意外性があり、しみじみさせられる。安吾の探偵小説（暗号《アンゴウ》小説）の中では、出色の出来だと思う。機会があったらご一読を。『日本探偵小説全集⑩　坂口安吾全集』（東京創元社、昭和六十年）に収録されています。

次は、昭和二十六年一月から雑誌に発表された『明治開化　安吾捕物帖』（昭和二十八年四月～二十九年一月、図2）。捕物帖には、すでに半七や銭形の親分が活躍していたから、新しい捕物帖を書くにあたって安吾はこう考えた――。

「短篇で推理小説を読ませるには、ドイルの行き方が頂点」で、西洋の短編探偵小説の妙は、コナン・ドイルの時代で終わりを告げた。推理小説の面白さはトリックにあるが、トリックは

図２　坂口安吾『明治開化　安吾捕物帖』表紙。

日進月歩のため、短編では読者を楽しませるのは難しい。強いて短編を書くと骨組だけのバラックになってしまう。この欠陥を日本式に満たしたのが捕物帖である。「探偵小説の祖はポオだが、ドイルのホームズ探偵までは、推理小説の初期である。／ドイルまでの世界は今日の日本では、捕物帖に移植されている。捕物帖には指紋や科学的な鑑識は現れないが、推理やトリックの手法はドイルで、ドイルは捕物帖の祖であり、推理小説より捕物帖的である」。捕物帖は、物語としての面白さはあるものの、推理を味わう楽しさに欠けている。そこで、物語としても面白いし、「謎ときゲーム」としての推理も楽しめる捕物帖を書いてみたい。

——これが安吾の「捕物帖」の狙いであった。捕物帖の元祖ともいうべき岡本綺堂「半七捕物帖」がコナン・ドイルのホームズ譚からヒントを得て書かれたのは、諸賢ご存じのとおりである。

以上は、安吾の「推理小説論」（『私の探偵小説』、図3）及び関井光男の前掲書「解題」を参考にまとめたものだが、この狙い通りに安吾の作品が書かれているかどうかは、諸賢に読んでいただくしかない。

『安吾捕物帳』は、神楽坂に住む剣術使い泉山虎之助、隣に住む洋行帰りの紳士探偵・結城新十郎、それに最後にトンチンカンな推理を披露する勝海舟という布陣が異色である。加藤秀俊の「解説」を読むと、こんな見方・読み方があるのかと眼を開かされる。安吾が物語の背景を明治初期に設定したのは、終戦後の混乱期と明治維新後の十年間ほどは「諸事解禁でゴサカンな時世」という点で（他の点でも）良く似ているからで、諸氏の指摘も考え合わせれば、安吾が伊達やスイキョウで捕物帖を書いたのではない、ことが分かる。安吾自身は、明治という時代設定は、推理の要素を取り入れるのに都合がいいからで、「ほかに意味はありません。」と書いているけれど……。

安吾がホームズ譚を読んだことは明らかだが、ホームズを思わせる例をひとつだけ挙げておきたい。[3]「トンビ男」（昭和二十七年）の最後の新十郎のセリフ――。

女を甘く見てはいけませんよ。女は心がやさしくて、気が弱くて、ケンカが弱くて常に平和を愛するかよわい動物だなんて、大それた逆説の支持者となってはいけません。それを信用してはタンテイはつとまりませんよ。

話は変わるが、虎之助と新十郎の住処を神楽坂にしたのは、「（彼女以外の）女は眼につかぬ

図３　坂口安吾『私の探偵小説』表紙。

ぐらい惚れてしまった」矢田津世子の短編小説「神楽坂」を思い出してのことだろうか？　と、思いきやそうではない。神楽坂の袋町と肴町（現在「肴町」の地名は残っていない）の間の通りをわら店（現在・地蔵坂）といい、ここには漱石も子供の頃通った寄席・和良店亭の他、剣客戸ケ崎熊太郎の道場があったというから虎之助の道場を神楽坂においたのは安吾のデタラメではなく歴史的な事実にもとづいているのである。(4)

この『捕物帖』で面白いのは、安吾が敬愛する勝海舟にトンマな推理をさせ笑い飛ばしているところ。ここにも安吾一流のファルスが読みとれる。ドイルのホームズ譚がヴィクトリア朝から二十世紀にかけてのイギリスの社会や世相を描いたように、安吾もまた『捕物帖』というスタイルを借りて戦後の混乱期の世相に批判を加えている。そこが並みの捕物帖と違うところである。

安吾に「探偵の巻」（昭和十三年）というエッセイがある。京都の伏見稲荷の前の安食堂の二階に間借りし『吹雪物語』を書いていたころ、食堂の娘さんが行方不明になったため、娘の親父さんから頼まれ探偵に乗り出すという話である。

「然らば先生に頼めというので、親爺の奴《やつ》山のような捜査資料を僕のところへ担ぎこんだ。流石《さすが》大盤《ばん》石の先生も目を廻しそうな、大変な手紙の山だ。」「『吹雪物語』もうっちゃらかして、悦に入って手紙の山を読みほぐし、遂に夜の白むのも忘れてしまうというていたらくであった。」

翌朝、親爺がやってきて先生手がかりはないかと聞くと安吾は「『まてまて、今に見つける』などと血走った眼をして勿体ぶれば、親爺はへえーと敬々しく引退るという上首尾である。かくして、名探偵の活躍がはじまることになった。」——と、書いた後で、次の様に記す。

シャーロックホームズに於けるワトスンの如く、私立探偵は助手が入用ときまっている。翌朝早速東宝撮影所へ電話をかけ、三宅君にサボってもらうことにした。

安吾と脚本部員の三宅君は八方手を尽くすが、四日ほどして娘は、親爺さんに連れられて帰宅し、「俄か探偵」安吾の面目は丸つぶれ、三宅君と河豚料理を食べ自棄酒を大いに飲むという始末で、「慌ただしく小説を仕上げて、一目散に東京指して逃げのびてきた次第であった。」と終る。

安吾は、探偵小説の歴史には詳しくない、と断ったうえで、「本格探偵小説」の形はガボリオウの『ルコック探偵』で完成していて、以来、ヴァン・ダインもクリスティーも、クイーン、クロフツもフィルポッツも、洋の東西を問わず同じ形式にハマってしまい、芸術的独創性に欠け、人間の個性も書けていない、とバッサリ（「探偵小説を截る」昭和二十三年）斬っている。いささか乱暴な論ではあるが、ホームズの名前をあちらこちらに登場させていることからみても、〝捕物帖の元祖〟ホームズには一目置いていたのである。

ホームズ流の
鋭い観察眼で書いた戦記物

大岡昇平

大岡昇平（おおおか　しょうへい）

略歴　小説家（1909―1988）。東京牛込区（現新宿区）生まれ。昭和３年、小林秀雄、中原中也、河上徹太郎と知遇を得る。京都大学仏文科卒。スタンダール『パルムの僧院』を読み、以降、スタンダールに傾倒する。戦時中、召集されミンドロ島で俘虜になる。この体験をもとに戦記文学の傑作『俘虜記』『野火』を発表。一方、『武蔵野夫人』によりスタンダール風の恋愛小説を書く。幼年期の記憶を書いた『幼年』『少年』や推理小説にも手を染め『事件』により「推理作家協会賞」受賞。中原中也についてのエッセイ・論考『朝の歌』『在りし日の歌』『中原中也』がある。

大岡昇平は、『俘虜記』『野火』『レイテ戦記』など自己の戦争体験をもとに書いた戦記文学の書き手として知られるが、一方、『事件』（昭和五十二年）など推理小説の書き手、愛好家としても知られている。大岡の推理小説好きの源は、小学生の時に読んだホームズやルパン物であった。そのことを大岡は、「小学生の時、博文館本のアルセーヌ・リュパンやシャロック・ホームズに感激して以来だから、もはや四十年推理小説を読んでいるわけである。これは私の道楽の中で、一番長続きしているものである」と言い、そのうちに「道楽が昂じて二、三のまずい試作」を書いたと述べている（『推理小説論』昭和三十六年）。

少年時代に読んだホームズに関しては自伝『少年―ある自伝の試み』（昭和五十年、図1）の中に詳述されているので、その件りを以下に引用する。

この頃（大正九年：引用者註）から私は受験勉強をはじめていたはずだが、どんな勉強をしたか記憶にない。勉強の合い間にシャーロック・ホームズとアルセーヌ・ルパンを読んだことの方を覚えている。当時は推理小説ではなく探偵小説といったのだが、博文館から「新青年」という専門雑誌が出ていた。江戸川乱歩はまだ現われていず、チェスタートン、フリーマン、ドゥーゼなど翻訳物を主に載せていた。

ホームズ、ルパンは単行本で出ていた。それを私に貸してくれたのは、大向橋の向かい側の堰の下《しも》の家に住んでいた石井太郎である。私より二級上だったから、この頃は中学へ入っていたはずである。(……)/ホームズは(その頃ホルムスといった)誰の訳だか忘れたが、厚い一冊本があった。「赤毛クラブ」「ねじれた顔」「まだらの紐」「楡の木屋敷」などが記憶に残っている。ルパンでは『８１３』と『奇巌城』を読んだ。これは保篠龍緒というむずかしい名前の人の訳で、縁を切り落としてないざら紙に刷った軽い本だった。/私はホームズが来訪者の衣服についたしみとか、指にできたまめとかから、その職業や住む町を推理する能力にすっかり感心してしまった。(一度学校から帰って、母が留守中に何をしていたかをいい当てて、びっくりさせたことがある。『洗濯をしたでしょう』という程度のことで、母はむろんそれが当ったことではなく、子供がそんなことをいい出すのに驚いたのである。)

図１　大岡昇平『少年——ある自伝の試み』表紙。

この後、ルパンの「奇巌城」の印象が強かったことや、ポオの「渦に呑まれて」を読んだときは強烈な印象を受け、その夜は生まれて始めて眠れなかったという体験を書いてから続けて

——

一種の閉所恐怖が考えられるだろう。同じような恐怖を、ホームズからも選択して記憶していたのに気が付く。ドイルの短編には「赤毛クラブ」や「鷲鳥」のような、ユーモラスな日常性があって、連続殺人の残虐性を好まない読者に愛読されているのだが、私に記憶されたのは、「技師の親指」の主人公が、貨幣贋造者の水圧機に閉じこめられる場面である。周囲の壁に鉄管が何本も並んでいる描写もこわかったが、やがて天井が刻々下がって来る場面のこわさは、後で読んだポーの「井戸と振子」の菱形につぶれる壁の恐怖と同種のものである。どっちの場合も、圧死の危険が迫った瞬間、なんらかの救済手段が見付かる。「技師の親指」では、まわりの壁の脆弱な箇所を発見して脱出する。／幽閉と壁の変形、それから脱出という順序は、「渦に呑まれて」「幽霊塔」と共通しているのだが、「技師の親指」の機械の内部は、その後繰り返された私の悪夢の主題となった。夢の中で私が幽閉されるのはビルの地下のボイラー室であったり、壁にスイッチの並んだ配電室だったりする。或いは自然の洞窟で、蛇が匍い出して来ることもあった。私は大声で叫んで、目を覚ます。その時、部屋に光がないと、暗黒の中で恐怖が続くので、私はなるべくスタンドを点けて眠ることにした。

この少年時代の体験は後、彼の推理小説の上に影を落とすことになる。大岡の「道楽が昂じて」書いた推理小説の試作の第一号が「お艶殺し」（昭和二十五年）で、その後、「春の夜の出来事」「真昼の歩行者」「驟雨」「夕照」「雪の上の呼声」などの短編を発表、『夜の触手』（光文社、昭和三十五年、図2）『歌と詩と空』『事件』などの長編推理小説を経て、晩年には「最初の目撃者」（図3）、「盗作の証明」などの短編も発表しているから、「観察」と「推理」は大岡の作家活動を通底する重要なファクターになっていたと言えよう。

吉田熈生は「大岡昇平における推理と戦争」の中で、「大岡の推理小説が『道楽』の昂じたものであるなら、その戦争文学は『道楽』の変容したものではなかろうか。言い換えれば、推理小説の愛読者あるいは推理癖を持った作家が書いた『小説』が『俘虜記』であり『野火』であり、そして『レイテ戦記』であると考えることもできるのではないか。」と述べているが、これは正鵠を得ていると思う。

大岡は「スタンダリアン」を任じたが、スタンダールは「美術家が写生をするように」常に

図２　大岡昇平『夜の触手』表紙。

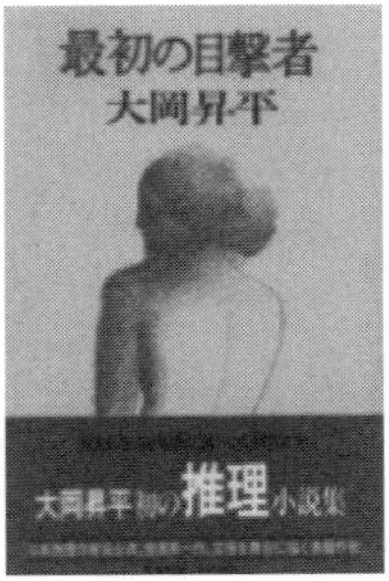

図３　大岡昇平『最初の目撃者』表紙。

生きた人間の心を観察し分析した知力と意志の力の持ち主（上田敏『うずまき』）と知れば、彼がホームズを愛読し推理小説を書いたのも単なる道楽ではなく、戦争文学同様、スタンダリアンとしての延長線上にあったからに他ならない。

大岡が好きだった探偵小説は、軍隊生活で実際に役だった。比島のサンホセ警備隊に暗号手として配属されていたときのことを書いた短編「暗号手」（昭和二十五年）では、内地で暗号手として特殊教育を受けたときのことを、「探偵小説耽読のおかげで私が（暗号の）判読においてかなり優秀であったのはちょっと自慢しておきたい」と述べている。本篇は『ある補充兵の戦い』（岩波書店、平成二十二年）に収録された短編だが、「女中の子」（昭和二十五年）は戦記物ではなく探偵小説を読んでいるような味わいがある。本書の「解説」で川本三郎が戦記ものの息苦しさよりも「まるで探偵小説か紀行文を読んでいるときのような心の軽さを覚える」と評しているのもこのあたりの事情による。

大岡の初期の推理小説十二編は、『文芸推理小説選集　4　横光利一　大岡昇平集』（昭和三十二年、図4）に纏められており、その中には、大岡の戦争体験が影を落としている作品が多く見受けられる。

例えば、「お艶殺し」に登場する檜山教授は、「戦争末期に応召して、前線で歩哨に立った時なぞ、遠目が利くと自慢していた」が、この遠目が事件解決のポイントになる。大岡のこの眼（歩哨の目）の良さは、『野火』の自然描写などに現れている。また、「最初の目撃者」にも戦争の影響が見られる。

さて、前置きが長くなったが本題に入ろう。

前掲書『文芸推理小説選集　４』に収載された短編にはホームズやドイルの名前が登場するのでそれらを以下に列記してみよう。


あらゆる主人公のように探偵は時代と作者の趣味を反映する。一八四一年に書いた『モルグ街の殺人』は、周知のように小説の世界で初めて推理だけを作因としたもので、期せずして近代探偵小説の門戸を開くことになったが、探偵デュパンは幾分バイロン風の孤高と憂鬱を荷わされている。デュパンはシャーロック・ホームズのような拳闘の名人でもなければ、フィロ・ヴァンス君のような金持でもない。パリの場末に蟄居する貧乏貴族にすぎないのである。（「真昼の歩行者」）

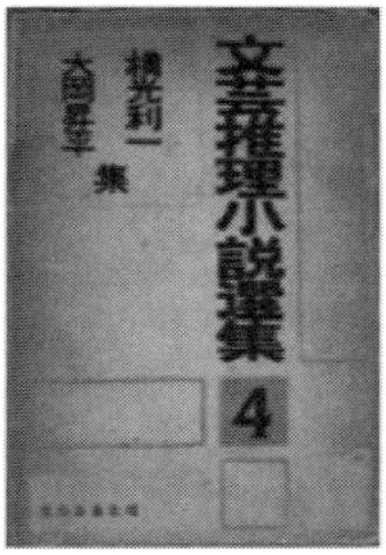

図４　『文芸推理小説選集　４　横光利一大岡昇平集』表紙。

ドイル流の外国での過々《ママ》の秘密は、願ひ下げにしたいな。動機を不明な事実に求めるのはフェアじゃないね。（「驟雨」）

フロレンスが夫人と共に住んでいたのは、バーラムである。シャロック《ママ》・ホームズの読者にはお馴染の荒地のふちに孤立した田舎町で、そこで彼女は夫の生きていた時と同様、クリケット、テニス、ダンス、ティ・パーティ等々、派手な社交生活を送っていた。（「良人の告白」）

この『選集』の「あとがき」で大岡は、この選集に収載されている横光利一の二つの作品「機械」「時間」について「所謂推理小説の分類に入るかどうか疑問ですが、推理が作品を進める主な動力になっているという意味で、選ばれたものだと思います。」としたうえで、「これに反し、僕のものは最初から推理小説、或いは裁判物語のつもりで書きました。『小説新潮』『オール讀物』に発表されたものですが、僕はそういう雑誌のために、つまらない恋愛物語を考案するよりは、子供の時から好きだった推理小説を書く方針にしていたのです」と述べている。大岡の初期の推理小説にホームズやドイルの名前が出てくるのも少年時代に読んだホームズの記憶が鮮明だったからだろう。この選集に大岡は「沼津」という作品を入れているが、この作品は所謂推理小説とは異なるが、「横光さんのものと同じ意味合いから、収録した」と語っているように、彼は推理小説というものをかなり広義に解釈していたように思われる。

大岡は、「懐かしのホームズ」（パシフィカ版『シャーロック・ホームズ全集』「月報6」）で彼のホームズ体験を仔細に語っている。

先に引用した『少年』での体験談の他、ホームズ譚の面白いところは「ヴィクトリア朝末期の世相がうまく表現されているところで」「上流から下層まで、ロンドンとその近郊のいろんな場所を舞台にしたところにつきない興味がある」といったことや、長沼弘毅の『シャーロック・ホームズ健在なり』、『シャーロック・ホームズの恩人』、『シャーロック・ホームズの大学』などの著作も読んだこと、推理小説のよしあしを決める基準は「なん度読み返してもあきないものということ」で、ホームズは読み返せること、昔読んだ『隅の老人』や『ソーンダイク博士』も読み返してみて面白かったこと、なかでもアメリカの田舎を舞台にしたポーストの『アンクルアブナー』シリーズが面白いと思った。それは謎解きだけでなくその背景となる環境が良く書けていて、現在（当時）言われている社会派と本格派の両方の要素が共存しているからで、その意味で言えば、ホームズ譚は「社会派の小説ではないとはいえません。」と言う。

また、ホームズ譚は都会的であり、同時に田園的というふたつの要素が備わっていることが読者を飽きさせない理由で、「イギリスの鉄道が地方に延びるに従って、「ドイルはそこを舞台に使った」ところに「環境破壊の現代には懐旧的興味がある。」と述べている。それまでの長編小説から、ホームズ譚のような読み切り形式の短篇小説が愛読されるようになったのは、鉄道の発達と関係しているとの説があるが、大岡はその点を示唆している。さらにモリアーティ教授にふれ、あれは良く描けていない、ドイルに悪人が書けなかったのも、彼がヴィクトリア朝のモラルから抜け出さなかったから、と指摘している。

「月報」という小さなリーフレットではあるが、その内容はホームズ譚の魅力・特質を語りつくしているシャーロキアーナの傑作といって良いと思う。

大岡が晩年に書いた日記体エッセイ『成城だよりⅡ』には、次のような一節がある。

一月十八日　月曜日　曇／寒、日が射さないと、書斎は寒くて坐れない。終日臥床。推理小説はチェスタートンに落ちついた。（……）ドイルはポーの剽窃の手口まずく、俗にして下品なるところあり。「赤毛連盟」のほか読むべきものはなし。これに反してチェスタートンは「見えない人」「神の槌」など、着想天才的なるところあり。

――と、この頃になるとホームズ譚よりもチェスタートンの『ブラウン神父』物を高く評価している。また、大岡は「中央公論　夏季臨時増刊　推理小説特集」（中央公論社、昭和五十五年八月）を監修、その中には埴谷雄高、丸谷才一との座談会「推理小説の魅力」が収録されている。

この時の感想を大岡は「成城だより」で、「（六月）十六日　月曜日　晴／連日、二十九～

三十度、仕事にならず。午後二時～四時、『虎ノ門福田家』にて埴谷雄高、丸谷才一と座談会。（……）埴谷と私の読みはじめは大正年間のホームズ、リュパンの翻訳と同時なれど、丸谷氏が一九五五年、三十歳の頃より読みはじめたとのことで一驚を喫す。」と記している。

大岡は、推理小説を書くだけでなく、評論集『ミステリーの仕掛け』（社会思想社、昭和六十一年）を編んだり、東京創元社版「世界推理小説全集」の監修者に名を連ねたり、自らE・S・ガードナー『すねた娘』やイーデン・フィルポッツ『赤毛のレッドメーン』（昭和三十一年、図5）を訳すなどミステリーの世界で幅広い活躍をしたことはご存じのとおりである。

図5　イーデン・フィルポッツ、大岡昇平訳『赤毛のレッドメーン』表紙。

キリスト者の目でホームズ譚を読んだ

椎名麟三

椎名麟三（しいな　りんぞう）

略歴　小説家（1911—1973）。兵庫県飾磨郡生まれ。中学三年で中退、家出。職業を転々後、18 歳で共産党の細胞キャップになる。昭和 6 年逮捕され出所後、哲学書や聖書を耽読。ドストエフスキーにより文学に眼を開かれる。戦後、『深夜の酒宴』『重き流れのなかに』を発表。長編『永遠なる序章』（昭和 23 年）で戦後派作家の代表と認められる。昭和 25 年、キリスト教に入信。『自由の彼方で』『美しい女』など自伝的な作品でキリスト教作家に転身、戯曲の類を多く発表。『懲役人の告発』（44 年刊）が最後の長編小説となった。

椎名麟三について、僕が知っているのはほんのわずかに過ぎない。斉藤末弘『評伝　椎名麟三』（平成四年）に付された年譜によると――。

中学中退後、果物屋の小僧、出前持ち、見習いコックなど職業を転々、十八歳の時、宇治川電鉄（現山陽電鉄）の車掌になる。二十歳で共産党員になり宇治電細胞キャップとして活躍するが、一斉検挙にあう。二十二歳で転向上申書を書き、刑務所を出る。その後、様々な職業を経て、新潟鉄工に入社（昭和十三年、二十七歳）、ドストエフスキーの『悪霊』を読み、衝撃を受け、文学を志す。昭和十七年、新潟鉄工で戦車を造り始めたため退職、文学に専心。戦後、「深夜の酒宴」で作家としてデビュー。『永遠なる序章』を刊行後、三十九歳で洗礼を受け、キリスト者となる。昭和三十一年（四十四歳）、「美しい女」とそれまでの仕事に対して昭和三十年度芸術選奨文部大臣賞を受賞。小説の他、戯曲を書くなど旺盛な作家活動を行うが、昭和四十八年、六十二歳で死去――。

堀田善衛は、彼の氏を悼み、「朝日新聞」に、戦後「自前の〝実存主義〟を持って出てきた」作家であり、「このような深く自前の思想に根づいた労働者作家を失うことは、辛い。」「彼はキリスト者として死んだ。神はおそらく彼に、御苦労であった、とその労をねぎらっているであろう。」と書いた。

　僕が読み齧ったのは、彼の小説では「死からの自由」をテーマにした『永遠なる序章』だけ。だから、共産党員から転向し、ドストエフスキーに出会い文学を志し、そしてキリスト者として死んだ椎名について、名前程度しか知らなかったと言ってもいい位である。その彼が、探偵小説雑誌「宝石」（昭和三十四年八月、図1）のコナン・ドイル生誕百周年特集の中で「紳士ワトソン」を書いていることを知ったとき、意外な感に打たれた。

「紳士ワトソン」はこう始まっている。

　私が、推理小説というものを片端から乱読したのは、治安維持法で二年近くも拘留されていた未決から執行猶予で放り出され、食うや食わずの失業生活を送つていたころだろう。二十三、四歳のころだ。もちろん私が未決から出られたのは、党（共産党：引用者註）と自分

図1　「宝石」（昭和38年8月号）表紙・本文。

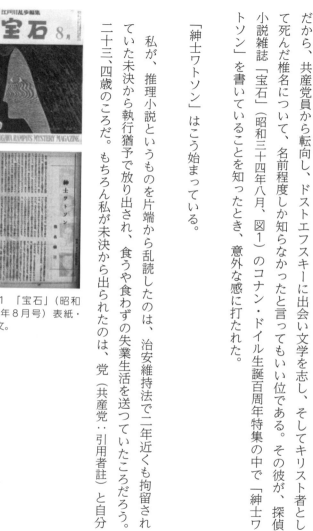

自身を裏切って転向上申書を出したからなのだが、またそのために私は、私自身を失ってしまってもいたのである。

——絶望状態にあった椎名は、探偵小説を乱読したが、それは何の慰めにもならず、「全く意味のない遊び」で、決していい読者ではなかった。だから、読む端から忘れてゆくといった状態で、同じ小説を再読することが多く、「その頻度のもっとも多かったと思われるのが、わが名探偵シャーロック・ホームズに関する物語だつたのである。ということは、当時（昭和六年以降のことだが）ホームズものの翻訳が多く出まわっていたということになるかもしれない。」

——ここで少し注釈を加えておこう。昭和六年頃、出版されていたホームズ物を挙げると、昭和四年から五年にかけて、平凡社の「世界探偵小説全集」から江戸川乱歩訳『恐怖の谷・妖犬』（図2）、『シャーロック・ホームズの冒険』や三上於莵吉訳『シャーロック・ホームズの記憶』、『シャーロック・ホームズの帰還』など六巻、それに、昭和六年から八年にかけて改造社の「世界文学全集」から『ドイル全集』（全八巻）が刊行されているから、「ホームズものの翻訳が多く出まわっていた」という椎名の記憶は正しいと言えるだろう。

では、このどちらを椎名が読んだかと推察すると、「古本屋の店先から投げ売りの、安い探偵小説」を拾い出しては読んだ、という彼の経済状態から考えれば、現在の文庫本サイズの平凡社版（価格は不明）ではなかろうか（『ドイル全集』は分厚い豪華版だったが、年代的にはこちらの方が可能性があるけれど）。

さて、本文にもどると、

だが、このコナン・ドイルの創造にかかわるホームズ物語を読んでいて、いつもついて行けないところがあった。それはあのワトソンのホームズに対する態度についてであった。つまりあのホームズに対する献身ぶりについてなのだ。そして私にとつてあの献身ぶりがいつも釈然としなかつたのである。／それはあのエッケルマンの『ゲーテとの対話』を読んだとき感じた事とよく似ていた。

――と書いてから、ゲーテに対するエッケルマンの献身ぶりについて、「裏切者の烙印を自らの額に押した私にとっては、そのエッケルマンの美しい態度が卑屈に見えて仕方がなかった」（椎名は、「私の小説体験」においても「エッケルマンのゲーテに対する卑屈な態度に腹が立っ

図２　「世界探偵小説全集」、江戸川乱歩訳『恐怖の谷・妖犬』表紙。

てならなかった」と書いている)、そして、同じ感じをワトスンにも感じたという。「わがワトソン君は、名探偵シャーロック・ホームズに絶対に頭が上がらないようにできているからだ。(……)」と。さらに、エッケルマンがゲーテの語り手であったようにワトスンも同じで、ホームズはワトスンがいなければ存在することができない、それは、聖書の記者がいなければキリストは存在しなかったのと同様である、という。そして、ワトスンはドイルの創造した人物だから、当然、ドイルに似る運命にあり、それは同時に「英国人の一つの典型をもあらわしているという運命をもふくんでいる」。つまり、ワトスンは、「具体的な存在としてのドイルに似ていると同時に抽象的な一般としての英国人というものにも似ていると考えていい」、ワトスンは「常識的な堅実ないかにも英国風な紳士なのだ。そして、私がワトスン君になじめないのは、ワトスン君が、このような紳士である点なのである。」とし、最後にこう締めくくる。

あのドン・キホーテの物語においても私はドン・キホーテに対するよりもその従者のサンチョ・パンザにふかい同感をもつ。それと同じように、名探偵ホームズよりもワトソン君にふかい同感をもつのだ。作者ドイルが、最初から犯人を知つているにもかかわらず、ホームズにからかわれて最後にはホームズを讃嘆しなければならない破目になるという役割は、全くひどいものだ。しかしそのひどい役割に対する私の同情をこばむのが、そのワトソン君の「紳士」性ともいうべきものだつたのである。

この「紳士ワトソン」で椎名が言いたかったことは何だろうか？　常識的で堅実な英国紳士であるワトスンのホームズへの卑屈な態度に対する椎名の批判であり、それはまた、「裏切り者の烙印を自らの額の上に押した」（これは、官憲に負け、共産党員から転向したことを意味していると思われる）自分自身の卑屈さへの批判とも言えよう。ホームズの唯一の親友であり、記録者であった、愛すべきワトスンを、このような視点で書いたのはおそらく椎名だけではなかろうか。

椎名には、「紳士ワトソン」の他に、ホームズに言及した評論がある。『地底での散歩』（昭和四十一年）に収録された「推理小説と聖書――非神話化の問題をめぐって――」である。この評論は、「1記録者」「2事実と真実」「3小状況と大状況」「4ドライ派」「5ウエット派」「6共犯者」の6節から成る長文である。それに、僕は聖書に関する知識はチョボチョボであり、ましてキリスト者でもないから、内容の解説はすこぶる難しい。そのため、ホームズに関する部分などを引用して御目にかけるにとどまる点、お許しねがいたい。

イギリスのあの有名な名探偵、シャーロック・ホームズの名前は、日本でも知らないひとは少ないだろうと思う。彼は、コナン・ドイルのつくり出した推理小説のなかの人物にすぎないのだが、まるで実在の人物のように考えられていて、当時イギリス本国においてすら、ホームズの住んでいた番地あてに手紙がおくられていたという話である。とにかく彼の、

（……）やり方は、その後にあらわれた多くの名探偵諸君に大きな影響をあたえている。

——と、第一節「記録者」は始まり、ホームズはワトスンの記録によってしか我々の前に現れてこない、その記録性に問題があり、「私の個人的な問題としては、それによってイエス・キリストに出会うことのできた聖書の記録性にかかわるところの問題でもある」という。続いて、

　さて、私たちは、ドイルの書いた、いわゆるホームズものといわれる諸作品を読み、冬の一夜を十分楽しむことができるわけである。（……）私たちは、ワトソン博士の筆録という形で、その筆録を通じて、われわれのホームズに出会う。そしてワトソンを通じてホームズの人格にふれ、ホームズの名探偵ぶりをつぶさに体験する。そして私たちにそのような経験ができるのは、私たちがワトソンという人物や、だからその筆録に全的な信頼をおいているからである。（……）だが、このワトソンへの私たちの信頼が何等かの意味においてくずれたりしたらどうであろうか。ワトソンがうたがわしいものになるだけでなく、わが名探偵ホームズもうたがわしいものになることはいうまでもないだろう。ホームズが存在するのは、ワトソンを通じてだけであり、ホームズが信頼されるのは、ワトソンを通じてだけであるからだ。そして、このような場合、私たちは、しかし、ワトソンは嘘をついているとはいわない。／「この作者は嘘をついている」／というのである。このホームズの場合は、もちろん

コナン・ドイルだ。だが、ここで私の関心をひくのは、その嘘の性質であり、さらにその嘘を嘘として発見させるところの私たちの精神の構造なのである。何故なら、小説というものは、そもそもが嘘によって成立し、嘘によって生きているものであるからである。はじめに述べたように、小説のなかに明記してあるロンドンのホームズの住所宛に手紙を出しても、とどかなかったということからみても明らかなようにだ。

長い引用になったが、ここで、少し椎名の誤りを解いておかなければならない。ひとつは、ホームズ譚はすべてワトスンが記録したものではなく、ホームズ自身が書いたものもあること。ふたつ目は、かつては物語中のホームズの住所（ベイカー街221番地B）に手紙を出すとちゃんと届いたし、専属の秘書がいて、ホームズから返事がきたということである（現在は不明）。これは勿論、イギリス人独特のユーモアであることは言うまでもないが。

さて、椎名は、聖書の「非神話化」運動の問題について、反対の立場をとりつつ推理小説と対比させながら論じているのだが、その点についての詳細は省略させていただくことにして、簡単に言えば、椎名は、聖書に書かれた復活の奇蹟を嘘ではなく事実として認めたうえで（マタイたちの聖書の記録を通じて感じられる真実は事実の支えがなければ生まれてこない、いいかえれば、彼らの真実は、復活という事実なしにはあり得ない、から）、この評論を第六節「共犯者」で次のように締めくくっている。

そして私は、ここで、この稿の第一節の「記録者」の問題にかえるのである。私たちは、ワトソンを通じてしか、名探偵シャーロック・ホームズを知ることができないと同じように、マタイやその他の諸君を通じてしか、私たちはイエス・キリストを知ることはできないのだ。ただ、ワトソンとちがうところは、その記録者ワトソンは作者ドイルによって読者に同感され得るように書いてあるに反して、福音書記者諸君には読者に対して自分たちをまもってくれる外的な何者ももっていないのである。しかしなお、彼等は守られているというべきであるだろう。何故なら彼等の真実が、そして彼等の真実を真実として支えている事実が彼等を守るだろうからである。(……)／もし福音書記者諸君が、この世に対して嘘をついたという点において、犯罪をおかしているというならば、私はよろこんで福音書記者諸君の共犯者になろう。マタイさんたちが、神話という嘘である奇蹟を事実として書いていると告発されるならば、私は、マタイさんたちとともにその罪をよろこんでになおうと思うのだ。(……)／マタイさんたちよ。もっと勇敢に奇蹟を事実として主張したまえ、そしてあなたがたがこの世の警察——実際多すぎる!——に捕らえられるならば、私も、あなたがたにならって、奇蹟が事実であることを主張しよう。全く、この世のなかに、この世の何かをホントウのものとしているひとがいるかぎりは、イエス・キリストよ、あなたの十字架からは血が流れつづけるだろう。

このように、聖書の問題を論じるのにホームズ譚（推理小説）を引き合いにだした椎名の試みは、まことに意表をついており、異色なものになっている。〝非正統派クリスチャン〟と批判された所以であろう。

椎名は、中学時代、国語や漢文の他、理科系の科目も得意だった。また、後年、自然科学や社会科学の書物にひかれ、ファーブルの『昆虫記』やダーウィンの『種の起原』を読み、とりわけ、ベーベルの『婦人論』を読み、共産主義思想の洗礼を受けた。二十四、五歳には、有機化学の実験に没頭し、新潟鉄工に勤務中は発明特許を二つとったという（一つは、「アイスクリーム製造装置」）。

――椎名が有機化学に没頭していた昭和十年頃（二十四歳）の生活ぶりを書いた「わが夢を語る」が斉藤末弘『評伝　椎名麟三』の中に引用されているので、その部分を孫引きすると、

本所のうす暗い二階には、硫酸や硝酸などのにおいが鼻をつき、畳は、種々なアルカリ類でベトベトしていた。何十メートルという試験管は、汚れたまま試験用の机の下に投げ出され、ビーカーやブンゼン灯や蒸留装置や冷却装置などのガラス器具が、机の上から襖や穴のあいた壁際に、ごてごてと盛り上げてあった。

これを読むと、部屋中に異臭を撒き散らし、徹夜で化学実験に没頭していたシャーロック・

ホームズを思い出すのは僕だけではあるまい。しかし、この科学実験に対する熱狂は、昭和十三年、ドストエフスキーに出会い文学に開眼してからピタリとやんだという。斉藤末広は前掲書の中で、椎名の化学への情熱について「ここに既成の文学者に見ることのできない科学的、論理的探求者の姿を見ることができる。」という。

当たっているかどうかは、自信はないが、彼がホームズ譚やブラウン神父物などの探偵小説を好んだのも（本人が言うようにたとえそれが「遊び」であったにせよ）、そして、後年、キリスト者になるのも、少年時代から培われた科学的な思考と無関係ではあるまい。（科学的思考の持ち主が、宗教的な世界へひかれてゆく例として、例えば、ニュートン、アインシュタイン、コナン・ドイルを挙げることができるし、また、日本の科学ジャーナリストの草分けとなった原田三夫が晩年、宇宙新教を唱えた例を挙げることもできる）。また、先ほど述べたように、聖書と推理小説を結びつけて論じているのも、「科学的、論理的探求者の姿」の表れと見ても差しつかえあるまい。椎名麟三は、ホームズ譚の熱心なファンだったとは言えないけれど、異色なホームズ論（あるいはワトスン論）を残した人物として記憶しておく必要があろう。

なお、ひとこと付け加えておけば、鱒書房から昭和三十年七月に発行された『軽文学新書推理小説集1』（図3）には、椎名の探偵小説「罪なき罪」が収載されている。この作品は、キリスト者椎名らしいテーマでクリスチャンの姉が弟を毒殺した嫌疑をかけられるもの。その「あとがき」に「ぼくは探偵小説が好きだ。最近ではシメノンあたりが好きである。だから雑誌社から探偵小説をという依頼があったとき、快くそれに応じた。そして出来たのがこの作品である。」とある。

また、『文芸推理小説選集　2』（昭和三十二年）にはこの作品の他、「待合室」「被害者」「公園の詩人」が収められている。他にも、『新作の証言』（筑摩書房、昭和三十二年、図4）がある。

蛇足ながら。福永武彦によると、椎名は探偵小説を「まず、本の最後の部分を読む。勿論、真犯人の名前が分かる。そこで彼は安心して、おもむろに第一頁から読みふける」という伝説の持ち主だったとのことである。

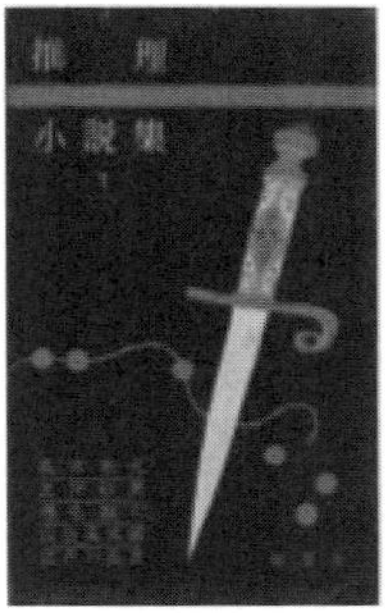

図3　『軽文学新書　推理小説集1』表紙。

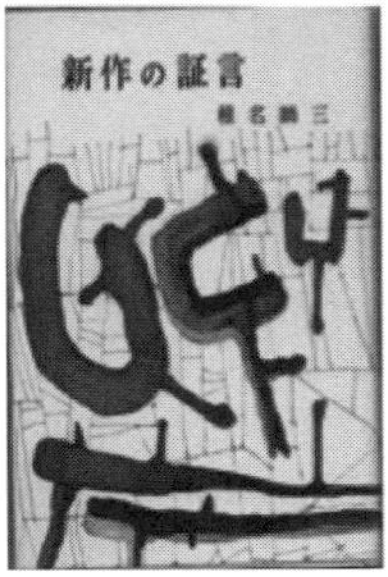

図4　椎名麟三『新作の証言』表紙。

ヴィクトリア時代の
豊穣な文学作品と評価した

吉田健一

吉田健一（よしだ　けんいち）

略歴　評論家・英文学者・小説家（1912―1977）。東京生まれ。父は元首相・吉田茂。幼時は、外交官の父に従って外国で過ごす。帰国後、渡英しケンブリッジ大学でイギリス文学を専攻、中退。戦後、『英国の文学』『英国の近代文学』『文学概論』など評論の他、幻想的な短篇小説集『酒宴』『残光』、独自の語り口のエッセイ『乞食王子』『酒に呑まれた頭』などを残す。晩年には、『ヨオロツパの世紀末』『私の食物誌』『金沢』『書架記』などを著し精力的に活動した。（撮影・境永次『三文神士』より）

吉田健一は、「行ったことのない場所」（『三文紳士』、宝文館、昭和三十一年、題字・三島由紀夫。図1）というエッセイの中で、コナン・ドイルの『失われた世界』にふれこう書いている。

コーナン・ドイルという英国の作家に、『失われた世界』という有名な小説があって、これは南米の真中に断崖に囲まれた高原があり、この高原が出来た時の地の大動揺で、そこに住んでいた大昔の動物が外界から遮断され、滅亡することなしに現在でも生きているという話である（……）

吉田健一がドイルの『失われた世界』を読んでいたというのは、ちょっと意外な感じだけれど、もっと意外なのは『謎の怪物・謎の動物』（昭和三十九年、表紙絵・古沢岩美。後『私の古生物誌　未知の世界』〈昭和五十年〉と改題。図2）という一巻の書物を出していることであった。この本は、「別冊文芸春秋」に昭和三十六年第七十六号から昭和三十九年第八十六号にわたって連載されたものをまとめたもので、ネス湖の怪物を扱った「ロッホ・ネスの怪物その他」を始め「マンモスは生きている」「大きな魚」「巨人と竜」といった未知の生物、不思議な動物な

図１　吉田健一『三文紳士』表紙。

図２　吉田健一『謎の怪物・謎の動物』表紙。

どについて、多くの外国の文献を使って書いている。本書の中でもドイルの『失われた世界』について触れ、「もっとも、例えばコナン・ドイルが『失われた世界』の舞台に使っている南米のマット・グロッソ地方に聳えている絶壁は小動物もあまりいないただの崖《がけ》であることが、やはり英国のフォーセットという探検家によって実証された」と記している。本書の「あとがき」で、人間だけは動物とは違う「別格な神様に似たものだという信仰が行われている国」（日本のこと）では動物愛護や真面目に動物に興味を持つことはおぼつかない、と書こうとしたが考えている内に面倒になったので止めにした――と書いた後で、本書は、怪しげな類書と違い「事実かあるいは事実に即した推定しか書いていない」と「あとがき」で断っているあたりは吉田らしい筆法である。

『ヨオロツパの世紀末』といったような固い本を書く一方、ネス湖の怪物に興味を抱くというのは不思議な感じがしたが、見知らぬ客と酒を酌み交わしあちこち回る内に大酒飲みの相方が大きな亀になって隅田川に消えてゆく「海坊主」や、水溜りの中を見ていると古生代の三葉虫が泳いでいたといった話「沼」、あるいは胃をやられた病人が思いつく限りの美味しい食べ物を想像する「饗宴」などといった幻想小説を書き、それらが一巻の書物に纏められているのだから不思議でもなんともないのである。コナン・ドイルも怪奇幻想小説を書いているから、吉田がドイルに関心をもったのも当然かもしれない。

――と書いていると切りがないので話を進めることにしよう。吉田健一は、「コオナン・ドイルを廻って」（月曜書房版『シャーロック・ホームズ全集』「月報No.9」）という一文を書いているので、そこから少し引用する。

コオナン・ドイルの探偵小説は、学校の先生が教室で朗読してくれたのが始まりである。これは支那で英国人が経営していた学校で、英国の学校制度と日本のとは違うからよく解からないが、年齢でいうと小学の五、六年の頃である。（……）／その名調子で聞かされるコオナン・ドイルの文章は、確かに耳に見事なものに聞こえた。探偵小説を朗読されたのでは、どういう推理の仕方で犯人が解かるというようなことには付いて行けないこともあるが、コオナン・ドイルが名文家であることはよく解かった。そしてその文章が醸し出す雰囲気も忘れ難いもので、それもあつて今でも、／Elementary, my dear Watson, Elementary……／などという言葉が耳に残つている。(1) ベイカア街という通りの光景は、その時頭に植え付けられたものである。そしてとに角、文句なしに話が面白くて、それから暫くして現物が一冊、

『シャアロック・ホオムスの帰還』だつたと思うが、漸く手に入つた時は、一気に読んでしまつた。水色の安つぽい表紙の、四六版の本で、その版でコオナン・ドイルのものを何冊か集めた。[2] 図3

——と書いてから続けて、ドイルのサア・ナイジェルという騎士が出てくる「歴史小説」（*Sir Nigel*. 1906）や人間が深海を探検する科学小説『マラコット海溝』（*The Maracot Deep*. 1929）、チャレンジャー博士が登場する『失われた世界』（*Lost World*. 1912）、それに「医者もの」（*Round The Red Lamp*. 1894）を読み、中でも後者の中の一編「恋人の唇を、夫に瞞されて三角に切ってしまった医者の話」（The Case of Lady Sannox）は、ドイル独特の随分残酷な効果を醸し出しながらも、後味がすっきりした作品で、「まだ記憶に残っている」と記し、話を次のように締めくくっている。

図3　コナン・ドイル『シャアロック・ホオムスの回想』（ジョン・マレー社版、1924年25刷）表紙。

併し何と言つても、コオナン・ドイルの傑作がシャアロック・ホオムスを中心にした探偵小説の主人公というものの典型を作り出しているのみならず、ヴィクトリア時代の英国という、二度と再現されることがない豪奢な世界を捉えることに成功していて、これはどんな大作家も彼に引け目を感じていい奇跡的な偉業なのである。

この一文を読めば、吉田が恐竜に関心を持ったのも、幻想小説を書いたのも、ドイルの小説を読んだ幼児体験が背景にあるから、と勝手に解釈している。

吉田健一は、前述のようにホームズ譚を高く評価していて、『英国の文学』の中の一章「十九世紀の文学」でも、ドイルの探偵小説について触れている。ヴィクトリア時代の文学を概観した後で「ヴィクトリア時代の文学といふものの性格を知る上で重要であつて、まだふれなかつたものに、子供の為の作品とコオナン・ドイルの探偵小説がある。」とし、ヴィクトリア時代の児童文学の豊饒さとそれらが「企業の面でも成功したといふことは、我々がこの時代について知る上で無視出来ない事実」と述べた後で「コオナン・ドイルの探偵小説も同じ理由から見逃せない」と、ホームズ譚について次のように言う。

「それはシャアロック・ホルムスを中心に進められてゐるこの幾つもの物語にヴィクトリア時代の風俗小説の価値があるといふのではない。それも勿論あるに違ひないが、更にそれよりも大切なのは、当時の英国人が営んでゐた生活の印象的な描写を背景に、又それを縫つて、シャアロック・ホルムスといふ名探偵が活躍するドイルの作品の、古典的に端正な論理を辿ることを楽しんだその読者の態度である。これは児童文学の場合と同様に、今日の我々には想像し難い程豊かな生活、又それに付随する気品とか、秩序とかの問題に帰着する。」とし、ヴィクトリア時代の文学の豊かさ、多面性のひとつにドイルの探偵小説をあげて、高く評価しているのである。

吉田が初めてホームズを知ったのは「支那で英国人が経営していた学校」と記しているが、これは、父・吉田茂（昭和の名宰相と言われた政治家）が大正十一（一九一二）年三月、英国から家族とともに帰国したその年の五月、天津総領事に任命されたため、家族もこれに従い、天津の英国人小学校に通い（この時、健一は九～十歳）、後、大正十四（一九二五）年（十二歳）六月に帰国した、そのころのことであろう。（蛇足ながら。吉田が言及している『マラコット海溝』が「ストランド・マガジン」に連載されたのは、一九二七～二八年のことだから、記憶違いではなかろうか？）

話は前後するが昭和二十三年十月二十二日、東京のウオルター・シモンズ邸で、日本で初めてホームズ愛好家の集いが開かれた。その席上で吉田の祖父で推理小説の愛好家だった牧野伸顕の論文「シャーロック・ホームズとバリツ」が披露され、吉田が英文で代読した（牧野が病気で出席できなかったためである）。この会合には、シモンズ他、オーストラリアの新聞記者リチャード・ヒューズや「ニューヨーク・ヘラルド・トリビューン」の記者リンゼー・パロット、日本からは江戸川乱歩、「朝日新聞」の斎藤寅郎、吉田健一らが出席。牧野の英文はイギリス仕込みの見事なものだったという。このシャーロック・ホームズ愛好家達の会の名称は「バリツ支部」（ニューヨークに本部がある「ベイカー・ストリート・イレギュラーズ」の日本支部）と名付けられた。この会合の後も吉田健一（それに吉田茂も）と支部長（バントウ）に選出されたヒューズは飲み友達として長く交遊し、吉田の著書『酒に呑まれた頭』（図４）は、彼に捧げられている。

「バリツ支部」の会合は一度しか開催されなかったように書かれることが多いが、その後もなんどか会合は開かれたという。(3) 新聞に報道されなかっただけのようだ。「バリツ支部」については、また、あらためて記したいと思う。

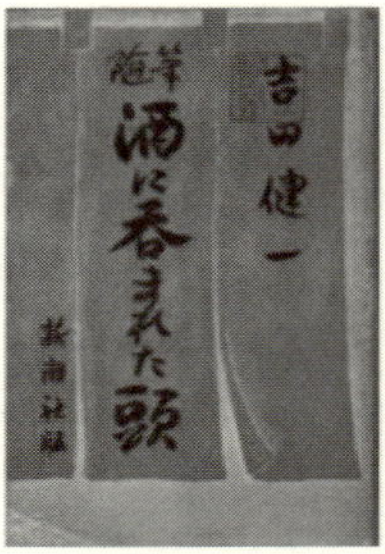

図４　吉田健一『酒に呑まれた頭』表紙。

ホームズ譚の
贋作もパロディも書いた剣豪小説家

柴田錬三郎

柴田錬三郎（しばた　れんざぶろう）

略歴　小説家（1917―1978）。岡山県生まれ。慶応大学支那文学科卒。大戦中、二度目の召集で輸送船の船舶兵（衛生兵）として航行中、撃沈され7時間漂流後、奇跡的に助かる。「日本読書新聞」の編集者、「書評」編集長をへて文筆生活に入る。食べるためにカストリ雑誌に猥雑な小説を、また、偕成社の児童向け世界名作物語を月に一冊のペースで書き飛ばし、他の児童物も合わせると30余冊に及んだ。この時の速筆が独自の文体を生む糧になる。昭和26年『イエスの裔』で直木賞受賞。「眠狂四郎無頼控」（昭和31年）で剣豪小説ブームを招来し流行作家となる。「狂四郎」シリーズの他、『岡っ引どぶ』や『赤い影法師』、現代もの『図々しい奴』など数多くの作品を世に送った。亨年61歳。

〝シバレン〟こと柴田錬三郎（以下「柴錬」）と言えば円月殺法の使い手、眠狂四郎を主人公にした時代小説の書き手としてつとに有名である。昭和三十一年に創刊され、週刊誌ブームの火付け役になった「週刊新潮」に連載した「眠狂四郎無頼控」が評判になり、剣豪小説家として流行作家の仲間入りをした（以来、眠狂四郎シリーズは断続的に昭和四十九年まで書き続けられる）。その売れっ子ぶりはすさまじく、昭和三十三年には、新聞連載小説三本、週刊誌連載三本、月刊誌連載三本、その他、短編や随筆を月々書くというほどであった。一ヵ月に四百字詰め原稿用紙にして六百枚ぐらいになったというから驚く他はない。

柴錬は「純文学は、〝自分のために〟書くもので、いわば〝道楽〟です。ところが、大衆作家は、人がそれを読んで、ウサを晴らしてくれるもの、面白がって、よろこんでくれるものを作りだす〝プロ〟でなくてはなりません。」を信条として、大衆文学に徹し、「花も実もある絵空ごと」の面白さを書き続け、昭和五十三年六月三十日に他界。享年六十一歳であった。

――と書いただけでは、柴錬とホームズの関係はどこにあるのか読者諸賢には皆目見当がつかないであろう。その疑念を晴らすために、もう少し略歴を書き加えることにしたい。

柴錬は子供の頃から読書好きで、小学六年生のころには、志賀直哉、芥川龍之介、メリメ、トルストイ、落語全集、講談全集、婦人雑誌の通俗小説を読み、中学に入ってからも乱読は続き、世界文学全集に収録されているような名作はあらかた読破し、聖書も文学として読んだ。昭和九年、慶応大学医学部予科生になっても乱読は続き、ボードレール、リラダン、メリメ、西鶴、アラゴン、ドストエフスキー、ヴァレリーなどを好んで読んだ。満州事変が始まり日本が軍国主義一色に染まっていった頃のことである。慶応日吉の予科時代の三年間のことを柴錬は「乱読の記憶だけ」(『わが青春無頼帖』)と記しているほど時代に背を向け読書に埋没した。「三田文学」に短編「十円紙幣」が掲載されたのは昭和十三年六月。これが柴錬の作家への出発点になった。昭和十七年十二月、召集令状が届く。病気のため召集解除になるが、昭和十九年八月、再び召集、南方に向かう輸送船が撃沈され七時間漂流後、救助される。この時、僚友が次々と力尽きて死んでいったが、柴錬はフランスのメリメ、リラダンなどから得た虚無思想により、体力を温存することによって九死に一生を得る。この体験が後の作品に反映されることになる。

終戦後は、「日本出版協会」に職を得、「日本読書新聞」の編集者、「書評」の編集長を勤めた後、昭和二十四年春、健康上の理由から日本出版協会(日本読書新聞)を辞め、プロの作家として筆一本で食べてゆかねばならなくなった。

そのころの事を柴錬は、「私が、ペン一本の生活に入って、下等な猥雑小説を書きとばしはじめたことは、すでに周知である。(……)そして、私は、ジャーナリズムから見すてられ、しかたなく、子供の読物を書いて食いつなぎはじめた。」（「小説履歴」）と書いている。このあたりの事情は、澤辺成徳が『無頼の河は清冽なり　柴田連三郎伝』にくわしく書いている。それによると――

児童図書専門の偕成社が、月に一冊ずつ世界名作物語の書き下ろしを依頼してきた。『古城の虜』『ポンペイ最後の日』『三銃士』などの大衆小説を柴田は四百字詰原稿用紙三〇〇枚に縮めた。世界名作ダイジェストの他に『ナポレオン』『ジャンヌ・ダーク』等の英雄伝、『母の絵姿』『夢よ真実ならば』『母いま何処』等の少女小説、『三面怪奇塔』『スパイ13号』等の少年冒険探偵小説、『天一坊秘聞』『由井正雪』等の時代物など、実に三十余冊の児童物を書いた。「世界名作を自己流に料理したり、講談本をタネにしたり、進駐軍の読み捨てたゾッキ本からヒントを得たりして、錬三郎はあらゆるジャンルを子供向けに書きなおしたのである。もちろん、自身の創作もあっただろう。ただ、錬三郎は三百枚を一週間で書き飛ばした。」（澤辺・前掲書）という。

昭和二十六年、「三田文学」十二月号に発表した「イエスの裔」が直木賞を受賞（この物語は、温厚な七十四歳の老人が夜の女である孫娘を何故殺害したか、を三人の証言から書くという芥川の『藪の中』を思わせる推理小説風の作品である）。後、昭和三十一年、「週刊新潮」に連載した「眠狂四郎無頼控」が評判になり流行作家となる――。

大雑把に書くと柴田の略歴はこうなるのだが、ではホームズとの関係はどこにあるかというと、彼が食うために書き飛ばした児童書にある。偕成社の「世界名作文庫」（澤辺の言う「世界名作ダイジェスト」のこと）は実に百四十巻もの大全集だが、その内、柴錬の作品は『ポンペイ最後の日』『ノートルダムの傴僂男』『黒い矢』など十四巻あり、その中に『恐怖の谷』（第八十四巻）と『名探偵ホームズの冒険』（第一三九巻）が収められているからである。手元にある『恐怖の谷』（図1）は昭和二十九年五月刊、『名探偵ホームズの冒険』（図2）は昭和三十一年九月刊のものである。

『恐怖の谷』には柴錬の序文「この物語について」が付いているので紹介する――

「『恐怖の谷』は、有名なシャーロック・ホームズ探偵の物語のひとつであります。シャーロック・ホームズ！　この名探偵こそ、全世界の探偵小説の中で、さんぜんとかがやく最高峰であります。」と、ホームズに賛辞を送り、続けて、原作者のドイルについて触れてから、『恐怖の谷』について「世にも戦慄すべきスカウラーズ団と熱血青年の、血みどろのたたかいを、

図1　柴田錬三郎『恐怖の谷』表紙。

図2　柴田錬三郎『名探偵ホームズの冒険』表紙。

じつに、すばらしい迫力でえがいている」「おそらく、読者の皆さんは、さいごの一ページまで、手に汗をにぎって、ひきつけられるでしょう。」と述べている。最後にホームズ譚の特色を「非常に科学的で」「頭のはたらきを練るうえに、とても勉強にな」ると述べてから、「ドイルの文章は、模範的な英語なので、日本でも高等学校や大学で、教科書として使われています。ホームズの探偵物語は、さきにあげた四つの長編のほかに、短編をあつめた『ホームズの冒険』『ホームズの回想』『ホームズの帰還』があります。(1)／『恐怖の谷』を読んだ皆さんが、あたらしいホームズファンになることを信じます。」

――と結んでいる。

柴錬の『恐怖の谷』は、原作に沿った翻案というより、原作を「自己流に料理」し、登場人物も代え、スピード感のある文体で綴っている。『恐怖の谷』は、『緋色の研究』や『四つの署名』と同様、二部構成。第一部でバールストン館の主ダグラスの殺人事件が起こり、ホームズがそれを解決、第二部で、その事件の背景（原因）が語られる。柴錬の『恐怖の谷』は、その構成と話の流れは原作と同じ。細部は〝シバレン〟一流の原作にはない「絵空事」を加えているが、決定的な違いは、モリアーティ教授をバッサリ切り捨てていること。その代わりに殺人集団スコウラーズの存在を強調し、シカゴから送りこまれた探偵マクマード（青年の頃のダグラス）と殺人集団との「血みどろの闘い」に焦点を当てている。

柴錬が描くマクマードは痩身で「きりっとひきしまった顔だちの若者」。「上品な家庭そだち」で「気品のあるまなざし」、「顔色は、白くつやがあり、頭髪はきれいになでつけられ、まとった服も、美しくぴったり似あっていた。」」。それに拳銃の達人――と、原作のダグラスより痩身で上品な感じに描かれている。このマクマードのイメージは、二年後に登場する「眠狂四郎」に引きつがれている。オランダのころび伴天連と旗本の娘との間に生まれた異端無頼の浪人・狂四郎は、肌は白く、若く秀麗な風貌で長身痩躯、円月殺法で容赦なく人を斬り捨て、女を犯す徹底したニヒリストである。

ヴァーミッサ渓谷の炭鉱を支配する悪の集団に単身でいどむ青年探偵マクマードの姿は、旗本や大店の経営者（体制・権威）に挑む眠狂四郎になって甦り、高度経済成長期を迎えた当時の日本の流れをあざ笑うかのように人を斬ってゆく異端無頼の浪人に、軍事国家に翻弄された自分の姿を重ね合わせていたに違いない。

中村勝三は『柴田錬三郎私史』（昭和六十一年）で、少年読物を書きまくったことが「後年の流行作家としての、下地をつくっ」た、と記しているが、一週間に三百枚も書き飛ばした筆法が後の〝シバレン〟独特の簡潔でスピードのある文体の素地となった。

では、柴錬の文体を『恐怖の谷』と「眠狂四郎」で比較してみよう。

『恐怖の谷』は、次のように始まる――。

「ちょっと、たずねるが――」

さびしい、いなかの一本道であった。

くわをかついでやってきたひとりの農夫を、ふいに、くさむらの中からよびとめた者があった。

「へえ――」

ふりかえった農夫は、そこに、まっ黒な服をつけ、黒めがねをかけた男が、ぬっと立っているのを見いだして、なんとなくぞっとした。（……）


次は『眠狂四郎京洛勝負帖』の冒頭――


「失礼でございますが……」

声をかけられて、眠狂四郎は、肱枕の首を擡げて、相宿の男を、視た。

古い小さな旅籠であった。


――このように、児童向けのものも、「狂四郎」も、簡潔でスピードとリズム感のある文体で読者を引っ張ってゆく。柴錬独特の文体が、児童書を書きまくったことから生まれた、といわれるのも頷ける。

さて。次は『ホームズの冒険』。収録されている作品は「四つの署名」「悪魔の足」「宝石を生んだ島」「赤髪者同盟」「赤い怪盗」の五編である。この『冒険』も『恐怖の谷』と同様に柴錬風に料理されているが、前作と全く違う点がある。それは、『恐怖の谷』では相棒のワトスンが登場するが、本作では、ワトスンは登場せず、その代わりに「ウイギンス少年」がホームズの助手を務める点である。ワトスンは物語から完全に消されてしまっているのである。ホームズの記録者であり、唯一の友人であり、助手でもあるワトスンがいないホームズ物語なんて、サンチョ・パンザがいないドン・キホーテであり、オリーブの入っていないマティーニみたいなものだ。いくら子供向けとはいえこの改変はひどい。しかし、これで驚くのはまだ早い。「赤い怪盗」は、聖典にはないまったくの贋作。「解説」では、「赤い怪盗」は「ストランド・マガジン」の一九一一年三、四月号に発表された、と説明されているが、これは《赤い輪》で「赤い怪盗」とはまったく違う話である。図3は、『恐怖の谷』の異装版（昭和三十年八月、「世界推理・科学名作全集5」）で、贋作「赤い怪盗」も収録されている。

　しかし何故、柴錬が贋作を書き、ドイルの作品として堂々と発表したのだろうか？　この疑

図3　柴田錬三郎『恐怖の谷』異装版表紙。

問がいつまでも解けないでいたが、中村勝三の前掲書を読んでその謎が少し分かったような気がする。中村はこう書いている。「柴錬にはまた、少年期、自分でもどうにも御しがたき特技（悪癖）があった。／それは、虚言を吐くことである。（……）ともあれ、少年の日の柴錬は、こういう嘘を喋りまくった。これは皮肉な言葉でいえば、大人の嘘の世界への反逆である。かくして、少年は作り話の天才となった。かかる嘘つきの天才少年が、後年の柴錬という、大衆文学の代表的ストーリーテラーを生んだのも時代の皮肉である。」

これはあくまでも僕の推測に過ぎないのだが、柴錬が贋作を発表したのも、「作り話の天才」が少年達に「花も実もある絵空ごと」の面白さを語って聞かせた少年時代の、そのサービス精神の表れだったと思う。

柴錬をホームズ愛好家と呼ぶには無理があるかもしれない。しかし、児童向けの『ホームズの冒険』が刊行された年、つまり昭和三十一年五月号の「オール讀物」に「名探偵ホームズ誕生」（ドイルが『緋色の研究』を書く前の試作品という設定）というパロディを発表しているし、それに、昭和三十九年に集英社から刊行された『コナン・ドイル傑作選集　全6巻』（田中耕治訳、集英社コンパクト・ブックス）に次のような推薦文を書いているから柴錬にはホームズ譚に対して少なからず愛着があったことがお分かりいただけよう。

ミステリーファンなら誰でも一度は、シャーロック・ホームズを読んだ記憶があるにちがいない。〝シャーロック・ホームズ〟は、いわば探偵小説の古典であって、読者も老若男女、洋の東西を問わず、極めて層が厚い。その秘密は、シャーロック・ホームズなる探偵が、どの作品でもいきいきと描かれており、また、彼に人間としての魅力があるからである。このことは、小説家、特にミステリー作家にとって大きな教訓となっているようだ。

直木賞作家であり、剣豪小説の流行作家として一世を風靡した柴錬とホームズの組み合わせがなんとも異色、意外な感に打たれる。しかし、柴錬はホームズ譚だけでなく、コナン・ドイルの『クルンバーの謎』（*The Mystery of Cloomber*. 1888）を子供向けに翻案した「幽霊館の謎」（初出「少女の友」昭和二十七年九月号ふろく『夏の少女読物集』収載。図4）があることを付け加えておく。

また、昭和三十年代、推理小説ブームの頃、柴錬は長編推理小説『今日の男』（図5）を発

図4　柴田錬三郎「幽霊館の謎」『夏の少女読物集』（「少女の友」昭和 27 年 9 月号ふろく）所収。

表している。本書について、評論家・平野謙は、花田清輝との対談で「ムリヤリ推理小説を書かされたというような小説なんで、その推理というのが実に古い、まあシャーロック・ホームズ時代の推理なんだ。それも途中で息切れしちゃって、ちょうど半分ぐらいまでくると自分でネタを割っちゃって、あとはもう滅茶苦茶になってしまう。推理小説ブームもヘッタクレもない。（笑）」

――とケナしている。

「ホームズ時代の推理」とは、特急列車にのった探偵小説家・山河幾太郎がまわりの客について、1「三流会社のサラリーマン」、2商人風の男は「せっかちの貧乏性」、3「品のいい顔だちの奥さん」は、「没落した旧家の未亡人」と観察・推理する場面である。その他に、山河を尾行してきた学生服の青年をみて――

君の「父親は高等学校の校長」だった。どうして分かったたか？　胸のポケットにさしてある鉛筆に「明渓高校三十周年記念」とある。金ボタンの一個が君の大学のものではない、別のやつがくっつけてある。君の母親がつけてくれたものだが、ずいぶん古いしろものだ。それは昔の高等師範学校の徽章だ、すなわち君の父親の出身校のもの。君の母親は物持ちがいい人。したがって、家庭は健全、内助の功により、良人は校長になった。

——こんな具合に主人公・幾太郎（観察・推理はザルのように穴だらけだが）は、一瞬のうちに推理してゆく。そのワザ、眠狂四郎の円月殺法のごとくである。「眠狂四郎」にも、真冬、某旗本が湯殿で死んでいるのが発見されるが凶器が見つからない、そんな推理小説仕立ての「消えた凶器」がある。ホームズ譚を読んだ影響がこんなところにも現れている。

『今日の男』は新書判で約二四〇ページの長編。流し読み、拾い読みしてみると、シェイクスピア、バイロン、ジャン・ポウル、カント、アリストテレス、アランからの引用がある。「推理小説」にも彼の文学体験が生かされている。

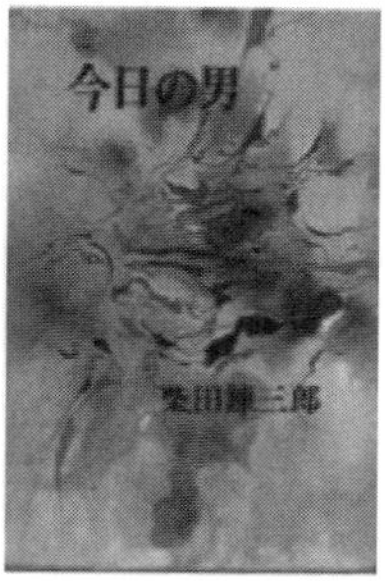

図５　柴田錬三郎『今日の男』表紙。

ディアー・ストーカー（鹿狩り帽）をこよなく愛した詩人

鮎川信夫

鮎川信夫（あゆかわ　のぶお）

略歴　詩人、評論家（1920—1986）。東京生まれ。早大英文科中退。戦後、詩誌「純粋詩」に「死んだ男」「アメリカ」などを寄稿。昭和 26 年、田村隆一、黒田三郎らとアンソロジー『荒地詩集一九五一』を刊行。1958 年までつづいたこのアンソロジーで戦後詩の指導的役割を果たす。『現代詩作法』『鮎川信夫詩集』『厭世』などの代表的著書の他、『シャーロック・ホームズ大全』、エラリー・クイーン『Ｘの悲劇』などを始めとする推理小説の訳書も多数ある（写真『現代詩読本　さよなら鮎川信夫』より）

鮎川信夫の詩で僕の好きなものを一編だけあげれば、「まず男だ／これは間違いない」と始まる「Who I Am」。全文をあげるには長すぎるので、一部だけ紹介すれば――

貧乏人の息子で／大学を中退し職歴はほとんどなく／軍歴は傷痍期間を入れて約二年半ほど／現在各種年鑑によれば詩人ということになっている
（……）
身長百七十四糎体重七十粁はまあまあだが／中身はからっぽ／学問もなければ専門の知識もない
かなりひどい近視で乱視の／なんと魅力のない五十六歳の男だろう／背中をこごめて人中を歩く姿といったら／まるで大きなおけらである
（……）
世上がたりに打明ければ／一緒に寝た女の数は／記憶にあるものだけで百六十人／千人斬りとか五千人枕とかにくらべたら／ものの数ではないかもしれないが／一体々々に入魂の秘術をつくしてきたのだ

（……）

この、百六十人もの女と寝た（!?）「大きなおけら」鮎川信夫は、戦後詩のスタ－タ－となり詩壇を引っ張った「荒地」派の重鎮（なお、「荒地」は、T・S・エリオットの詩に由来する）。昭和六十一年十月脳出血で急逝。享年六十六歳。彼の死とともに「戦後の詩の時代は終った」と言われるほど、詩人として著名であったが、一方でミステリ－の翻訳や評論も手がけた。この詩人がホ－ムズとどんな関係があったか、以下、『現代詩読本　さよなら鮎川信夫』（昭和六十一年、図1）によりかかりながら筆をすすめる。

彼の詩に「アメリカ」というのがあるが、彼は一度もアメリカに行ったことはなかった。そのことについて詩人の北村太郎はこう語っている。

「面白いことを言うんだよ。彼はミステリ－の翻訳者でしたが、レックス・スタウトという作家のミステリ－の主人公の探偵にネロ・ウルフというのがいて、それは家にいながら事件を

図１　『現代詩読本　さよなら鮎川信夫』表紙。

解決するんだよね。おれはネロ・ウルフでいいんだと鮎川は言うんだ、気を使ってまで外国へ行きたくないよとね。」（座談会「認識者の生と死」）。鮎川は、詩の他、アメリカに関する本も出しているが、全部新聞や雑誌から得た情報をもとに書いたという。

鮎川に私淑した詩人は多いが、その中の一人、荒川洋治は、追悼文「ホームズの車」の中でこう語っている。

「訃報に接してから、この半月の間、ぼくはさながら亡者のように過ごしていた。（……）この間にぼくはてもとの『著作集』からと詩集からと、できるだけ彼の遺物をたぐる一方、この秋口に買ったばかりの氏の訳書『シャーロック・ホームズ大全』（講談社）までをかたみに、このあと詩はどうなるのだろうという素朴な、かつ当座的な疑問に少しでも形を与えようとした。それは、ホームズをうしなったワトソンのたまごが路頭にまようというさまであったか。おそらく多くの人びとは大小のワトソンとして投げ出されたであろう。」

荒川にこう書かせるほど、鮎川は戦後詩壇の重鎮であった。彼がミステリーの翻訳をやったのは何故かは分からないが、多くの詩人がそうであったように、翻訳の仕事は、食べるための余技であったろう。鮎川はクリスティーやクイーン、ガードナーなどの作品を翻訳しているが、一番多いのがホームズ譚で『冒険』（昭和四十八年、図2）、『回想』（昭和四十八年）、『帰還』（昭和五十年）、『最後の挨拶』（昭和五十一年）、『緋色の研究』（昭和五十二年）、『四つの署名』（昭和五十四年）、『バスカビル家の犬』（昭和五十五年、図3。いずれも講談社文庫）を訳している。

先ほど、翻訳は食べるための余技、と書いたが、その訳文は良くこなれており読みやすいもので、評価も高かった。そのため、鮎川は『バスカビル家の犬』の翻訳により、「日本シャーロック・ホームズ・クラブ」がホームズ譚の翻訳・紹介に多大な功績を残した延原謙を記念するために創設した「延原賞」（第三回。昭和五十六年）を受賞している。余談になるが、この受賞式に出席いただいた折、僕は初めて御目にかかった（愛用の「鹿狩り帽」をかぶって来られた）がその堂々たる体躯に圧倒されながら、こわごわとサインをお願いしたことを今でも良く覚えている。

先に、鮎川がホームズ譚を翻訳したのは、身過ぎ世過ぎのためと書いたけれど、それは半ばの真実に過ぎない。彼がホームズ譚を見る眼は凡人とは違う鋭さがあった。その例を挙げよう。

図2　コナン・ドイル、鮎川信夫訳『シャーロック・ホームズの冒険』表紙。

図3　コナン・ドイル、鮎川信夫訳『バスカビル家の犬』表紙。

『シャーロック・ホームズの冒険』(講談社文庫)の解説で《ボヘミアの醜聞》を取りあげている。この作品に対する江戸川乱歩の——この作品はポオの「盗まれた手紙」の模倣であることは明瞭であり、創意あるトリックもなく、面白さも文学的価値に於いても、格段の相違がある——という評を紹介し、それに対して反論を加えている。鮎川は言う——乱歩は大きな間違いをしており、テーマや状況設定は「盗まれた手紙」に似ているが、心理的トリックにおいてドイルの創意が大いに光っている作品である。ホームズは女優に出し抜かれ、写真を取り返すことができないで終ってしまい完敗するが、「彼を出し抜いた女優アイリーン・アドラーが、女にあまり関心を持たないホームズの唯一の忘れがたい女性になるという結末は、この小説をきわめて異色な、しかも品のいい味わいのあるものにしている。また、この作品が輝かしい成功を獲得した短編シリーズの第一作であることを思えば、失敗譚からはじめるという設定はまことにしゃれたアイディアというべきであろう」と。そして、この魅力のもとはアイリーン・アドラーにあり、「アイリーンがホームズに与えた感銘が読者の胸にも心地よく伝わってくるように、この女性は描かれている。『探偵』役と『犯人』役との間にこのような情感が流れ、しかもそれが全体のプロットにうまく溶け込んでいる推理小説はやたらにあるものではない。」と賛辞を送っている。

さらに。

「シャーロック・ホームズを愛する人びとが、このアイリーン・アドラーをみのがすはずはない。有名な『ベーカー街不正規隊』と称する熱狂的なホームズ・ファンの会の会員たちは、例会を開くときには、かならずアイリーン・アドラーに乾杯しているそうである。(1)」
——と、ここまで筆をすすめている解説はそうざらにはあるまい。

《ボヘミアの醜聞》についてこのような見方もあるのだと、初めてこの解説を読んだ時には両眼を開かせられた。また、『最後の挨拶』の解説ではこう書く。

ホームズの性格は矛盾のかたまりのようだが（ドイルはそうした矛盾などには一向気にかけなかった）、それは「この世の『退屈』を嫌う精神の所産であることは疑いようがない事実である。」。ホームズはいつも「退屈」そのものの人生に挑戦しているのであり、一見矛盾した性癖も、この観点からすれば容易に頷ける。「ホームズが女性に関心を持たなかったのは、それがこの世の『退屈』の源泉だからだと言えば、いささか皮肉に過ぎるかもしれないが、興味ある殺人事件にくらべたら恋愛など物の数ではなかったらう。女嫌いのくせに、女性を礼儀正しく騎士道的にやさしく扱ったのは、要するに面倒を避けるに如くはなかったからである。」

ホームズにとって「退屈」をいやす力のあるものが芸術で、推理もヴァイオリンも、犯罪も彼にとってはひとしく芸術だった。「それゆえ、芸術万能の世紀末の甘い香りがホームズの体臭だったといっても過言ではないであろう。」

――こんな具合で、鮎川の訳書にある「解説」（昭和四十八年）は今読んでも新鮮な驚きを与えてくれる。「一緒に寝た女の数は／記憶にあるものだけで百六十人／千人斬りとか五千人枕とかにくらべたら／ものの数ではないかもしれないが／一体々々に入魂の秘術をつくしてきた」詩人ならではの至芸と言えよう。

鮎川のホームズ譚の翻訳は『シャーロック・ホームズ大全』（六〇五ページの大冊）として一冊に纏められ、昭和六十一年九月に講談社から刊行された。その一カ月後に氏は急逝されたが、上村研は「伯父の死」の中で、鮎川が死んだ当夜のことをこう記している。「（……）そんな他愛のない会話を僕の娘と交わしながら、伯父は椅子に座り、コーヒーを飲んだ。／30分ほど、とりとめのない話をした。たまたま送られてきていた、本の売れゆきの調査雑誌に、伯父の翻訳したシャーロックホームズと、伯父の友人である宮本美智子さんの翻訳した本が並んで好位置を得ていたので、かなり上機嫌であった。」（鮎川は、この後、テレビゲームをしている最中に倒れ、不帰の人となった）。

鮎川のホームズ好きの一端を示すエピソードを付け加えておけば、彼はホームズが被っていたディアー・ストーカー（鹿狩り帽）を愛用されていた。エッセイ「詩人と易者」（『鮎川信夫拾遺　私の同時代』）の中には、久しぶりに会った「K君」からの礼状がこんな風に紹介されている。

「（……）でも、お元気で本当にうれしかった。ホームズの帽子も、狩猟者風の装束もよくお似合いでした。キリマンジェロの山麓で仏頂面をしているヘミングウェイといったオモムキで、妙な迫力がありましたよ……。」

遊んで学べる
シャーロッキアーナを書いた

丸谷才一

丸谷才一（まるや　さいいち）

略歴　小説家（1925―2012）。山形県鶴岡市生まれ。東京大学英文科卒。国学院大学で教えながら同人誌に『エホバの顔を避けて』を連載。『笹まくら』『彼方へ』の後『年の残り』で芥川賞受賞。『たった一人の反乱』『横しぐれ』『裏声で歌へ君が代』やベストセラーになった『女ざかり』を発表。小説の他、『後鳥羽院』『忠臣蔵とは何か』などの歴史評論、『梨のつぶて』『星めがね』『コロンブスの卵』など独自の視点での評論、『食通知ったかぶり』『遊び時間』『軽いつづら』など軽妙・博識なエッセイも多数著した。訳書にジョイスの『ユリシーズ』などがある。

丸谷さん（と、なんとなく「さん」付けにしてしまう）の本に『思考のレッスン』（平成十一年）がある。いかに独創的な発想を生み出すか、そのコツを伝授した本だが、そのレッスン1が「思考の型の形成史」。と書いただけでは別になんともないのだが、タイトルの下に和田誠のシャーロック・ホームズのイラストがついている。科学的な観察力・分析力で数々の難問を解決した名探偵ホームズを「思考」の象徴として使っているのは、丸谷さんの好みを表していて面白いと思った。丸谷さんはことのほかホームズ好みらしく、彼の著書にはあちこちにホームズの名前が出てくる。本書にも二ヵ所に登場する。

1．「イギリスには、アマチュアリズムの伝統というものがあるんです。もっともアマチュアといっても、日本の素人とはまったく別の意味ですよ。／一番の典型が、シャーロック・ホームズなんです。シャーロック・ホームズはたいへんな名探偵であり、警視総監もかなわない。でも、それによって食べているわけじゃなくて、一流の知識人が、趣味として探偵をしているに過ぎない。」（「レッスン1　思考の型の形成史」）

2．「国語学の大野晋さんが、こうおっしゃったことがある。『僕にはホーム・グラウンドがあるんです。困ったら、いつもそこへ戻って考えるんですよ』って。（……）大野さんの場合は極めて専門的なはなしですが、そうでなくてもこのホーム・グラウンドという考えかたは役に立つんじゃないだろうか。われわれ普通の読者の場合でも、ホーム・グラウンドを持っていれば、いっそう深い読み方ができるんじゃないかなあと思ったんです。（……）あるいは、岡本綺堂の『半七捕物帳』を読んで感心する。そのついでに、ここに書いてある江戸後期の江戸の町は、自分が以前に愛読しホーム・グラウンドとする、コナン・ドイルの『シャーロック・ホームズ』の世紀末ロンドンとくらべてどう違うか、どこが同じか、などと考えてみる。江戸はロンドンと違って馬車がないから、話がのんびりしているなあとか、江戸の市民生活にはロンドンの市民生活と違って外国という要素がまるでないなあ、とか……。」（「レッスン3　思考の準備」）

と、こんな塩梅である（1．について一言付け加えておくと、ホームズの探偵業（私立諮問探偵）は趣味ではない。れっきとした生業であった）。

丸谷さんのエッセイは軽妙、洒脱でしかも教養が身につくから、僕の愛読書になっている。その中にホームズの名前が記されていると、両者のファンとしてはうれしくなりますね。読んでますます得した気分になる。

例えば、『男のポケット』（新潮文庫、昭和六十一年、図1）に収載されている「バスカーヴィル家の犬と猫……」。犬好きと猫好きの関係から始めて、ＳＦ好きと探偵小説好きの関係を「（……）ごく少数の例外を別にすれば、探偵小説好きはＳＦを忌み嫌ふ。そしてＳＦ好きは探偵小説を軽蔑する。その対立した関係は、ほとんど、犬好きと猫好きの関係にそっくりなのである」と書いてから、探偵小説好きはSF好きをあらわに攻撃しないが「SF好きといふのはおそろしく好戦的で、みんなで集まつては探偵小説の悪口を言ふことを人生の快楽の一つにしてゐる。／彼らが最も好むものは、ひよつとすると、宇宙船でもタイム・マシーンでもなく、シャーロック・ホームズやポアロの悪口かもしれないといふ気がするくらゐだ。」

このエッセイが書かれたのはざっと四十年も前（昭和五十〈一九七五〉年）のことだから、ホームズ物のSFが数多く発表されている現在の状況では、この説は極端に過ぎる気がするけれど、今でも「半ばの真実」として通用する説かもしれない。

ホームズの名は、エッセイだけではない。小説にも登場する。「源氏物語」の謎をめぐって展開する『輝く日の宮』（平成十五年）。女子大の専任講師を勤めている主人公の杉安佐子が病気見舞いに父・玄太郎を訪ねるその時の会話——。

「あのね、一つ質問してもいい？」／「うん」／「学問のことぢやなくて、プライバシー」／「かまわない」／「予科練志望者のお母さんと、何かあつたんぢやありません？」／（……）／「どうしてわかつた？」／「そうだつたの」

（……）／「シャーロック・ホームズだな」と玄太郎はまた天井を見ながら評した。「推理？直感？」

――この後、玄太郎は話題を変えて、「安佐子は中学生のころ、探偵小説に夢中だつたからな。この子は推理作家になるかも、なんてよく話をしてた」と言う。話のついでになるが、丸谷さんがホームズ譚を読んだのはいつごろのことだろうか。それについてはエッセイ「菊池武一」(『夜明けのおやすみ』)を参考にして推察してみよう。

菊池武一は、戦前、昭和十一年から十三年にかけて岩波文庫からホームズ譚を三冊(『シャーロック・ホームズの冒険』『シャーロック・ホームズの回想』『シャーロック・ホームズの帰還』)訳出している。この菊池訳のホームズ譚を丸谷さんは読んだのである。「何しろ当時の岩波文庫は、(……)堅苦しいものばかりで、気楽に読めるのはせいぜいこの三冊しかなかつたから、(……)わたしと同年輩ないしそれ以上ならば、大概この翻訳で『まだらの紐』や『踊る人形』を読んでいるはずだ。」と書いているから、丸谷さんは十二、三歳、多分旧制中学生の頃だろうと思われる。この頃読んだホームズ譚への愛着が今でも深く沈殿していて、それが水面にポッと出る気泡のように活字になって紙面のあちこちに顔を出すのだろう。

図1　丸谷才一『男のポケット』表紙。

書評だってある。『遊びの時間』(昭和五十一年)に収載されたニコラス・メイヤー/田中融二訳『シャーロック・ホームズ氏の素敵な冒険』の書評「世界一の探偵」(初出「週刊朝日」昭和五十年八月一日号)。ワトスンはホームズのコカイン中毒を治療するためにウイーンのフロイト博士のもとへ連れてゆくのだが、そこで事件に遭遇し、ホームズとフロイトが共同し見事に解決する話である。「この趣向はおもしろいね。なぜなら、実はフロイト自身が一種の名探偵だからで、つまりわれわれは二人の卓越した、観察と推理と分析の名手の対決を見まもることになるからだ。いや、話をすこし大きくすれば、二十世紀を予見する英独二つの型の十九世紀精神の最高の対決、なんてことになるかもしれない」。そして、ホームズとフロイトを鞍馬天狗と近藤勇になぞらえるのである。丸谷さんの書評の面白さはこういう柄の大きいところにある。

エッセイや書評や小説ばかりではない。丸谷さんのホームズ好みは、アンソロジーにも現れる。探偵小説の評論やエッセイを集めて編んだ『探偵たちよ　スパイたちよ』(昭和五十六年、図2)には、小池滋「コナン・ドイルと鉄道」、吉田健一「コオナン・ドイルの思ひ出」の二編を収めている。

丸谷さんは、その序文「なぜ読むのだろう?」の中で、なぜ探偵小説を読むのか、その答えを幾つか提出し、そのひとつに「社会風俗的資料」として役立つことをあげ、「たとへば世紀末の風俗の実際はワイルドの『ドリアン・グレイの肖像』よりもドイルのホームズもののほうが詳しく書いてある」と記している。

また、イギリス書評名作選『ロンドンで本を読む』（平成十三年、図3）では、オックスフォード版『シャーロック・ホームズ全集』についての匿名氏の書評「戸棚に隠されたケルト人の謎」（小池滋訳）を採りあげ、「みんながよく知つてゐる国民文学についての書評はどう書けばいいかのお手本である。『漱石全集』なんかの書評もこの調子でやればなんとかなるわけだ。イギリス書評の偉容を最もわかりやすく見せてくれる一例だらう。」と解説している——などと書いていると切りがないので丸谷さんの書いたホームズに関するエッセイを採りあげたい。

『犬だって散歩する』（昭和六十一年）に収載された「ホームズ学の諸問題」。丸谷さんは、「ホームズ学というのは学問のパロディ」「精緻を極めた（あるいは煩瑣を極めた）冗談」であると定義し、《最後の事件》と《空き家の冒険》を採りあげ、モリアーティ教授三兄弟が同名であることについて論じ、ホームズが失踪した三年間の大空白時代について、「正統派」「解釈派」「センセイション派」三派の様々な研究を仔細に述べ、さらには、モリアーティ教授のモ

図2　丸谷才一編『探偵たちよ　スパイたちよ』表紙。

図3　丸谷才一『ロンドンで本を読む』表紙。

デルはニーチェであったという説を紹介する。よくもまあこんなに詳しく知っているなあ、と感心したのですが、ジャック・トレーシーの『シャーロック・ホームズ事典』（各務三郎監訳、昭和五十三年）、W・S・ベアリング＝グールドの注釈本『シャーロック・ホームズ全集』（小池滋監訳、昭和五十七年）、サミュエル・ローゼンバーグの『シャーロック・ホームズの死と復活』（小林司・柳沢礼子訳、昭和五十七年）の三冊を元ネタに書いている（と丸谷さんは明かしている）と知って、丸谷さんの勉強ぶりにますます感心してしまった。

このエッセイの最後に、「『最後の事件』は駄作です。そして『空き家の冒険』だつて別に大したことはない」と書いてから、ドイルの自選ベスト十二を挙げその中にこの二作品が入っている（ちなみに「最後」は四位、「空き家」は六位）から、ドイルにとってはかなりの自信作だったらしい、と述べた上で、こう結んでいる。「まことに残念なことですが、作者自身の評価はあてにならないのです。」この結びの一行はいかにも丸谷さんらしい芸である。

（蛇足になるが、このエッセイにはホームズとモリアーティ教授がライヘンバッハの滝で戦っている和田誠のイラストが付いている）

それにもうひとつ。『綾とりで天の川』（平成十七年）に収載された「シャーロック・ホームズの家系」。このエッセイで、丸谷さんは、「ドイル家は、いはば美術一族に属してゐるのに、シャーロック・ホームズものには画家が出て来ない（やうである）。おや、なぜだらうと思ったのですね。」と疑問を呈している。その理由として、ドイルは、悪人がいっぱい出てくる探偵小説（ホームズ譚）では、画家だった伯父やアルコール依存症で失敗者だった画家の父に迷惑を掛けまいとする無意識的な抑圧があったのだろうと推測する。その反面、ドイルが、ホームズの家系（祖母はフランスの画家ヴェルネの妹）に芸術家をもってきたのは、「自分の一族が芸術家ぞろひであることを嬉しく思つてゐたに相違ない。めでたし、めでたし、といふ気持ちになります。」と結んでいる。当代一流の碩学、丸谷さんの手に掛かるとシャーロッキアーナも随分と面白くなる、という見本ですね。

丸谷さんの小説の中で好きなものをあげろ、と言われたら文句なく『横しぐれ』をあげる。「私」の父親が戦時中に、親友の高等学校の黒川先生（反戦思想家）と道後温泉を旅したとき、ある茶店で乞食坊主の上手い話にのせられて酒をおごらせられた——生前、その話を「私」は聞かされていたが、ある時、この乞食坊主はもしや自由律俳人・種田山頭火ではあるまいか、と思い、その真偽を追及してゆく中編。ところどころに丸谷さん一流の博学も楽しめる。面白い小説のことを、よく「推理小説を読むような」という形容がつくが、この『横しぐれ』はま

図４　W.S. ベアリング＝グールド注釈、小池滋監訳『シャーロック・ホームズ全集　第一巻』表紙。

さにそんな本だからである。

丸谷さんのシャーロッキアーナへの敬慕を代表する文章はどれだろう?と長い間考えてきたが、やはり次のがいい。この文を締めくくるにはふさわしい気がする。シャーロッキアンの教科書のひとつとして欠かせないベアリング=グールドの注釈本『シャーロック・ホームズ全集第一巻』(小池滋監訳、東京図書、昭和五十七年、図4)の帯に書かれた推薦文である。


最も有名なそして最も尊敬されてゐるイギリス人は誰だらう。シェイクスピアでも、ニュートンでも、チャーチルでもない。シャーロック・ホームズである。たとへばわたしは(そしてうちの息子も)彼ら三人よりもさきに彼のことを知つてゐた、と言へば人はおそらく、作中人物を実在の人物と同列にあつかつてはならないと咎めるかもしれないが、しかし彼は、禿頭の座付作者よりも、林檎の落ちるのを見たせいで万有引力を発見した学者よりも、葉巻好きの首相よりも、ずつと印象が強烈で魅力的なのである。彼はわれわれの意識において、実在の人物よりももつと実在してゐる。

とすれば、彼の生涯とその時代についての関心が高まつて、彼の麻薬中毒について医学的に調査し、彼のヴァイオリンについて音楽史的に考証し、彼の生きた世紀末のロンドンの霧とガス燈と馬車について社会史的に研究することが、知的情熱の対象となりつづけるのは、むしろ必然的な運命であつた。このときヴィクトリア朝の名探偵は、超新星や線文字Bやアゲハ蝶と同じやうに厳密な学問の一分野となり、アール・ヌーヴォーの家具や碁やヨットと同様、優雅な趣味としてわれわれの心をとらへることになる。（……）

真面目にホームズ・パロディを書いたマンボウ先生

北 杜夫

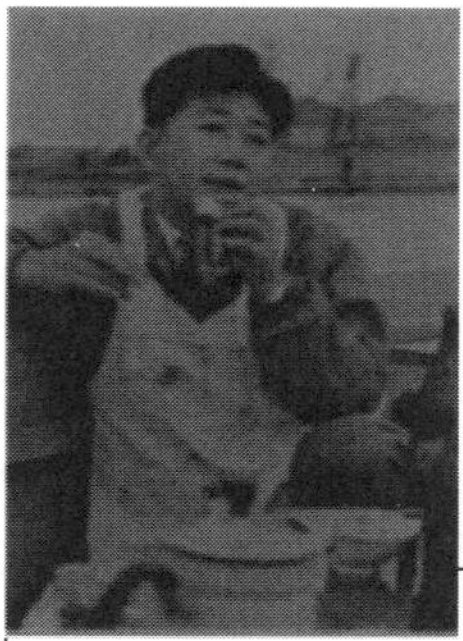

北 杜夫（きた　もりお）

略歴　小説家（1927—2011）。東京生まれ。歌人斉藤茂吉の次男。東北大学医学部卒。医学博士。昭和 33 年、水産庁の漁業調査船「昭洋丸」に船医として乗り込む。帰国後、その体験を書いた『どくとるマンボウ航海記』（昭和 35 年）を発表し好評を得る。同年、『夜と霧の隅で』で芥川賞を受賞。『白きたおやかな峰』『楡家の人びと』『輝ける蒼き空の下で』（日本文学大賞）などの長編小説の他、随筆“マンボウ”ものを初め、『怪盗ジバコ』『大日本帝国スーパーマン』等のユーモア小説、童話『船乗りプクプクの冒険』など幅広い分野で活躍した。（写真『どくとるマンボウ昆虫記』より）

自ら躁鬱病と言明し、巨大な借金を抱えながら数々の逸話を残したマンボウ先生、実はシャーロック・ホームズとは少なからぬ縁がある。

まずは、『怪盗ジバコ』（昭和四十二年、図1）から始めよう。変装の名人、渾名、通称はゴマンとあり、手下の数は一万人とも言われ、四十八を超える言語をあやつり、一国の国家予算を超える盗みを働き、大犯罪の影には必ずその姿があるという怪盗ジバコ――どこか、ホームズの宿敵、犯罪界のナポレオンと呼ばれたモリアーティ教授に似たところがある――を主人公にした痛快ユーモア小説である。

さて。この物語に登場するフィジー諸島最大の都市・スヴァの警察署長、ウォルター・キッコーマン氏は大の推理好きだが、当たった試しがない。例えば、キッコーマン氏がいつものように自宅に帰ると、夫人に向かって尋ねる。

「おまえ、海岸へ行ってきたね？」

「行きませんわ。なぜですの？」

「しかし、ここに落ちている黄色い砂は海岸の砂だ」

「お気の毒さま。それは、この鉢植の砂がこぼれたのですわ。これ、浜に咲く花ですの」

――と、まあこんな具合である。

「実はそれはシャーロック・ホームズの真似なのである。ホームズは、いつも初対面の依頼人をひと目見て、その経歴とか最近の事件などを当ててしまうのだ。それにはホームズなりの観察があるのだが、その解釈はホームズ、あるいは作者のコナン・ドイルにあまりに都合よくできていることは争えない。そんな訳で、ウォルター・キッコーマン氏の場合は、いつもホームズの推理を真似て、それが全部が全部、ものの見事に間違ってしまうのであった。／キッコーマン氏は、ここ一年間、探偵小説ばっかり読んでくらしている。彼の書斎にはポオからジェームズ・ボンドに至るありとあらゆる古今の探偵小説がぎっしりつまっているのだが、探偵小説なぞというものは、いやしくもれっきとした警察署長にとって有害無益では

図１　北杜夫『怪盗ジバコ』表紙。

ないか？　だが、それは他の文明国の話である。フィジー島の警察署長は、せめて探偵小説でもよんで頭を鍛えねば、ますますぼける一方なのだ。」（「クイーン牢獄」）

北杜夫が、ホームズの推理方法を「あまりに都合よくできていることは争えない」（このような批判があるのは確かである）と記しているのは、彼のホームズ譚への皮肉でもあり、また、愛情でもあろう。また、キッコーマン氏が探偵小説ばかり読んで暮らしている、というのは、北杜夫の体験からきているのではないか。『どくとるマンボウ航海記』に、帰路、インド洋を航海中、書きものをしようとするが「頭が半ば麻痺して日ごとに鈍磨してゆくよう」で手がつかず、せめて読書をしようとするが、ヤスパースのような難しい本は読めず、船中から「くだらぬ本」を集めてくる。「私はこのとき幾冊かの探偵小説をよんだが、これは人を殺したりしてなかなか面白いものである。私はしばらくの間寝ても覚めても殺人の方法を考案した（……）」と記しているあたりからも察せられよう。これらの本の中にホームズ譚が入っていたかは定かではないけれど。

次は、『怪盗ジバコ』の続編、『怪盗ジバコの復活』（図2）。その中の一編に「禿頭組合」（初出「小説新潮」昭和六十三年三月号）がある。怪盗ジバコがタイム・マシーンの作用のあるマントを手に入れ、一九世紀末のロンドンに飛び、ホームズと対決、恋人ルネのために紫水晶を持ち帰りプレゼントする話だが、この「禿頭組合」という題名からすぐ分かるとおり、これは《赤毛組合》のパロディにもなっている。この話の中で面白いのは、ワトスンが、ホームズに向かって、彼の推理法の弱点を指摘する場面である。《緋色の研究》や《赤毛組合》、《青いガーネット》などの例を引いて、ホームズの推理法が一方的で間違っている点が多々あるから「少し反省する必要がある」と厳しく批判する。その一部を引用しよう。こんな風である。

まだ君は承服しないのかい。じゃ、もっと簡単な例を言おう。「ウィステリア荘」事件のとき、まずこんな電報がきた。「信ジガタキ怪奇ヲ体験シタ。調査依頼シタシ。都合シラセ。チャリングクロス局待チ、スコット・エクルズ」。そのときぼくが「男かい女かい?」と訊くと、君は即座にこう答えた。「むろん男さ。女は返信料つきの電報なんて打ちゃしないよ。それよりも自分で訪ねてくる」とね。だが、これもかなり一方的で、この世の女たちのなかにはその例外もかなりあるに違いないよ。要するに、世人を感心させる君の名推理なるもののなかには、自分に都合のよい独断と偏見が随分あるということだ。これまでそれがあんが

図2　北杜夫『怪盗ジバコの復活』表紙。

い当たったのは、偶然と幸運が君を助けてくれたからだよ。
――と、かなり手厳しい。実は、このワトスンは怪盗ジバコが変装した偽者で、ホームズに見破られると、水鉄砲で脅しながら（！）タイム・マシーンで消えてしまう。『怪盗ジバコ』でホームズの推理法を真似たキッコーマン氏を揶揄し、はたまた、「禿頭組合」でも幾つもの例をあげて（単行本で四ページにわたる）彼の推理法を批判していることからみて、かなりホームズ譚を読み込んだと思われる。笑いのなかに辛辣を秘めているのがマンボウ流である。
そして。

ロンドンはベエイカー街の二二一番地Bの黒っぽくくすんだ建物の一室で、二人の男は初めて挨拶を交わした。／「これはこれは遠路遥々《はるばる》と御苦労様です。わたしがあなたをお呼びしたシャーロック・ホームズです」／と、痩《や》せて背が高いホームズはどこか陰鬱な口調で言って、握手をしようと手をのばした。／こちらの着物姿の男は、そういう風習になじまないらしく、ペコリとチョン髷《まげ》姿の頭を下げ、「あなたが高名なイギリスの名探偵、ホームズさんですか。あっしが日本のしがない岡っ引き、銭形平次でごぜえます」

――と、始まるのが「銭形平次ロンドン捕物帳」（初出「潮」別冊第五号文芸特集、昭和六十一年夏号、後『大日本帝国スーパーマン』〈図3〉に収録）。

ホームズに招かれた銭形平次が「隠れマント怪事件」に挑む、時代考証などてんで無視した「三文小説」である。平次は得意の必殺技、投げ銭を使い（お江戸で使う寛永通宝ではなく「世界の貨幣の中でもいちばん大きく重たくそして安いイギリスの一ペニー銅貨」で）事件を解決。事件の賞金十万ポンドは受け取らず、お礼に一ペニー銅貨を信玄袋いっぱいつめて貰うという、マンボウ流のユーモアに溢れたパロディに仕上がっている。

北杜夫のパロディはホームズだけではない。夏目漱石の『夢十夜』の第一話をもっとドロドロの恐ろしい話にした「夢一夜」があり（最後の一行を読んでご覧なさい）、また、レイ・ブラッドベリーの『火星年代記』を火星人と人間のセックスをテーマにした話「火星人記録」に書き換えてしまい、江戸川乱歩の「二銭銅貨」を読んで、二銭銅貨のコレクションに励む男の悲劇（あるいは喜劇）に仕立てた「二銭銅貨」もある、と言った塩梅である。

純文学を書き、芥川賞を受賞した作家が、「禿頭組合」や「銭形平次ロンドン捕物帳」とい

図3　北杜夫『大日本帝国スーパーマン』表紙。

ったホームズのパロディを二作も書くのはまことに珍しい。パロディは、原作への愛情があるからこそ書ける。北杜夫がホームズに惚れ込んだのも、昆虫採集で培ったファーブル先生直伝の観察力と分類（分析）に相通じるものがあったから、と勝手に解釈している。

アマゾン河でホームズ譚を読んだ釣りの“巨匠”

開高 健

開高 健（かいこう　たけし）

略歴　小説家（1930—1989）。大阪市生まれ。大阪市立大学法学部卒。上京し寿屋宣伝部で働く。「新日本文学」に発表した『パニック』で注目され、後『巨人と玩具』『裸の王様』で芥川賞受賞。ベトナムの戦争を取材。その体験をもとに『夏の闇』『輝ける闇』を発表した。ルポルタージュ『ベトナム戦記』『ずばり東京』や『オーパ』『もっと遠く！』『もっと広く！』などの釣り紀行や食・酒に関するエッセイも残した。自伝的小説『破れた繭』『夜と陽炎』で「日本文学大賞」。『花終る闇』（未完）を脱稿後死去。

私が初めて開高と出会ったのは（といっても活字の上でだが）、高校時代、昭和三十年代の初めである。当時、全盛を誇ったトリスバーで配られた伝説のPR誌、〝夜の岩波文庫〟の異名をとった「洋酒天国」の編集長としてである。「『人間』らしく／やりたいナ　トリスを飲んで／『人間』らしく／やりたいナ　『人間』なんだからナ」という名コピーなどでトリスウイスキーを売りまくっていたコピーライターが開高であったことを知ったのは、ずっと後になってからのことである。「ピーナッツと／トリスと／ミステリーがあれば／なんにもいらない」というのも、ミステリー好きの開高らしいコピーである。

寿屋（現サントリー）の宣伝部員として活躍しながら、『裸の王様』で芥川賞をとり、小説を発表する一方、ルポライターとしてヴェトナム戦争に従軍した折、ベトコンの奇襲を受け隊員二〇〇名中、生き残ったのはわずか十四名、九死に一生を得た。その苛酷な体験を『ベトナム戦記』（昭和四十年。図1）にまとめている。

べ平連の一員として反戦運動に関わり、ヴェトナムでの体験をもとに『渚から来る者』、『輝ける闇』などの傑作をものにし、食、酒、物など森羅万象に興味をもち、発表したエッセイや小説は数知れず。その文体は、精緻、華麗、豊饒、軽妙を持ち合わせた独特を極めた。開高が、酒、タバコ、万年筆、万年床に沈没し、活字の世界の向こうに見つけたのが、釣の世界である。原稿用紙をまっ白にしたまま、開高は、日本のみならず、ヨーロッパからエジプト、ギリシャ、南米、中米、北米、カナダ、アラスカ、モンゴル——などなど世界各地を転戦し、フィッシングに興じた。その旅は、釣りの中に己を放下しながら己を見つけようとするもので、『フィッシュ・オン』、『オーパ！』、『もっと遠く！』、『もっと広く！』など紀行文学の傑作となって結実した。

一時間、幸せになりたかったら
酒を飲みさい。
三日間、幸せになりたかったら
結婚しなさい。

図１　開高健『ベトナム戦記』表紙。

八日間、幸せになりたかったら
豚を殺して食べなさい。
永遠に、幸せになりたかったら
釣を覚えなさい。
——中国古諺——

ブラジルへの釣紀行『オーパ!』(集英社文庫、写真・高橋昇。図2)の冒頭に掲げられたこの言葉こそ、「森羅万象に多情多恨」だった開高がたどり着いた境地であろうか。彼は、外国を旅する時、「百人一首」を持参し旅の無聊を慰めたというが、この『オーパ!』の旅では、ホームズ譚の短編集を持っていった。ベレン市からアマゾン河を遡るロボ・ダルマダ号の船上での様子をこう記している。

船が沖へ出て船首を上流にふり向けて本格的に走りはじめてから(……)やっと息がつけるようになった。それまでにすでにシーツが汗でぐしょ濡れになりたちまちくにゃくにゃと形を失ってしまった。よこたわるとガンガンドンドンとエンジンのふるえが下腹にこたえる。私は小さな読書灯をつけ、『シャーロック・ホームズの帰還』をとりだす。この短編集を四冊もってきたが、読みかえすのはじつに三〇年ぶりのことである。これからサンタレンまで三晩四日の航海だが、たっぷりと少年時代の回想に浸るつもりである。友達と奪いあいをしてむさぼり読んだ遠い夏の日の木蔭やハチの羽音などをこの人間嫌いの名探偵はつぎつぎと思いださせてくれる。

――そして、

未明にサンタレンに着く。（……）背骨がミシミシと鳴るくらいの大荷物、小荷物、シャーロック・ホームズを舷側から岸壁におろす。入国してからこの根拠地にたどりつくまで、じつに十二日もかかったことに気がつく。

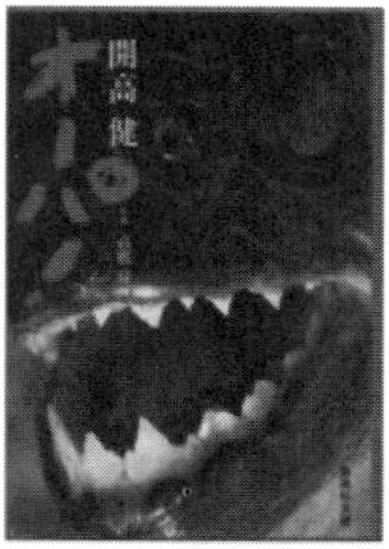
図２　開高健『オーパ！』表紙。

開高は、こうして三晩四日、ホームズ譚を読みながら少年時代の回想に浸りつつアマゾンの流れに身をまかせた。その時、写した写真が一枚ある。開高が、人と荷物とハンモックでゴチャマゼになった甲板で、ハンモックに揺られながらパイプを咥え、ホームズ譚を読んでいる写真（図3）。キャプションには、「ママイ（お母さん）は子どもをあやし、私はシャーロック・ホームズを読む」とある。読んでいるのが阿部知二訳の「創元推理文庫」（図4）であることは、表紙のデザインで分かるが、小説家がホームズ譚を読んでいる写真（撮影・高橋昇）というのは僕が知る限りではこれ一枚である。まことに珍しいと言わねばならない。

開高は、南北両アメリカ大陸縦断記・北米編『もっと遠く！』でもホームズの名前を登場させている。

アメリカのバス釣界には名探偵でいうとシャーロック・ホームズ、エルキュール・ポアロ、エラリー・クィーンなどにたとえたい名声を持った人物がひしめいているが、ボブの名鑑からホーマー・サークルという名をぬきとった。これがホームズであるかポアロであるかは後日に譲るとして、かねてから〝アンクル・バス（バスおじさん）〟と呼ばれている人物で、私は彼の本を読んでいるし、写真は何度もあちらこちらの野外雑誌で見かけている。

こんな風に、開高は、有名な釣師を名探偵にたとえているが、ポアロやクイーンについては不明だが、ホームズと釣りには縁がある。《ショスコム荘》事件で、依頼人に向かって「ワトスン君も私も釣りのほうじゃ有名なのです――そうだね、ワトスン君」と言い（これはホームズ一流の演出だが）、実際に釣道具一式をもってショスコム荘のあるバークシャに出かけ、水車小屋のある川で鱒を釣りあげ、夕食に鱒料理を食べているから、開高がここでホームズの名前を出しても的はずれではない。『フィッシュ・オン』によると、開高は、一九六九（昭和四十四）年西ドイツの牧場の「幅が三メートルあるかないか」の小川で鱒を釣り、「腹に香草をつめて蒸すと、このマスは肉がよくひきしまっていて、すばらしい味がする」と書いているから、ホームズが食べた鱒料理もきっと美味だったに違いない。

開高は、釣りの話のツマミにホームズを添えたのではない。渓流で釣ったヤマメの腹をさいて見てそこに環境破壊が進行していることを知る鋭い眼を持っていたのだ。日本の川でも湖でも、フラジルのアマゾンでも。その好例を「はじめの、はじめに――川岸のシャーロック・ホ

図３　開高健『オーパ！』グラビア。

図４　コナン・ドイル、阿部知二訳『シャーロック・ホームズの生還』表紙。

ームズたれ――」（『オール　ウェイズ　上』平成二年）から引く。

（……）川岸で一匹のやせこけたヤマメの腹をのぞいたとき、君は、いわばシャーロック・ホームズであった。ホームズとおなじように君も経験と明察の人だったのだが、いつもきまって犯行のおこなわれたあとに登場するという宿命を負わされているようでもある。ホームズは足跡やタバコの灰からたどって犯人を摘発し、名声を得ながらにがい顔で暖炉とパイプへもどっていく。君は一匹のヤマメから犯人を摘発し、一郡、一県、ひょっとするとしばしばその背後にある一国の治山、治水政策と人心そのものの正体を摘発し、何の名声も得ることなく、荒涼とした薄暮の心へともどっていく。

ここにも『ずばり東京』や『ベトナム戦記』で養われたルポライターの鋭い観察・分析眼とホームズ同様、一滴の水から大海原を想像する推理力が生かされている。彼の釣紀行が単なる釣紀行に終わらず、文明批判になっているところにその眼の大きさがある。

〝巨匠〟開高はアマゾンへ釣りに行ってから（『オーパ！』昭和五十三年）四年後の昭和五十七年、ギシギシ軋む身体を書斎から解放して、ベーリング海の孤島セント・ジョージ島にオヒョウを釣りに出かける。〝巨匠〟は、旅に出かける時には必ずなにかしらの読み物を持ってゆく。

アマゾンへはホームズ譚をもっていったが、セント・ジョージ島へは、「チェスタートンのブラウン神父物の短編集（四冊）、山崎正和の認識論の新作、旧約聖書」を持ってゆく（『オーパ、オーパ!!』、「海よ、巨大な生物よ」。図5）。一日中晴れる日は年に三日もないというセント・ジョージ島。濃霧、氷雨、風にもてあまし、持っていったブラウン神父物を読んでこんな感想を記す。

霧のなかで風がびょうびょうと鳴る日に読んでみるのだが、最初の一冊だけが面白く、あとは著者が自分の人生観、宗教観、世界観を語るために、〝デウス・エクス・マキナ〟（機械の神）としてブラウン神父を扱っているにすぎないとわかり、ガッカリする。（……）その点、コナン・ドイルのシャーロック・ホームズはストーリーもトリックもわかりきっているのに何かがあって、何となく最後まで一編ずつ、つきあいたくなり、さすがと思わせられたものである。この説明しにくい〝何か〟があるかないか、それが問題である。

図5　開高健『オーパ、オーパ!!』表紙。

それから、こう続ける。アガサ・クリスティーは器用で賢く溌剌としているが、二度読み返す気が起こらない。ルパンも同様。エンタテインメントの読み物で何度も読み返しがきく稀なものには、やはりそれだけことがある。

「ドイルのほかにそういう作品はめったに見当たらないことではあるが……」

ブラウン神父物とホームズ譚はよく比較される。例えば、井上ひさしはブラウン神父物に軍配をあげている。その理由を説明するには多くの文字が必要なのでやめておく。ただ、エンタテイメントに限らず世界の名作と呼ばれるものは、作者より作品名が先に立つ。作者を忘れさせるほどの引力・魅力を持っているものが再読、三読にたえる——とどこかで読んだことがある。ブラウン神父物の場合、どうしてもあの「チェスタートンの」という枕詞がつく。ホームズ譚の場合、作者はずっと奥に隠れてしまい誰かも分からないくらいである。簡単に言えば、そこの違いであろう。〝シェイクスピアの〟「ロミオとジュリエット」なんて言わない……。

さて。釣りの話はこれくらいにして、次は、「週刊プレイボーイ」誌に連載された一問一答形式の〝ライフ・スタイル・アドバイス〟『風に訊け2』(図6)に移ろう。

その中に「私は、重症のシャーロキアンです。コナン・ドイルのシャーロック・ホームズについて、先生の一考をお聞かせ願えれば幸です。」という一問がある。それに開高はこう答えている。

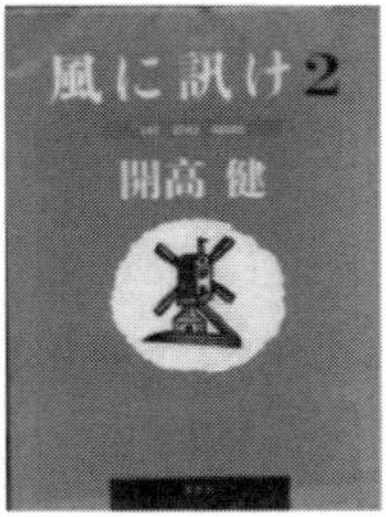

図6　開高健『風に訊け2』表紙。

アマゾンへ出かけたとき、コナン・ドイルの短編集、ホームズ・シリーズを全巻持っていって、ずいぶん楽しかったことを思い出す。私は子供のころから何回シャーロック・ホームズを読み返しているか知れないけれども、これは読んでも読み飽きない。コナン・ドイル以後、無数の推理小説が書かれ、いまも書かれつづけているが、読み返しのきくものといえば、やっぱりホームズ物ぐらいじゃないかと思う。つまりあれは、推理小説の世界の本家であり、宗家であり、鼻祖《びそ》であるんだ。ＳＦにおいては、Ｈ・Ｇ・ウェルズであろうがネ。／ドイルは、最初に現れたとき、すでに種において完璧だったんだ。それで、ほとんど思いつける限りのトリックを全部使っているし、それ以後の作家たちとは違って、作品へののめり方・姿勢が凄《すご》い。おそらくその力が、われわれをいつまでもシャーロキアンとして永久に回帰させていくんじゃないかと思いたい。シャーロック・ホームズが滅びることはないだろうナ。／なお、もうひとつ。ドイルではホームズ物ではないけれども、『失われた世界』という作品がある。チャレンジャー教授というキャラクターが登場する。この一冊もとても楽しいから、併せてご愛読願いたい。

〝巨匠〟開高がホームズファンであり、『失われた世界』まで読んでいるのは、まことにうれしい限りである。この他にもこんな風にホームズを登場させている。「開高御大。／御大は気分転換を図りたいとき、どんなことをしますか？　ちなみに小生は爪を切ります。」という質問に対する答え。「思うに、君は色事師のようであるナ。金曜か土曜の朝に爪をつんでいる男を見たら、ハハン、今夜は――と、勘ぐりたくなるもんだ。色事師の爪は短いが、釣り師の爪は長い。これは小生の説である。爪先で、趣味や、気質や、職業がかなりわかるもんなんだ。観察力だよ、キミ。シャーロック・ホームズがおなじようなことを言うてるけどネ。」

　ホームズは、人間の個性を推理する格好な材料として、眼鏡、パイプ、くつひも、懐中時計（その他、帽子、袖口、親指の爪、ズボンの膝、靴なども）を挙げているが、開高先生の観察力もホームズ並の鋭さである。

「作家は観《み》る人である。死ぬときも眼をあけたままでいるのが作家である。」（「〝思い屈した〟井伏鱒二」）。開高がホームズファンである所以はここにある。[1]

　開高健は「闇」三部作の最後の作品『花終る闇』を未完のまま、五十八歳で彼岸へ行ってしまった。死ぬには若すぎた。かつて、銀座に開高健が愛用したディアー・ストーカーを飾ったバー『アイリーン』があったが、今はない。橋の下を川は流れる――。

ロンドンで
ホームズ帽を買った

嵐山光三郎

嵐山光三郎（あらしやま　こうざぶろう）

略歴　小説家（1942 ～）。静岡県浜松市生まれ。国学院大学文学部卒。平凡社に入社、雑誌「太陽」の編集長を勤める。独立後、雑誌「宝島」にエッセイを連載、その独特な文体は椎名誠らとともに「昭和軽薄体」とよばれた。著書に『文人悪食』『文人暴食』の他、『悪党芭蕉』『追悼の達人』など多数。

作家でエッセイストである嵐山は旅の達人であり、自ら「慢性旅行中毒者」と称し、食に通じ、はたまた俳句にも通じている。芭蕉を心の師として、自転車で「奥の細道」を走破したり、平成十年から二年間かけて芭蕉全紀行（「芭蕉が『奥の細道』にたどりつくまでの足跡を全部」まわった）を決行したりした。その体験を本にしたのが『芭蕉の誘惑　全紀行を追いかける』（平成十二年）。本書中、「江戸の桃青」という章の中で、江東区にある芭蕉記念館についてふれ、こう書いている。

（……）記念館には、芭蕉庵にあったとされる石造りの蛙がある。大正六年の大型台風のあと高潮が押し寄せ、潮の引いたあとこの蛙が発見された、という。どうもあやしい話であるが、まあ、そのへんのことはどうでもいい。ロンドンにはシャーロック・ホームズが住んでいた家があり、部屋も残されて展示されている。架空の人物の家が実在してしまうところに文芸の夢があり、ならば芭蕉がめでた石の蛙があったっていっこうにかまわない。芭蕉がこの地で、「古池や蛙飛びこむ水の音」の句を詠むのは四十三歳の時である（「深川芭蕉庵」は、杉山杉風から提供された草庵で、延宝八年から元禄七年大阪で病没するまでここを本拠地にし、全国を旅し、数々の名吟を残した)。

嵐山のこの風狂の精神、まことにおもしろく、ロンドンに行った折、ホームズ帽を買った経緯を記した文章がどこかの本(男の買い物とか、そんな題名だったと思う)に載っていたのでコピーを取っておいたが行方知れず。そのため、図書館にゆき蔵書の検索をしたところ、嵐山の『買い物旅行記』(平成六年、図1)があったので早速予約。二日ほどして手元に届いたので開いて見た。ありましたね。「ロンドンで買ったシャーロック・ホームズの帽子」。

「ロンドンのベーカー街221Bは、コナン・ドイル創作になる名探偵シャーロック・ホームズが住んでいたところである。」と書きだし、ベイカー街にあるホームズ博物館を訪れ、売店でホームズ帽を買い(値段は六〇〇〇円)、売店のおばちゃんにホームズの名刺を貰い、「この名刺を手にすると、/「ホームズは実在の人物だ」/と確信はふかまり、ひたすら嬉しいわけね。」と続ける。

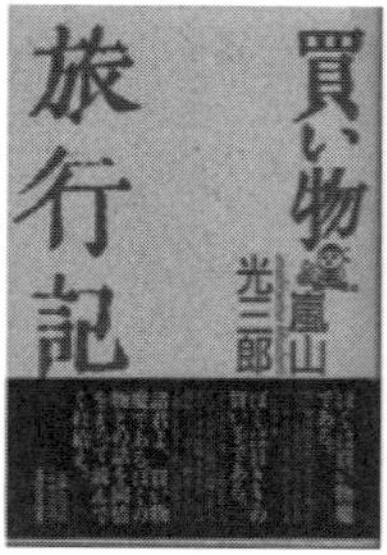

図1　嵐山光三郎『買い物旅行記』表紙。

それから、同行した「専太郎」とふたりでロンドンで骨董品を買い捲り、その額、ふたりで四五〇万円になったとしるす。「先天性買い物魔」と自認する嵐山の見事な買いっぷりに、僕はただただ恨めしく思うばかり。こんな買い物を一度はしたいものだ、と思って先を読むと、こうある。「で、四五〇万円買いこんだもののなかで、なにが一番嬉しかったか、と考えてみたらこの六〇〇〇円の帽子なのであった。」物の価値は値段によって決まるものではない。その物への情愛が価値を決めるのである。

僕が持っているホームズ帽は、一九七五（昭和五十）年にロンドンに行った折、ノーザンバーランド・ストリートにあるパブ『ザ・シャーロック・ホームズ』（当時はまだベイカー街に「ホームズ博物館」はなかった。写真・植田順子。図2）でお土産に買ったものである。当時で精々二千円位だった、と思う。このパブの一階に飾られた《バスカヴィル家の犬》の頭や足跡の石膏など、かずかずのホームズ関係の資料や二階にあるレストランに再現されたベイカー街のホームズの居間（「ホームズ博物館」よりこちらの方が由緒があり格上である）を眺めていると、一九世紀末のロンドンの霧のなかからホームズが立ち現れてくるような錯覚にとらわれ、ホームズが実在の人物に思えてくる。そのカラクリの面白さと遊びの精神にはいたく感激したものだった。

現在は、あちこちにホームズ像が建立され有難味が薄れたのは残念だが、芭蕉の石の蛙にしろ、ホームズ帽にしろ、文学には、虚構を現実化してしまう魔力があるのだ、と思わずにはいられない。嵐山が四五〇万円の買い物の中で六〇〇〇円のホームズ帽を一番喜んだのも、さもありなん。騎士に関する万巻の書を読んで己は騎士である、と思い込んでしまったドン・キホーテ同様、文学の魔力に魅せられたからに他ならない。

図2　パブ『ザ・シャーロック・ホームズ』外観。

あとがき

コナン・ドイルの作品あるいはホームズ譚を愛読した（あるいはそれに関わりあいのある）文人について、こんな駄文を書こうと思いたったのは、いつごろのことだろう。まだ、開高健や北杜夫や丸谷才一が生きていたと言えるくらい昔の二十世紀の終り頃である。ジェレミー・ブレットの『シャーロック・ホームズの冒険』がテレビで放映され、そのためにホームズファンが増えた。それから幾星霜、橋の下を川が流れ、現在、どんなことになっているか、そのあたりの事情は序文に書いたので書き足すことはない。

ただ、ホームズの映画や演劇、テレビドラマを観て、ブレットファンやカンバーバッチファンは増えても、原作を読まない人もいるという。かつて、アメリカでは、第二次大戦前に制作されたラスボーン&ブルースによるホームズ映画が、戦後、テレビでなんども放映され、それを観てホームズファンになり、原作を読んだ人が多いときく。映画やテレビドラマで終わることなく、ぜひ、原作を読んで欲しい、というのが僕の願いである。原作を読んでから観たり聴いたりすると面白さが何倍にもなるからである。

ホームズファンの文人には、本書に登場ねがった人の他にも、訪れる人の下駄を観てどこからきたか推理した幸田露伴、神話とホームズ譚の関係を書いた折口信夫、少年向けにホームズ譚を翻訳した菊池寛、ジェラール物を少年向けに翻案した小島政二郎――などなど多くの文人がいる。彼らについては、後日、まとめてみたいと思っている。

もし（歴史に「もし」は禁物だが）、徳田秋声や田山花袋といった自然主義の作家たち、あるいは、愛読者がホームズ譚の観察・推理を単なる娯楽として享受したばかりでなく、その科学的精神を咀嚼し血肉化していたら、日本の文学は私小説という狭い道とは違った道を歩んでいたかもしれない。また、敗戦後、科学的精神を養うためにホームズ譚をはじめとする探偵小説が子供たちにも推奨されたが、科学的技術だけでなく、その精神を我々が吸収できていたら、現在のような日本の「あいまいさ」を回避できていたかもしれない――などと深夜、天井を見ながら考えたりもする。

本稿を書くにあたっては、参考文献の冒頭に記した新井清司、藤元直樹両氏の書誌には大変お世話になった。あらためて感謝の意を表したい。また、本書の出版の機会をつくってくれた日本シャーロック・ホームズ・クラブ主宰者・東山あかねさん、資料を提供いただいた中原英ク・ヘッデッド・リーグ）の皆さんにお礼を。そして、本書を世に出してくれた青土社・篠原一平氏に感謝いたします。

一氏、遠藤尚彦氏、光文社文庫版の訳者・日暮雅通氏、気のおけない飲み仲間BHL（ブラッ

平成二十七年冬

植田弘隆

註

岡倉天心

（1）天心の書斎は、美術院の建物の二階の奥にあり、そこには「エンサイクロペディア・ブリタニカ等の数百冊の書籍が、棚の上へところ狭きまでにおかれていた。」

（2）岡倉古志郎は、長男・一雄の本は「入手可能になった資料に照らしてみると若干の記憶違いによる誤りや事実誤認がある」と認めている（岡倉登志『曾祖父　覚三　岡倉天心の実像』）。

（3）天心が初めてヨーロッパ美術の視察に行ったのは明治二十（一八八七）年一月から七月。天心が滞欧中にはまだホームズ譚は発表されていない。二回目のヨーロッパ美術視察は明治四十一（一九〇八）年四月から。「欧州旅行日誌」（『岡倉天心全集五巻』）によると五月にロンドン滞在。ナショナル・ギャラリーなどを視察。五月二十日の日誌には「赤 Restaurant ニて午餐（……）次て Baker Street の poplars Dr. Monk の邸宅ノ蔵品ヲ見ル」とある。ベイカー街に行きながら、特にコナン・ドイル、ホームズについては触れてはいない。一方、コナン・ドイルは一九〇七年九月にジーン・レッキーと再婚。同年末にはサセックス州クロウバラ・ウインドルシャムに引っ越していたため、一九〇八年にはロンドンに居なかった。

三回目の渡欧は明治四十四年一月、ボストン美術館東洋美術部長に在任中、ニューヨークからロンドンに渡り（一月二十三日）、二十六日にフランスへ、再び二月八日にロンドンに戻り四日ほど滞在後、二月十四日に渡米、二月二十三日にボストンに帰着——といった具合で、天心がロンドンに滞在したのは通算で一週間ほど、忙しい日程をこなしていた。一方、ドイルは一月末にはウインドルシャムに在住、二月六日から戯曲『まだらの紐』（The Speckled Band）がストランド劇場で再演され（以降十二日までの間ドイルがどこにいたか、記録は残っていない。）、十三日にはロンドンで開かれた「王室地理学協会」（The Royal Geographical Society）の講演に出席し、十五日にはウインドルシャムに戻っている。

尾崎紅葉

（1）明治二十九年七月、紅葉等硯友社中や門下生が片瀬に住んでいた江見水蔭を訪れたときの紅葉の話として、水蔭は次のように伝えている。

「一通り恋愛論が出たついでに『実は今、米国の女流作家の（今記憶にない）ホワイト、リリーといふ小説を読んでゐるが、女主人公が金持ちの方へ走つたので、若い主人公が失恋して、寺院での婚礼の鐘の鳴るのが聴えない処まで避けて行く筋なんだが、それにヒントを得て、近日『読売』へ書かうと思ふがね。』。これが正しく『金色夜叉』なのだ。」（江見水蔭「纏まらぬ記憶」（『早稲田文学』大正十五年一月））。現在では、『金色夜叉』のネタ本は、バーサ・M・クレー作『女より弱き物』と言われている。

（2）鏡花の「外科室」は前作「夜行巡査」とともに注目された。後者は、その発想・文体が、彼が少年時代に愛読した「森田思軒のビクトル・ユーゴーの翻訳文等に影響されている」との説がある。また前者は「寸鉄人を殺すの気あり。（……）読者をして手巻を離す能はざらしむ、渠は又美の力を認識す、」（宮崎湖處子）と評価されている。ここに書かれている「愛の主張」は彼の評論「愛と結婚」（雑誌「太陽」明治二十九年五月号）の主題に共通すると言われている（『鏡花全集　別巻』「解題」参照）。鏡花は「外科室」について「小石川植物園に、うつくしく気高き人を見たるは事実なり。やがて夜の十二時頃より、明けがたまでに此を稿す。早きが手ぎはにはあらず、其の事の思出のみ。」と回想しているからドイルの物語から直接影響を受けたわけではないようだ。

田山花袋

（1）「作家の作家論は、（……）単的に、敏感に、具体的に、対象へ飛び込んで、之を活かすところに、傍から見て興味もあれば価値もある（……）。漱石を論じるにはメレディスやコウナン・ドイルの影響を度外視してはならぬと花袋氏は説かれるが、さう云へばスティヴンスンの諸作にしてもヰリアム・ゼエムズの心理学、プラグマティズム、経験派哲学などへの探究の眼を向けねばならぬ。（……）メレディスに至つては、当時、之を解し得る者は、英文学の専門家でも、漱石か禿木位のものとされてゐた。（……）」（「作家の作家論」）。

（2）『西鶴織留』のなかの「諸国の人を見しるは伊勢」にこんな話がある。

伊勢神宮に参拝する旅人に取りついて商売をしている有名な二人の比丘尼がいた。二人の特技は、旅人を見て「こちらは伊予の松山の人」「こちらは備前岡山のご婦人」などと国所を当てること。間違うのは千に一度という。遊びがてら伊勢参拝にきたある人が、この比丘尼の評判を聞いて、茶屋に呼び出し、自分の国と商売を当ててみよ、と言う。すると、「長崎の人」と答える。その通りなので、どうして分かったか？聞くと、言葉は出雲だがお伴の二人がいずれも長崎言葉。あなたの年のころは五十五、六歳に見えるが、肌着に白綸子、ことに文天鵞絨（ビロウド）の襟をかけ、黄金作りの大脇差を差している。このように身なりが贅沢に見えるところから長崎だろう、と答えた、という。

（3）「明治以降、外国語教科書データベース」の「外国語教科書史デジタル画像データベース作成委員会（委員長・江利川春雄）」提供

上田 敏

（1）初訳は衛藤東田訳「帝国の紀念」（雑誌「文庫」明治三十八年五月～七月）。

（2）Gustave Aimard（ギュスターヴ・エマール、一八一八～一八八三）『インディアンの酋長』『インカ族の最後』などの冒険小説家。Jules Verne（ジュール・ベルヌ、一八二八～一九〇五）『海底二万マイル』などの科学小説作家。Dumas Pere（デュマ・ペール、一八〇二～一八七〇）『モンテクリスト伯』『三銃士』など。Erckmann-Chatran（エルクマン、一八二二～一八九九＝シャトリアン、一八二六～一八九〇）歴史小説・怪奇小説などで知られる。Maupassant（モーパッサン、一八五〇～一八九三）『女の一生』『脂肪の塊』『ピエールとジャン』など。

（3）“Epistle Dedicatory to Arthur Bingham Walkley”で、“My dear Walkley”と始まる書簡体の序文。

（4）田部重治（一八八四～一九七二）。英文学

者。明治四十一年東大英文学卒。ウオルター・ペイターの研究家。登山家としても有名で山岳紀行文が多い。

（5）たとえ二流作家の探偵小説でも面白ければ読む、という上田敏の態度は、彼の師父ペイターの「少しのあいだでも人間の心を占めたことのあるものなら、どんなことでも私たちが研究する値打ちをもっている」という考えから生まれたものであろう。この言葉は詩人イエイツからペイターの本棚に経済学の本がすらりと並んでいる理由を問われた時に答えたもの。コリン・ウイルソン『賢者の石』（中村保男訳、創元推理文庫）

小栗風葉

（1）それ以前の明治三十八年八月に雑誌「新小説」に発表された小栗風葉「一本杉」（ツルゲーネフの小説「荒野のリヤ王」の翻案）も「青果の代作であった」という（藤木宏幸「真山青果の戯曲」）。

（2）『鏡花全集　別巻』（岩波書店、昭和五十一年）に鏡花鼎談あり。紅葉は、弟子の秋声、風葉には、西洋物でも別々な本を与えていた、とあるから、「神通力」の原作『緋色の研究』は紅葉、風葉からではなく、他からもらい受けた可能性がある。青果は風葉門下になる前の明治三十七年末、佐藤紅緑の家に奇遇していた頃、メーテルリンクを英訳で読んでいるとのこと（藤木宏幸）。紅緑はコナン・ドイルの『勇将ジェラールの回想』（The Exproits of Brigadier Gerard. 1894）を『老将物語』（金港堂、明治三十七年）として訳しているので、彼から『緋色の研究』を借りた可能性もある。

島村抱月

（1）コナン・ドイルは自伝『わが思い出と冒険』（延原謙訳）のなかで、「複合個性」（自分の心になかには様々な人格が存在している）のことを書いた詩として「内なる部屋」の一部を引用している。

「わが部屋の／うす暗くえんぎの悪い／片すみに最後の審判のごと
きびしく彼らは控えている／暗がりの姿はいかめしく奇妙で

あるときは残忍にまた清く／暗がりのなか／ほのかにぞゆらめく」

ジーン・レッキーとの恋、結婚（一九〇七年）について『自伝』ではわずか四、五行しか触れていない。この詩についてくわしいことはダニエル・スタシャワー：日暮雅通訳『コナン・ドイル伝』（頁二六六〜二六八）を参照されたい。

谷崎潤一郎

（1）近松秋江は、谷崎潤一郎は漱石の文章を愛読していて、その跡が「秘密」にも表れていると指摘し、その例として、正確な引用ではないが、と断ったうえで、女性の手を形容して「紫壇の机の上に、生き物のやうに、白い手を匍はして」という文章を挙げている（「文章無駄話」、「文章世界」大正元年十月一日）。谷崎の原文は「女は座敷の中央の四角な紫檀の机へ身を靠せかけて、白い両腕を二匹の生き物のように、だらりと卓上に匍わせた。」

（2）秋江は、潤一郎について、「文壇に谷崎潤一郎のような人が出たのは、自然派本来の主張の為には実に一つの恐怖である。何となれば氏の如き筆にチャームを有つている人が盛んに読者を魅して行くと、今のような貧弱な自然派の本人はわけもなく切り崩されて了ふ。」（「無駄話〈1〉（自然主義派の正系）」、「早稲田文学」大正二年三月）と高く評価している。

（3）デュパンは『盗まれた手紙』で、「丁半あそび」に強い子供は常に相手の思考のレベルに合わせながらプレイする例を挙げているし、ホームズは《最後の事件》で宿敵モリアーティ教授の頭脳レベルを考えながら行動している。

萩原朔太郎

（1）「殺人事件」や「干からびた犯罪」「竹」などを収載し、日本の近代口語詩の扉を開いた詩集『月に吠える』は、大正六年二月に刊行されたが、好評をもって迎えられた。初版は自費出版の、わずか五〇〇部程で、内、四〇〇部ほどが市場にでたがその年の内に売り切れてしまい、古書価は最初の定価の五倍にもなったという（なお、再版は五年後の大正十一年）。

小泉信三

（1）コナン・ドイルが母親メアリに宛てた手紙（一八九七年五月十四日付）では、『ベルナック伯父』は出版されないのではないか、とまで心配した作品だが、「クロニクル・レビュー」で「過大評価」とも言える書評が載ったことをうれしそうに報告している。

芥川龍之介

（1）この「外人劇」とは、ウイリアム・ジレットがホームズ譚を素材にして書いた四幕の戯曲『シャーロック・ホームズ』のこと。一八九八年十月、ニューヨークのバッファローで幕を開けたこの劇は興行的に大成功を収めた。ジレットが脚本を書いている最中、ドイルに、ホームズを結婚させてもよいか？と電報で問い合わせたところ、ドイルは、結婚させても殺しても、お好きなように――と返事をした。舞台写真の右がホームズ（ダン氏）、左が悪漢ラーラビー（オデル氏）。なお、この脚本は「戯曲　シャーロック・ホームズ」(Sherlock Holmes. A Drama in Four Acts) として笹野史隆氏によって訳されている（『シャーロック・ホームズ物語外典　下（一）』）。

（2）小島政二郎はドイルのジェラール物を『ナポレオンを捕まえろ』（昭和二年）、『西洋武勇伝』（昭和八年）のタイトルで子供向けに翻案している。

（3）当時の「探偵小説」には、怪奇、幻想、科学的空想小説も含まれていた。乱歩は「探偵小説」を「本格派」と「変格派」に分けていた。芥川の「開化の殺人」は広義の意味での「探偵小説」であり、乱歩の「変格派」に該当する。現在は「推理小説」と呼ばれるが、この言葉を初めて使用したのは、探偵小説芸術論を唱えた木々高太郎。昭和二十一年から刊行された雄鶏社「推理小説叢書」（木々高太郎監修）の第一回配本が芥川龍之介『春の夜　其の他』（第三巻）であったことは興味深い。

（4）昭和五十三（一九七八）年版の岩波書店版『全集　第十二巻』の「後記」では「大正九年四月一日発行の雑誌「新小説」に掲載された『未定稿』の草稿」と説明されている。『未定稿』は本全集第三巻に収載されている。

（5）成島柳北（一八三七―一八八四）。花柳界

の話題などを書いた「柳橋新誌」で有名な新聞記者・随筆家。「開化の殺人」に登場し、また本編「未定稿」でも「私」と同じ「朝野新聞」の記者として登場している。

（6）栗田卓「〈未完〉と『探偵小説』——芥川龍之介『未定稿』論」（「立教大学日本文学」平成二十六年一月）などがある。

吉田洋一

（1）吉田は、佐田介石の地動説反対論が内田魯庵『バクダン』に紹介されていると書いているが、これは、勘違いではなかろうか。「佐田介石及びランプ亡国論」は『獏の舌』に収録されている。

石坂洋次郎

（1）河出書房版、日本文学全集30『石坂洋次郎』の「注釈」（保昌正夫）によると、右翼から不敬罪で告訴された部分は、ミッション・スクールの生徒が修学旅行の折、皇居前で交わす会話「……先生。天皇陛下は黄金（きん）のお箸でお食事をなさるってほんとうですか？」という箇所であると記している。また、軍人誣告罪は、本文では、軍港・横須賀を見学した折、生徒が母校へ出した報告書の中にある「さて皆さんは、海軍の士官が腰につるしている短い短剣が何に使われるか御存じですか。茶目なA子さんが案内の若い中尉さんにその疑問を質（ただ）しましたところ、答えて曰（いわ）く『これですか。鉛筆を削ったり果物の皮を剥（む）いたりするんであります』」という部分である。

稲垣足穂

（1）山本浅子「女性より見たる『男性文学』の可能性　稲垣足穂小試論②」（『タルホ事典』）

（2）稲垣足穂は「旅順海戦館と江戸川乱歩」（講談社『江戸川乱歩全集⑥　妖虫』の「解説」）で、乱歩が少年時代に耽読した本として「コナン・ドイルの『ブリガディア・ジェラール』を挙げ「(このナポレオン戦争奇談は、熊本謙一郎訳『間一髪』佐藤紅緑訳『老将軍物語』（ママ）、藤野鉦斎訳『老雄実歴譚』〈図5〉の三種があったが、おしまいの藤野氏訳のそれを読んだ)」と記している。『老雄実歴譚』は明治四十二年刊（雑誌掲載は「日本及日本人」明治四十一年から）だから、足穂もこれを読んだのかもしれない。写真の『老雄実歴譚』は明治四十三年七月再版（政教社刊　中原英一氏提供）。

（3）ドイルが「英国新聞王」の亡霊にかんして書いたものは、現在のところ判明していない。ただ、英国の「言論界の帝王」「言論界のナポレオン」と呼ばれたノースクリフ卿が大正十一年に来日しているので、ここから発想したとも考えられる。

（4）サー・オリヴァー・ロッジ（一八五一～一九四〇）は実在の物理学者。戦死した息子の霊との通信を記録した『レイモンド』で有名。ドイルとともにスピリチュアリズムの普及に努めた。

図5　藤野鉦斎訳『老雄実歴譚』

（5）オスカー・ワイルドに、芸術家にして稀代の毒殺魔だったトマス・グリフィス・ウェインライト（一七九四～一八五二）の評伝風の小品'Pen, Pencil and Poison. A Study in Green'（「ペン、鉛筆と毒薬　緑の研究」西村孝次訳）がある。「灰色の研究」というタイトルについて、タルホはこれも記憶にあったのかもしれない。副題「緑の研究」とはウェインライトの「緑色を愛するあの奇妙な感情」にゆらいする。《高名な依頼人》で、ホームズは、偉大な犯罪者は複雑な精神の持ち主といい、その例として「ウェインライトもたいした芸術家だった」と言っている。ドイルとワイルドは一八八九年、ロンドンのランガム・ホテルで開催された「文学者の夕べ」で出会った。雑誌「リピンコッツ」の編集者から原稿を依頼され、ドイルは『四つの署名』を、ワイルドは『ドリアン・グレイの肖像』を寄稿した。また、詩人塚本邦雄は、ワイルドの『緑の研究』とドイルの『緋色の研究』に触発され『緑色研究』なる一本を著している。

（6）ラウダナム【Laudanum】阿片チンキ。阿片の成分をアルコールで抽出した赤褐色の液体で、非常に苦い。主に痛み止めとして十六世紀～二十世紀初頭まで用いられた。ヴィクトリア時代のロンドンでは薬局で買えた。仕事に出掛ける主婦は、赤ん坊を寝かせておくために、これを飲ませたという。

（7）加藤郁乎は「聖タルホのいざない①」で、足穂が昭和十四年ころ住んでいた牛込横寺町（ここには尾崎紅葉の旧居や抱月の芸術倶楽部跡もある）を「探検」する話を書いている。（潮出版社『タルホ事典』）

小林秀雄

（1）本編の冒頭は次のように始まっている。

「天才は機械の発明によつて屡々不思議なる創造をするものである。だが、一見、如何に不可思議らしく見えるとしても、それが純然たる機械であればある程、その内部に伏在してるところの、たつた一つの原理を発見しさへすれば、それによつて容易に不可思議を解決し得るものなのである。」

森　茉莉

（1）森茉莉は、「えっせい・わたしの好きな名探偵」のなかで、「私がホオムズの小説の中で、とくに好きで覚えてゐるところ」二つ三つを次の様にあげている。

「彼は部屋を全く片づけないでゐて、返事の必要のある手紙を小剣で壁に刺しておいたり、メキシコ産の刻み煙草を、上靴の中に入れておいたりするので、ワトスンが或る日たまりかねて、『今日は片づけやう』と断固として言い出すと（……）、又、稀に事件のない日、ヴァイオリンを出して弾くが、その指の細く長い手で柔しく掻き鳴らす、と描いてあるが、目に見えるやうである。」

　このイメージが虚構のなかにホームズ譚を取り入れることを容易にしているのだろう。

坂口安吾

（1）安吾が旧制中学生の大正八年前後には、矢野虹城訳『探偵王・蛇石博士』（大正四年）、加藤朝鳥訳『シャロック・ホルムス』（全三巻、大正五年）、長村天空訳『通俗シャアロック・ホルムス』（大正五年）などが出ていた。

（2）安吾は、創元社の伊澤幸平宛てのハガキ（昭和十七年十一月十七日）に「僕自身も一度は探偵小説を書いて、世の同好者に挑戦して見たい考えを持っている」と書いている。

（3）ホームズは『四つの署名』のなかで、「女性っていうのは全面的には信用できない――どんな立派な女性でも」と言っている。これを聞いたワトスンは、この意見は彼の「偏見」だからとりあわない、と記している。

（4）村上元三「六本木随筆12　牛込　その二」（「大衆文芸」新鷹会、昭和四十三年四月）によると、このわら店には、その昔、由比小雪の道場があったとの説もあるという。

吉田健一

（1）耳から入った言葉は、活字よりも記憶に残る。健一少年にとって先生の音読は心地よく耳に響いたことだろう。ただ、「Elementary, my dear Watson」という言葉は原書にはない。ウイリアム・ジレットが舞台で使ったセリフと言われている。

（2）吉田が集めて読んだドイルの「青い表紙」の本は、多分ジョン・マレー（John Murray）社のポケット版と思われる。*The Memoirs of Sherlock Holmes*『シャーロック・ホームズの回想』（一九一九年刊二十一刷）などがある。

（3）アメリカのシャーロッキアンの重鎮ジョン・レレンバーグ氏に教えていただいたことだが、首相・吉田茂はこの会合に政治的理由により出席できなかったが、健一は次回に彼は必ず出席すると約束した。この約束はその後、誠実かつ幸運にも守られた、という。ヒューズの回想録*FOREIGN DEVILE*（Andre Deutsch limited. 1975. second Impression）に「(A pledge which was faithfully and happily kept)」（p.230）とあるから、とのこと。

柴田錬三郎

（1）なお、柴田の序文には間違いがある。ホームズの短編集を三冊としているが、実際は『冒険』『回想』『帰還』『想い出』『事件簿』の五冊（ただし「解説」では五冊となっている）である。柴田はホームズ譚を全巻読んでいなかったのかもしれない。

鮎川信夫

（1）ニューヨークのホームズクラブ「ベイカー・ストリート・イレギュラーズ」（ＢＳＩ）は、

毎年一月六日頃、ホームズの誕生日を記念して晩餐会を開いている。開会に先だって「ザ・ウーマン」（The Woman：アイリーン・アドラー）に敬意を表して参加者全員で乾杯する習わしがある。

開高 健

（1）「〝思い屈した〟井伏鱒二」（『言葉ある曠野Ⅴ文と人と』文藝春秋、昭和五十二年十月）には、開高に井伏鱒二という作家がいることを最初に教えてくれた叔母のことが次のように書かれている。「戦争中、私が中学生で、十三歳か十四歳の頃であった。（……）叔母は空襲警報が鳴ると防空頭巾を持って防空壕に入り、でてくると部屋に寝ころんで本を読んだ。彼女の読書法は乱雑をきわめていて、昨日、般若心経を読むかと思うと今日、シャーロック・ホームズを読み、朝、『デカメロン』を読んでいたかと思うと、夕方は『万葉秀歌』という風であった。」

主要参考・引用文献一覧

＊新井清司編「日本におけるコナン・ドイル、シャーロック・ホームズ書誌」、W・S・ベアリング=グールド編『詳註版シャーロック・ホームズ全集10』小池滋監訳、筑摩書房、平成十年三月

＊藤元直樹編「コナン・ドイル小説作品邦訳書誌」、『未来趣味　第8号』、古典SF研究会出版局、平成十二年五月

＊コナン・ドイル『わが思い出と冒険――コナン・ドイル自伝』延原謙訳、新潮文庫、平成六年三月、六刷

＊Richard Lancelyn Green and John Michael Gibson, *Bibliography of A.Conan Doyle*, Hudson House, 2000.

＊ダニエル・スタシャワー『コナン・ドイル伝』日暮雅通訳、東洋書林、平成二十二年一月

＊ダニエル・スタシャワー／ジョン・レレンバーグ／チャールズ・フォーリー編『コナン・ドイル書簡集』日暮雅通訳、東洋書林、平成二十四年一月

岡倉天心

岡倉一雄『父岡倉天心』、中央公論社、昭和四十六年年十二月

岡倉一雄『父天心を繞る人々』、文川堂書房、昭和十八年十二月

岡倉登志『曾祖父　覚三　岡倉天心の実像』、宮帯出版社、平成二十五年十月

新井恵美子『岡倉天心物語』、神奈川新聞社、平成十六年十二月

『岡倉天心全集　三巻』、平凡社、昭和五十九年十月

『岡倉天心全集　五巻』、平凡社、昭和五十四年十二月

岡倉登志・岡本佳子・宮瀧交二『岡倉天心　思想と行動』、吉川弘文館、平成二十五年七月

岡倉古志郎『祖父　岡倉天心』、中央公論美術出版、平成十一年九月
大岡信『岡倉天心』、朝日新聞社、昭和五十年十月
Brian W. Pugh, *A Chronology of the Life of Sir Arthur Conan Doyle*, MX Publishing Ltd. 2009.

尾崎紅葉
『紅葉全集　第八巻』、岩波書店、平成六年五月
『日本児童文学大系　4』、ほるぷ出版、昭和五十三年十一月
『紅葉全集　第四巻』、春陽堂、大正二年八月
『明治文学全集18　尾崎紅葉全集』、筑摩書房、昭和四十年四月
『鏡花全集　巻二十八』、「雑録」、岩波書店、昭和五十一年二刷
『鏡花全集　別巻』、「作品解題」、岩波書店、昭和五十一年

徳田秋声
徳田秋声『光を追うて／わが文壇生活の三十年』、日本図書センター、平成十一年四月（作家の自伝83）
コナン・ドイル『ポールスター号の船長』笹野史隆訳、エミルオン、平成十七年八月
『徳田秋聲全集　第二十六巻』、八木書店、平成十四年一月
『徳田秋聲全集　第二十七巻』、八木書店、平成十四年三月
『正宗白鳥全集　第二巻』、新潮社、昭和五十一年八月
内田魯庵「探偵小説の憶出」、「新青年」、大正十三年八月
松本徹『徳田秋聲』、笠間書院、昭和六十三年六月
正宗白鳥「明治時代の外国文学印象」、『学術の日本』、中央公論社、昭和十七年四月
十川信介「秋声と家庭小説」、『徳田秋聲全集　第四巻』、八木書店、昭和四十三年十月

田山花袋
『田山花袋全集　第十五巻』、文泉堂、昭和四十九年三月

田山花袋「新しき思想の芽」「丸善の二階」、『東京の三十年』、河出文庫、昭和二十九年二月
田山花袋「インキ壺」、『田山花袋全集　第十五巻』
沢豊彦『田山花袋の「伝記」』、青柿堂、平成二十一年十月
田山花袋『椿』、忠誠堂、大正二年五月
田山花袋『近代の小説』、近代文明社、大正十二年三月
十一谷義三郎「作家の作家論」、『ちりがみ文章』、厚生閣、昭和九年四月
田山花袋「此の頃の感想」、「中央公論」、昭和五年一月
コナン・ドイル、『シャーロック・ホームズの読書談義』佐藤佐智子訳、大修館書店、平成元年四月

上田　敏
『明治文学全集31　上田敏集』、筑摩書房、昭和五十八年十月
『定本　上田敏全集　第十巻』、教育出版センター、昭和五十六年十月
ジョージ・バーナード・ショウ「人と超人」喜志哲雄訳、『バーナード・ショー名作集』、白水社、平成二十四年五月
『近松秋江全集　第九巻』、八木書店、平成四年年六月
田部重治「コナン・ドイルに附いて」、『シャーロック・ホームズ全集』延原謙訳、月曜書房、「月報No.9」（発行年不明）
バナァド・ショウ『人と超人』細田秀造訳、敬文館、大正二年十二月

小栗風葉
川戸道昭・新井清司・榊原貴教編『明治期シャーロック・ホームズ翻訳集成　第一巻』、アイアールディー企画、平成十三年一月
『明治文学全集第65巻　小杉天外・小栗風葉・後藤宙外集』、筑摩書房、昭和四十三年十月
真山青果「風葉論」、小栗風葉『天才（前篇）』、隆文館、明治四十一年三月
木村毅「ホームズ探偵伝来録」、『春燈随筆』、双雅房、昭和三十五年十月
『真山青果全集　補巻五』、講談社、昭和五十二

年七月
『真山青果研究　真山青果全集　別巻二』、講談社、昭和五十三年七月

島村抱月
『抱月全集　第八巻』、日本図書センター、昭和五十四年九月
島村抱月『滞欧文談　英国現在の文芸』、春陽堂、明治三十九年七月
『抱月全集　第二巻』、博文館、昭和四年二月
石田幸太郎訳「愛の二重唱」、『ドイル全集　第8巻』、改造社、昭和七年十一月
本間久四郎訳『名著新訳』、文禄堂、明治四十年十一月
河竹繁俊『人間坪内逍遥』、新樹社、昭和三十四年五月
筑摩書房編集部編『明治への視点「明治文学全集」月報より』、筑摩書房、平成二十五年四月

谷崎潤一郎
中島河太郎「日本探偵小説史」、『日本探偵小説全集十二　名作集二』、東京創元社、平成元年二月（創元文庫）
『谷崎潤一郎全集　第一巻』、中央公論社、昭和五十六年五月
『谷崎潤一郎全集　第五巻』、中央公論社、昭和五十六年九月
『谷崎潤一郎全集　第六巻』、中央公論社、昭和五十六年十月
中島河太郎「日本推理小説史」、『日本推理小説大系　第一巻　明治大正集』、東都書房、昭和三十五年十二月
『近松秋江全集　第10巻』、八木書店、平成五年二月

萩原朔太郎
『萩原朔太郎全集　第五巻』、小学館、昭和十八年六月
『萩原朔太郎全集　第四巻』、筑摩書房、昭和六十二年一月
『萩原朔太郎全集　第八巻』、筑摩書房、昭和五十一年七月
『世界名詩集大成　17　日本編Ⅱ』、平凡社、昭和三十四年十二月

大岡信『萩原朔太郎』、筑摩書房、昭和五十六年九月（近代日本詩人選10）
河上徹太郎『日本のアウトサイダー』、中央公論社、平成三年十一月（中公文庫）
江戸川乱歩『探偵小説四十年　1』、講談社、昭和六十二年十二月（江戸川乱歩推理文庫53）
萩原朔太郎・木俣修編『若き日の欲情――北原白秋への手紙』、角川書店、昭和二十四年四月

小泉信三
小泉信三「推理小説を語る」、「推理小説論叢　第13」、慶応義塾大学推理小説同好会、昭和三十三年十一月
小泉信三『学窓雑記』、岩波書店、昭和十二年一月
小泉信三「炉辺の読書」、「暮らしの手帳」第四号、昭和三十二年四月、十版
小泉信三「青年のときも老年の今もシャーロック・ホームズを読む」、アドリアン・C・ドイル／J・D・カー『シャーロック・ホームズの功績』
大久保康雄訳、早川書房、昭和三十三年五月

芥川龍之介
『芥川龍之介全集　第十三巻』、岩波書店、平成八年十一月
『芥川龍之介全集　第十七巻』、岩波書店、平成九年三月
『芥川龍之介全集　第二十二巻』、岩波書店、平成九年十月
『芥川龍之介全集　第四巻』、筑摩書房、昭和五十九年三月
『芥川龍之介全集　第六巻』、筑摩書房、昭和五十八年二月
『芥川龍之介全集　第八巻』、筑摩書房、昭和六十年二月
『日本探偵小説全集12　名作集2』、東京創元社、平成元年二月（創元推理文庫）
笹野史隆訳『シャーロック・ホームズ物語外典下（一）』、コナン・ドイル小説全集　第34巻、笹野史隆発行、平成二十五年十二月

西條八十
西條八十『民謡の旅』、朝日新聞社、昭和五年十月

西條嫩子『父　西條八十』、中央公論社、昭和五十年四月
『西條八十全集　第六巻　童謡I』、国書刊行会、平成四年四月
西條八十『少年詩集』、大日本雄弁会講談社、昭和十二年九月
コナン・ドイル『わが思い出と冒険――コナン・ドイル自伝――』延原謙訳、新潮社、四十一年十一月（新潮文庫）
コナン・ドイル「北極星号の船長」西條八十訳、『世界怪談名作集』、改造社、昭和四年八月（世界大衆文学全集　第35巻）
末国善己編『岡本綺堂探偵小説全集　第一巻　明治三十六年～大正四年』、作品社、平成二十四年六月
末国善己編『岡本綺堂探偵小説全集　第二巻　大正五年～昭和二年』、作品社、平成二十四年九月
日夏耿之介「ホームズ回顧」、『シャーロック・ホームズ全集』延原謙訳、月曜書房、「月報No.2」昭和二十六年十一月

佐藤春夫
鈴木幸夫編『殺人芸術』、荒地出版社、昭和三十四年七月
日下三蔵編『佐藤春夫集　夢を築く人々』、筑摩書房、平成十四年五月（ちくま文庫）
須永朝彦『日本幻想文学史』、白水社、平成五年九月

吉田洋一
吉田洋一『白林帖』、甲鳥書林、昭和十八年四月
吉田洋一『歳月』、岩波書店、昭和五十九年七月
吉田洋一「電気椅子と圓匙」、「改造」、昭和二十七年七月
『数学の影絵』、河出書房新社、昭和五十七年四月（河出文庫）

石坂洋次郎
『石坂洋次郎集』、筑摩書房、昭和五十三年六月（昭和国民文学全集29）
石坂洋次郎『青い山脈・山のかなたに』、新潮社、昭和四十一年（石坂洋次郎文庫5）
石坂洋次郎『わが半生の記』、新潮社、昭和五十

年五月
『石坂洋次郎』、河出書房、昭和四十三年四月（日本文学全集カラー版30）
石坂洋次郎「世界の家庭読物」、コナン・ドイル『シャーロック・ホームズの冒険』延原謙訳、新潮社、昭和三十一年十一月、「付録」

稲垣足穂
『稲垣足穂全集［第一巻］一千一秒物語』、筑摩書房、平成十二年十月
『稲垣足穂全集［第二巻］キタ・マキニカリス』、筑摩書房、平成十二年十一月
『タルホ事典』、潮出版社、昭和五十年十月
『一千一秒物語』、金星堂、大正十二年一月
稲垣足穂・瀬戸内晴美対談「エロス―愛―死」、『国文学』、昭和四十五年八月
宇野浩二「稲垣足穂と江戸川乱歩――稲垣の天体嗜好小説と江戸川の推理探偵小説――」、『独断的作家論』、文芸春秋、昭和三十三年一月
稲垣足穂＋稲垣志代『タルホと多留保』、沖積舎、平成十九年九月

小林秀雄
小林秀雄・江戸川乱歩対談「ヴァン・ダインは一流か五流か」、「宝石」、昭和三十二年九月
小林秀雄・大岡昇平訳「メルツェルの将棋差し」、『ポオ全集　第三巻』、東京創元社、昭和四十五年十一月

森　茉莉
森　茉莉『贅澤貧乏』、新潮社、昭和五十三年四月（新潮文庫）
森　茉莉『私の美の世界』、新潮社、昭和四十三年六月
森　茉莉『甘い蜜の部屋』、新潮社、昭和五十一年五月
森　茉莉「シャーロック・ホオムズ」、『本の本』、株式会社ボナンザ、昭和五十一年六月

坂口安吾
『明治開化　安吾捕物帖』第一～三集、日本出版共同株式会社、昭和二十八年四月～二十九年一月
坂口安吾『私の探偵小説』、角川書店、昭和五十三年七月（角川文庫）

『坂口安吾評論全集　第七巻』、冬樹社、昭和四十七年三月
『定本　坂口安吾全集　第七巻』冬樹社、昭和四十六年三月
『定本　坂口安吾全集　第十巻』冬樹社、昭和四十五年十一月
『定本　坂口安吾全集　第十三巻』冬樹社、昭和四十六年十二月

大岡昇平
吉田熈生「大岡昇平における推理と戦争」、『大岡昇平全集五　小説Ⅳ』「解説」、筑摩書房、平成七年十二月
大岡昇平『少年――ある自伝の試み』、筑摩書房、昭和五十年十一月
大岡昇平『成城だより　上』、講談社、平成十三年三月（講談社文芸文庫）
『文藝推理小説選集4　横光利一　大岡昇平』、文芸評論社、昭和三十二年三月
大岡昇平「暗号手」「女中の子」、『ある補充兵の戦い』、岩波書店、平成二十二年八月（岩波現代文庫）
大岡昇平「懐かしのホームズ」、『シャーロック・ホームズ全集』阿部知二訳、パシフィカ、「月報6」、昭和五十三年四月

椎名麟三
『椎名麟三・梅崎春生集』筑摩書房、昭和五十四年四月（現代日本文学大系80）
椎名麟三「芸術と私」、『椎名麟三人生論集　第四巻』、二見書房、昭和四十三年十月
斎藤末弘『評伝　椎名麟三』、朝文社、平成四年二月
椎名麟三『地底での散歩』、創文社、昭和四十一年十二月
「宝石」、宝石社、昭和三十四年八月
福永武彦「Quo vadis?」、『決定版　深夜の散歩』、講談社、昭和五十三年八月

吉田健一
吉田健一『三文紳士』、宝文館、昭和三十一年十月
吉田健一『随筆　酒に呑まれた頭』、新潮社、昭和三十年九月

牧野伸顕「シャーロック・ホームズと『バリツ』」
吉田健一訳、「雄鶏通信」、昭和二十四年二月
吉田健一「ベーカア街便衣隊について」、「雄鶏通信」、昭和二十四年二月
吉田健一『謎の怪物・謎の動物』、新潮社、昭和三十九年七月
富士川義之編『吉田健一　郷食宴』、国書刊行会、平成四年十二月（日本幻想文学集成⑯）
吉田健一「コオナン・ドイルを廻って」、『シャーロック・ホームズ全集』延原謙訳、月曜書房、「月報 No.9」、昭和二十七年二月
吉田健一「英国の文学」、『吉田健一集成二』、新潮社、平成三年十一月

柴田錬三郎
『柴田錬三郎選集第18巻　随筆・エッセイ集』、集英社、平成二年八月
澤辺成徳『無頼の河は清冽なり　柴田錬三郎伝』、集英社、平成四年十一月
柴田錬三郎『今日の男』、風光社書店、昭和五十一年四月

鮎川信夫
『さよなら鮎川信夫　現代詩読本特装版』、思潮社、昭和六十一年十二月
『鮎川信夫拾遺　私の同時代』、文芸春秋、昭和六十二年十一月
コナン・ドイル『シャーロック・ホームズの冒険』鮎川信夫訳、講談社、昭和五十一年四月（講談社文庫）
コナン・ドイル『シャーロック・ホームズの最後の挨拶』鮎川信夫訳、講談社、昭和五十一年四月（講談社文庫）
『新選　鮎川信夫詩集』、思潮社、昭和五十三年十一月
鮎川信夫「推理小説小論」「シャーロック・ホームズについて」、『鮎川信夫全集　第四巻　評論Ⅲ』、思潮社、平成十三年十二月

丸谷才一
丸谷才一『思考のレッスン』、文藝春秋、平成十一年九月
丸谷才一『男のポケット』、新潮社、昭和六十一年六月（新潮文庫）

丸谷才一『夜明けのおやすみ』、朝日新聞社、昭和五十九年一月
丸谷才一編『探偵たちよスパイたちよ』、集英社、昭和五十六年十月
丸谷才一『遊び時間』、大和書房、昭和五十一年十二月
丸谷才一『犬だって散歩する』、講談社、昭和六十一年九月
丸谷才一編著『ロンドンで本を読む』、マガジンハウス、平成十三年六月
丸谷才一『輝く日の宮』、講談社、平成十五年六月
丸谷才一『綾とりで天の川』、文藝春秋、平成十七年五月
丸谷才一『樹影譚』、文藝春秋、平成三年七月（文春文庫）
丸谷才一『横しぐれ』、講談社、平成十一年二月（講談社文芸文庫）

北 杜夫

北 杜夫『大日本帝国スーパーマン』、新潮社、昭和六十二年八月
北 杜夫『怪盗ジバコ』、文芸春秋社、昭和四十二年四月
北 杜夫『怪盗ジバコの復活』、新潮社、平成元年十二月
北 杜夫『どくとるマンボウ航海記』、中央公論社、昭和五十九年七月（中公文庫）

開高 健

『開高健　新潮日本文学アルバム52』、新潮社、平成十四年四月
開高 健『フィッシュ・オン』、新潮社、昭和五十五年二月（新潮文庫）
開高 健『風に訊け2　ライフスタイル・アドバイス』、集英社、昭和六十年九月
開高 健『オーパ！』、集英社、昭和五十六年三月（集英社文庫）
開高 健『オーパ、オーパ!!アラスカ篇、カナダ・カリフォルニア篇』、集英社、平成五年十月（集英社文庫）
開高 健『オールウェイズ　上』、角川書店、平成二年五月
開高 健「はじめの、はじめに——川岸のシャー

ロック・ホームズたれ――」、ジェラルド・ダレル／リー・ダレル『ナチュラリスト志願』日高敏隆・今泉みね子訳、TBSブリタニカ、昭和六十年二月

嵐山光三郎
嵐山光三郎『芭蕉の誘惑　全紀行を追いかける』、JTB、平成十二年四月
嵐山光三郎『買い物旅行記』、マガジンハウス、平成六年三月

＊登場人物の略歴については『増補改訂　新潮日本文学辞典』（新潮社、昭和六十三年一月）などを参照した。その他、日本シャーロック・ホームズ・クラブの会誌「ホームズの世界」、小林司・東山あかね編『シャーロック・ホームズ大事典』（東京堂出版、平成十三年三月）を参考にした。
なお、本稿の一部には、雑誌「ユリイカ　8月臨時増刊号」（シャーロック・ホームズ特集、平成二十六年七月）及び筆者のブログ「ホームズ・ドイル・古本　片々録　by ひろ坊」（http://blog.livedoor.jp/bsi2211/）に掲載したものに加筆・訂正したものがあることをお断りしておく。

著者略歴
植田弘隆（うえだ・ひろたか）
1941年静岡県生まれ。立教大学文学部史学科卒。「日本シャーロック・ホームズ・クラブ」会員、「ベイカー・ストリート・イレギュラーズ」会員。著書に『シャーロック・ホームズ大博覧会』（東京図書）、『シャーロック・ホームズ遊々学々』（透土社）がある。

文人、ホームズを愛す。

2015年12月25日　第一刷印刷
2015年12月31日　第一刷発行

著　者　植田弘隆

発行者　清水一人
発行所　青土社

〒101-0051　東京都千代田区神田神保町1-29　市瀬ビル
［電話］03-3291-9831（編集）　03-3294-7829（営業）
［振替］00190-7-192955

印刷・製本　シナノ
装丁　桂川潤

ISBN978-4-7917-6907-0　Printed in Japan